DER INCUBUS DER BOURBON STREET

STREET

JADE CALHOUN SERIE, BUCH 6

DEANNA CHASE

Übersetzt von
ANNA DRAGO

BAYOU MOON PRESS, LLC

ÜBER DIESES BUCH

Von der New York Times-Bestsellerautorin Deanna Chase.

Die Frischverheirateten Jade Calhoun und Kane Rouquette haben kaum „Ja, ich will" gesagt, als es in der Schattenwelt zu einer Störung kommt, die den Engeln die Energie entzieht. Als Schattenwandler werden Jade und Kane in den Dienst gezwungen und mit der unmöglichen Mission beauftragt, das Rätsel zu lösen, bevor es für die Engel keine Rettung mehr gibt … bis Kane beschuldigt wird, die Schatten mit seiner Incubus-Energie vergiftet zu haben, und ihm seine Macht entzogen wird.

Das Leben wird noch schlimmer, als eine niedere Göttin auftaucht, die versessen darauf ist, die Geister der Sterblichen zu stehlen, um einen Jungbrunnen zu finden. Jetzt ist es an Jade und ihrem Zirkel, ihre Freunde zu beschützen, Kanes Namen reinzuwaschen und die Schatten zu reparieren, bevor einer von ihnen für immer verloren ist.

KAPITEL EINS

*B*enutzt du beim Sex jemals deine Magie?", fragte „ meine beste Freundin Kat, als sie das Glas Chardonnay an ihre Lippen hob.

Ich spuckte mitten im Schluck und hustete. „Was?"

„Ach, komm schon, Jade. Willst du mir wirklich sagen, dass du euer Liebesleben nie mit einem Zauber aufpeppst?" Ihre hellblauen Augen glänzten im sanften Licht des Restaurants.

„Na ja ..." Wie hätte ich darauf antworten sollen? Mein Mann war ein Incubus, also war Magie jetzt einfach Teil des Ganzen, aber ich war mir nicht sicher, ob ich darüber reden wollte. Und schon gar nicht mitten im Muriel's, eingeklemmt zwischen zwei Tischen, die von konservativ aussehenden Paaren aus dem New-Orleans der alten Welt besetzt waren. „Ähm, da ist vielleicht etwas Magie im Spiel, aber ich wirke keine Zauber." Ich warf ihr einen scharfen Blick zu. „Was ist mit dir? Entfesselt Lucien seine Magie an dir?"

Sie schlug sich die Hand vor den Mund, während sie kicherte. „Er wird mich umbringen, wenn er herausfindet, dass ich es dir gesagt habe ... er macht diese Sache, bei der er einen magischen Strom über meine Haut zieht, der mich verrückt macht. Aber letzte Nacht hat er es ein bisschen weiter getrieben und … äh, es war nicht auf meiner Haut, es war – ", sie senkte die Stimme, „– in mir."

„Wow, Lucien." Ich hob überrascht meine Augenbrauen. „Ich wusste nicht, dass er sowas tun würde."

Sie runzelte die Stirn und stellte ihr Glas ab. „Was soll das heißen? Lucien ist heiß."

Oops. „Das ist nicht … Ähm, ich weiß, dass er gut aussieht. Ich sehe ihn aber eher als Brudertyp."

Ihr gereizter Gesichtsausdruck verschwand. „Na, das ist wahrscheinlich gut." Dann lachte sie. „Es ist ein bisschen einschüchternd, mit jemandem über sowas zu sprechen, der eine Beziehung mit einem Incubus hat. Ich fühle mich vielleicht ein bisschen unterlegen, was den Sexkram angeht."

Lachend schüttelte ich den Kopf. „Ich glaube nicht, dass magische Orgasmen etwas sind, weswegen man sich unsicher fühlen muss."

„Magische Orgasmen?", wiederholte Pyper zu laut, als sie sich auf einen leeren Stuhl niederließ. Sie trug eine silberne Hose und ein Tanktop, das zu den leuchtend blauen Strähnen in ihrem dunklen Haar passte. Das ältere Ehepaar zu unserer Rechten drehte sich um und warf uns missbilligende Blicke zu. Pyper lächelte sie an, ihre Augen tanzten vor Schalk. „Klingt toll, nicht wahr?", sagte sie in verschwörerischem Ton zu ihnen. „All diese Magie, die den Orgasmus hinauszögert? Wer würde das nicht …"

„Pyper!" Ich starrte sie mit amüsiertem Entsetzen an. „Hör auf!"

Sie zwinkerte der Frau zu. „Nun, ich bin sicher, Sie verstehen, was ich meine."

Die Empörung der Frau krachte gegen mich und warf mich fast um.

„Oh Gott." Ich trank ein Viertel meiner Margarita in einem Zug und verfluchte im Stillen meine Empathengabe. Ich würde eine Niere spenden im Austausch für ein Leben frei von den Emotionen anderer Menschen. „Mit dir kann man auch wirklich nirgendwo hingehen."

„Bitte! Ich sorge dafür, dass es nicht langweilig wird." Sie winkte den Kellner herbei und bestellte einen Mojito. „Was bestellt ihr?"

„Ente", sagte Kat. „Und Crêpes. Darauf habe ich den ganzen Tag gewartet."

Ich überflog die Speisekarte. „Thunfisch. Definitiv."

„Ich bin am Verhungern", sagte Pyper. „Vielleicht das Schweinekotelett. Oder die Rindermedaillons oder …"

Mein Handy fing an, „Stairway to Heaven" zu spielen. Ich verzog das Gesicht, als meine Freundinnen mich stirnrunzelnd ansahen.

„Denk nicht einmal daran, ranzugehen", sagte Pyper. „Das ist unser Mädelsabend. Kein Hexenkram, verstanden?"

„Aber es ist Lailah."

Kat nahm mir das Handy ab und drückte *Anruf ablehnen.* „Sie kann eine Nachricht hinterlassen."

„Ja, okay", sagte ich.

Wir hatten mehr als zwei Monate lang versucht, einen gemeinsamen Abend zustande zu bringen, und jedes Mal, wenn wir etwas geplant hatten, wurden unsere Pläne durch das eine oder andere entweder verhindert oder unterbrochen. Lailah war eine Freundin, aber sie war auch ein Engel und meine Seelenhüterin. Unglücklicherweise gingen ihre Anrufe meistens mit Befehlen des Engelsrates einher. Vorahnung lastete schwer in meinen Eingeweiden. Was war jetzt wieder passiert?

Mein Handy summte mit einer eingehenden SMS. Ich griff danach, doch Kat packte es und schaltete es aus. „Kein Handy. Die Welt kann warten, bis du gegessen hast."

Ich sah sie an, ein bisschen irritiert von ihrem Benehmen. Aber hauptsächlich war ich erleichtert. Der Rat der Engel hatte Kane und mich in letzter Zeit viel zu oft belästigt. Wenn ich schon wieder in die Schattenwelt gehen müsste, um nach der nächsten verlorenen Seele zu sehen, würde ich schreien. Bisher hatten wir in den letzten vier Wochen ein halbes Dutzend Geister gerettet und ein halbes Dutzend weitere zerstört. Diejenigen, die wir gerettet haben, wurden in das Reich der Engel geschickt. Diejenigen, die wir zerstört haben, waren für die Hölle bestimmt, um von den Dämonen benutzt zu werden für … na ja, niemand wusste wirklich, wofür die Dämonen die Seelen haben wollten. Zweifellos nichts Gutes. Die Arbeit war befriedigend, aber ein großes Privatleben hatten wir nicht.

Nachdem mein Handy beschlagnahmt war, lehnte ich mich zurück und fühlte mich zum ersten Mal an diesem Tag entspannt. Der Mädelsabend wurde immer besser.

Dachte ich zumindest, bis Pypers Handy anfing zu klingeln. Sie sah auf das Display. „Es ist Kane." Mit einer Fingerbewegung nahm sie den Anruf an. „Du weißt, dass wir beim Abendessen sind. Was ist so wichtig, dass es nicht warten konnte?", sagte sie zur Begrüßung. Dann verzog sie das Gesicht. „Im Ernst?"

„Was ist los?" Ich streckte meine Hand nach meinem Handy aus. Diesmal gab Kat es mir ohne Widerrede zurück.

Als ich es wieder einschaltete, sagte Pyper: „Es gibt eine Störung in den Schatten. Ihr wurdet gerufen."

Ich warf einen Zwanziger für meinen Drink auf den Tisch. „Sag ihm, ich komme gleich."

Sie gab meine Nachricht an Kane weiter, während ich das Restaurant verließ und Lailahs Voicemail abhörte. „Es findet gerade eine Notfallsitzung des Rates statt. Die Energie, die aus den Schatten kommt, ist mit Bösem vergiftet. Komm sofort her."

Kane wartete ein paar Blocks weiter auf dem Bürgersteig und vor unserem Haus auf mich. Die Abendsonne schien auf sein dunkles Haar, und er blinzelte in meine Richtung und streckte seine Hand aus. „Sie warten."

Ich warf einen Blick auf den Dolch, der an seinem Gürtel befestigt war. „Die Bruderschaft hat dich nicht gerufen?" Kane und seine Incubus-Bruderschaft waren Dämonenjäger. Sie wandelten andauernd in den Schatten, während sie in unsere Welt herein- und hinausschlüpften. Eine Störung würden sie sofort bemerken.

„Das haben sie, doch der Rat der Engel hat sie überstimmt. Und aus irgendeinem Grund hat Maximus es erlaubt." Kane runzelte verwirrt die Stirn.

„Das scheint … ungewöhnlich", sagte ich und legte meine Hand in seine. Maximus war der Anführer der Bruderschaft, und es gefiel ihm nicht sonderlich, wenn der Hohe Engel einen seiner Dämonenjäger herumkommandierte. Kane und ich hatten jedoch keine Wahl. Wir hatten einen Vertrag mit den Engeln unterschrieben, um meine Seele schützen. Doch Maximus war den Engeln gegenüber nicht verpflichtet und lehnte Kanes Dienste oft ab, wenn sie mit Dämonenjäger-Missionen in Konflikt standen. Da Engel ständig von Dämonen bedroht waren, gab der Hohe Engel meistens nach.

„Sehr." Er zog mich ins Haus, und sobald sich die Tür hinter uns schloss, strömte ein helles Licht von der Decke.

Ich holte tief Luft, nickte Kane zu, und zusammen traten wir beide ins Licht.

Die Welt drehte sich, grelle, weiße Lichtblitze ließen meine Augen tränen. Dann klatschten meine Füße auf eine harte Oberfläche, und ausnahmsweise gelang es mir, mich aufrecht zu halten. Ich blinzelte angestrengt, meine Sicht wurde klarer, und das kahle weiß-goldene Heiligtum wurde scharf. Wir standen in der Saint-Louis-Kathedrale, oder besser, der Version des Engelreichs. Die Fußböden waren mit weiß-goldenem Schachbrettmuster gefliest und die Fresken an den Wänden waren verwaschen, ohne die leuchtenden Farben, die ich aus meiner Welt kannte. Ich rieb mir die Arme und versuchte, mich an die plötzliche Kälte zu gewöhnen.

Der Rat der Engel stand in einer Reihe auf dem Podium, ihre Mienen waren ernst.

Chessandra, der Hohe Engel, trat vor und bedeutete uns, näherzukommen. Sie war wie immer makellos gekleidet in einem eleganten cremefarbenen Hosenanzug, doch in ihrem angespannten Gesichtsausdruck und ihren argwöhnischen Onyxaugen lag etwas Gehetztes.

Ich sah mich um und bemerkte die leeren Stühle. Wenn wir gerufen wurden, waren normalerweise alle Engel des Reiches anwesend. Diesmal nicht.

Mein Vater Drake trat anmutig an Chessandras Seite, Sorge strahlte auch aus seinem Blick. Sein glattes, weißblondes Haar fiel nach vorn, als er sich vorbeugte und ihr etwas zuflüsterte.

„Was ist los?", fragte ich.

Ein älteres Ratsmitglied im Hintergrund sah mich finster an. Es war üblich, nicht zu sprechen, bis man angesprochen wurde, doch ihre Regeln interessierten mich nicht wirklich. Ich war gerade aus meinem Mädelsabend gerissen worden. Jemand sollte dringend anfangen, das zu erklären.

Kane schob seine Finger zwischen meine, und das Prickeln seines Amüsements wärmte meine Haut. Offensichtlich war er ihre lächerliche Förmlichkeit genauso satt wie ich.

Chessandra tat so, als hätte ich nicht gerade den Rat beleidigt, und sagte: „Es gab heute einen Zwischenfall, als einer unserer Engel in die Schattenwelt gegangen ist."

„Hässliche Angelegenheit", sagte eine weißhaarige ältere Frau aus dem Rat angewidert.

Chessandra warf ihr einen irritierten Blick zu. Ihre Miene hellte sich auf, als sie sich wieder auf mich konzentrierte. „Sie hat eine routinemäßige Überprüfung auf lebensfähige Seelen durchgeführt, als ihre magischen Fähigkeiten plötzlich abgeschnitten wurden. Sie sagte, sie habe sich gefühlt, als hätte ein Dämon sie angegriffen, doch sie habe nichts gesehen. Der einzige Grund, warum sie zu uns zurückkehren konnte, war, dass ich sie zurückgerufen habe, als sie sich nicht zur erwarteten Zeit zurückgemeldet hat. Ihr beide habt den Auftrag, die Angelegenheit zu untersuchen. Das ist von höchster Wichtigkeit."

„Nur wir? Wir bekommen keine Hilfe vom Rat?", fragte ich.

Chessandra warf mir einen strengen Blick zu. „Jade, ich habe dir gerade gesagt, dass ein Engel einem unsichtbaren Angriff ausgesetzt war. Es sollte dir klar sein, dass wir nicht riskieren können, dass jemand von uns in den Schatten gefangen wird."

Tiefsitzende Frustration ballte sich in meinem Magen. Es gab reichlich Warnungen, keine Geschäfte mit dem Teufel zu machen. Niemand hatte mich jedoch jemals davor gewarnt, mich mit dem Hohen Engel einzulassen. Natürlich würden sie keinen der ihren riskieren. Warum sollten sie, wenn sie eine weiße Hexe und einen Incubus-Dämonenjäger auf Abruf hatten?

Kane drückte meine Hand, ein stiller Ausdruck seiner Solidarität. Es ärgerte ihn genauso wie mich, dass wir jedes Mal springen mussten, wenn sie riefen. Vor allem, wenn es um Dämonen ging. Nicht, dass wir nicht dafür gerüstet wären, mit ihnen fertig zu werden. Kane war schließlich ein Dämonenjäger.

„Natürlich", sagte ich zu Chessandra, mein Ton knapp. „Aber ich habe andere Schattenwandler gemeint. Weißt du, Leute mit Kräften, die vielleicht helfen können." Ich war die Anführerin des Hexenzirkels von New Orleans, doch keine der anderen Hexen war ein Schattenwandler. Diese Fähigkeit wurde mir vor nicht allzu langer Zeit im Rahmen meines Vertrags zur Arbeit für den Rat verliehen.

„Und was ist mit den Dämonenjägern?", fragte Kane. „Werdet ihr mit ihnen daran arbeiten? Mit anderen Worten, kann ich meinen Vorgesetzten über meine Mission informieren?"

Seine Frage schien ein Kinderspiel zu sein. Die Engel und die Bruderschaft hatten dieselbe Mission: Menschen vor Dämonen zu schützen. Nur waren die Engel mehr um die Seelen der Menschen besorgt und die Jäger mehr daran interessiert, Dämonen zu vernichten. Beides ging Hand in Hand, doch keine der beiden Gruppierungen mochte die andere sonderlich. Alle unsere Schattenwelt-Missionen waren streng geheim. Wenn Kane die Bruderschaft nicht über unsere Befehle informierte, konnte er jederzeit in einen Kampf gerufen werden, sodass ich mich allein um die Mission kümmern musste.

Chessandra musterte ihn aufmerksam. Dann schwang mit einer Bewegung ihres Handgelenks eine Tür auf der rechten Seite auf. „Folgt mir. Beide."

Ich starrte Drake an, der sich wieder in die Reihe mit den

anderen Engeln stellte. Er wollte meinen Blick nicht erwidern. Verdammt, das war kein gutes Zeichen.

Kane und ich folgten Chessandra in ihr privates Büro.

„Setzt euch", sagte sie und ließ sich auf der Kante ihres Schreibtischs nieder.

Ich hatte ein Déjà-vu vom letzten Mal, als wir hier waren. Sie hatte denselben nachdenklichen Gesichtsausdruck und die gleiche autoritäre Ausstrahlung.

Wir taten wie geheißen und warteten, während sie in einem alten, in Leder gebundenen Notizbuch blätterte. „Maximus hat kein großes Mitgefühl mit unserer Sache."

Kane und ich sahen uns an. Dann wandte er sich ihr zu. „Ich bin mir nicht sicher, ob ich das verstehe. Maximus steht voll und ganz hinter der *Sache*, unsere Welt von Dämonen zu befreien."

Sie nickte. „Ja. Das tut er. Aber er hat auch einen Groll gegen uns. Er ärgert sich darüber, dass wir die Dämonen nicht selbst bekämpfen. Dass wir Hexen und niedere Engel beschäftigen, um diese Arbeit für uns zu erledigen. Er glaubt, dass wir eine zu hohe Meinung von uns selbst haben und dass wir der Grund dafür sind, dass Dämonen überhaupt existieren."

Ich musste zugeben, dass ich ihm da irgendwie recht gab. Die Engel des Engelreichs sahen die Welt in Schwarz und Weiß und hatten wenig Mitgefühl mit denen, die unter ihnen standen. Sie interessierten sich nur dafür, ob eine Seele sicher und nützlich für ihre Sache war oder nicht. Ich war mir immer noch nicht sicher, was sie wirklich wollten. Alles, was ich wusste, war, dass sie, als ich meine Seele mit Meri, einem ehemaligen gefallenen Engel, geteilt hatte, dafür gestimmt hatten, *ihr* meine Seele zu geben, weil sie der Meinung waren, sie wäre wertvoller als ich, obwohl es immer *meine* Seele gewesen war. Am Ende hatte es sich als viel schwieriger erwiesen, sie mir wegzunehmen, als sie gedacht hatten, und sie war in zwei Hälften zerrissen. Dank meiner Tante und einem Deal mit der nicht ganz so engelhaften Chessandra war meine Seele repariert worden, aber es war nicht angenehm gewesen.

„Bei allem Respekt, Chessandra", sagte Kane, „ich glaube nicht, dass es darauf ankommt, was Maximus über den Rat der Engel denkt. Was zählt, ist meine Fähigkeit, meinen Job zu machen. Ich denke, es wäre für alle viel vorteilhafter, wenn ich Informationen an ihn weitergeben könnte."

„Es *ist* wichtig, was Maximus denkt", sagte der Hohe Engel. „Weit mehr als du weißt. Doch in Anbetracht der Umstände erlaube ich dir, deinen Vorgesetzten über meine Befehle zu informieren. Das ist jedoch alles, was du preisgeben darfst."

„Was sollten wir auch sonst sagen?" Bisher wussten wir nur, dass ein Engel auf mysteriöse Weise von … etwas … angegriffen worden war. Obwohl ich zustimmte, dass der Vorfall beunruhigend war, hatten wir immer noch keine soliden Informationen, und was, wenn der Engel selbst in irgendwelche Machenschaften mit dunklen Mächten verwickelt war? Trotz des Namens war tatsächlich nicht jeder Engel immer ganz heilig.

Chessandra stieß einen tiefen Seufzer aus. Stirnrunzelnd winkte sie mit der Hand. Hinter ihrem Schreibtisch schimmerte die Wand und schien dann zu verschwinden, als würde ein Schleier gelüftet, und enthüllte einen krankenhausähnlichen Raum. Darin lag ein halbes Dutzend junger Frauen, die an Infusionen angeschlossen waren. Alle blass und hager. „Der Vorfall betrifft nicht nur einen Engel. Sie sind alle betroffen."

KAPITEL ZWEI

 ch stieß ein leises Keuchen aus, als ich durch den magischen Schleier auf die genesenden Engel in den Krankenbetten starrte. Zumindest hoffte ich, dass sie im Begriff waren zu genesen. Es war schwer zu sagen, da keine von ihnen wach zu sein schien.

„Wie ist das passiert?", fragte Kane mit leiser und kontrollierter Stimme.

Chessandra winkte erneut mit der Hand und schloss den Schleier wieder. „Sie waren heute alle in den Schatten gefangen, doch niemand außer Drake und meinem Leibarzt weiß, dass ihre Energie erschöpft war. Der Rest des Rates weiß nur von einem Engel, der gefangen war und seine Kräfte verloren hat. Diese Entwicklung gilt es zu verschweigen. Andernfalls sind alle Engel, einschließlich der niederen, in Gefahr. Ein Engel, der seine Kräfte verloren hat, lässt sich erklären – ich kann sagen, ein Zauber ist nach hinten losgegangen oder ein Dämon hat sie angegriffen oder sie ist krank geworden. Doch wenn bekannt wird, dass sechs aufgrund der Bedingungen in der Schattenwelt zusammengebrochen sind, werden böse Wesen anfangen, Angriffe zu planen."

Ich setzte mich aufrecht hin, mein Rücken steif, als mir die Implikationen dessen, was sie gerade gesagt hatte, bewusst wurden. Nur wirklich mächtige Wesen konnten schattenwandeln: Sexhexen, weiße Hexen, denen die Fähigkeit verliehen wurde, Incubi, Engel und Dämonen. Doch alle Geister konnten es auch. Es war unwahrscheinlich, dass eine Hexe oder ein Incubus hinter einem Engel her war. Aber ein Dämon? Definitiv.

Und wenn es einem bösen Geist oder Wesen gelang, einen Engel mit dieser neuen Störung in den Schatten zu fangen, wäre die Seele des Engels in ernsthafter Gefahr. Schattenwandeln war für diejenigen von uns, die die Gabe hatten, nicht schwierig. Es wäre nicht schwer, einen Engel dorthin mitzunehmen. Alles, was man tun musste, war, sich einen Engel zu schnappen und sich die Schatten vorzustellen, bis der Schleier zwischen den beiden Welten verblasste. Dann konnten der Schattenwandler und der Engel hinübergehen. Chessandra hatte allen Grund, sich Sorgen zu machen.

„Wenn ich sie nicht in einer Gruppe losgeschickt hätte", fuhr Chessandra fort und ging auf und ab, „hätten wir vielleicht jemanden verloren. Als niemand zurückgekommen ist, wusste ich, dass es ein Problem gab, und habe sie zurückgerufen. Hätten sie nicht unter meinem direkten Kommando gestanden, wären sie dort gefangen gewesen. Für immer verloren." Ihre Hände begannen zu zittern. Sie senkte den Blick und presste dann hastig ihre Hände aufeinander. „Deshalb ist das streng geheim. Die Schattenwelt ist jetzt zu gefährlich für uns. Und zu viele Wesen haben Zugang. Wir sind verwundbar. Das kann ich nicht zulassen. Ihr müsst herausfinden, was das Problem ist, und einen Plan entwickeln, wie es behoben werden kann, bevor Seelen verloren gehen. Und ich spreche hier nicht nur von Engeln. Wenn wir angegriffen werden, sind die Menschen die nächsten, und wir können nichts dagegen tun."

Ich lehnte mich auf dem Stuhl zurück und verarbeitete, was sie gesagt hatte. Chessandra war der Panik nahe. Ich hatte noch nie gesehen, dass der Hohe Engel so die Fassung verloren hatte. Nicht einmal, wenn es darum ging, dass Engel in die Hölle gebracht wurden, was bei weitem das Schlimmste für einen Engel war. Doch das hier war anders – etwas Unbekanntes. Sie hatte offensichtlich keine Ahnung, was sie tun sollte, um ihre Engel zu beschützen, außer eine weiße Hexe und einen Incubus zu schicken, um Nachforschungen anzustellen, während sie versuchte, die Neuigkeit geheim zu halten.

„In Ordnung", sagte Kane. „Wir werden heute Abend Nachforschungen anstellen und morgen früh Bericht erstatten, nachdem ich mit Maximus gesprochen habe."

„Und ich erwarte, dass du dabei nicht preisgibst, was ich gerade über meine Engel erzählt habe. Ich misstraue der Bruderschaft nicht, aber in Organisationen gibt es immer undichte Stellen. Vergiss nicht, ein Engel ist betroffen und das war's."

Kanes Gesichtsausdruck änderte sich nicht. „Verstanden."

„Und du, Jade Calhoun ..." Chessandra hielt inne und sah mich an.

Kanes Hand schloss sich fester um meine, als sie das sagte. Es war nicht das erste Mal, dass sie meinen Mädchennamen benutzte. Ich hatte meinen Nachnamen immer noch nicht geändert, obwohl Kane und ich seit zwei Monaten verheiratet waren. Ich wusste, dass er es wollte, aber ich war noch nicht dazu gekommen.

„Ja?", fragte ich.

Sie verschränkte ihre Arme vor ihrer Brust. „Die Nutzung des Hexenzirkels ist tabu."

„Ihnen ist klar, dass das meine magischen Fähigkeiten schwächen wird, oder?" Ich konnte das Kollektiv des Zirkels sowieso nicht anrufen, wenn ich in den Schatten war, aber das bedeutete nicht, dass sie nicht auch für andere Zaubersprüche nützlich sein konnten, die ich möglicherweise brauchte, um meine Arbeit zu erledigen.

„Das ist zu riskant. Du bist mächtig genug."

Ich schluckte ein frustriertes Brummen herunter. Ich war froh, dass sie so dachte, doch ich war mir nicht so sicher.

Kane stand auf und zog an meiner Hand. „Wir melden uns", sagte er zu Chessandra.

Ich stand auf und fragte: „Geht es ihnen gut? Den Engeln?"

Chessandra nickte langsam. „Sie erholen sich. Der Arzt erwartet, dass sie innerhalb einer Woche wieder auf den Beinen sein werden."

„Gut." Das Bild von Lailah, meiner Seelenhüterin, die in einem Krankenhausbett lag, fast ohne Lebensenergie, schoss mir durch den Kopf. Ein Schauer lief mir über den Rücken und ließ die Vision allzu real erscheinen. Ich hatte genug meiner Freunde gesehen, die von mystischen Kräften verletzt worden waren, um zu wissen, wie sich das anfühlte. Das Mitgefühl für Chessandra traf mich hart, und ich streckte die Hand aus und nahm ihre Hand in meine. „Wir werden unser Bestes tun."

Sie starrte einen Moment lang auf unsere Hände, dann zog sie ihre zurück. Ihr Gesichtsausdruck wurde hart. „Ich erwarte mehr als dein Bestes. Du wirst die Schatten reparieren, oder du wirst bei dem Versuch sterben."

Ich öffnete meinen Mund, bereit, ihr zu sagen, was sie mit

ihren Befehlen tun könnte, wurde aber unterbrochen, als sie noch einmal mit der Hand winkte.

Dieses Mal verschwamm meine ganze Welt in Weißtönen. Als sich meine Sicht wieder geklärt hatte, standen Kane und ich wieder in unserem Wohnzimmer.

„Was für ein Miststück", sagte ich, und mein Herz hämmerte vor Wut.

Kane stand still neben mir, einen ruhigen Ausdruck auf seinem Gesicht, während die Frustration, die aus ihm herausströmte, seine Miene Lügen strafte. Wenn ich keine Empathin gewesen wäre und die Spannung auf meiner Haut gespürt hätte, hätte ich es nie bemerkt. „Versuch, es nicht an dich rankommen zu lassen, Liebes."

Ich warf ihm einen Seitenblick zu. „Du willst mich wohl veralbern. Tu nicht so, als wäre sie dir nicht unter die Haut gegangen, denn du kannst deine Gefühle nicht vor mir verstecken." Ich schlang meine Arme um ihn und sah in sein hübsches Gesicht. Meine Lippen zuckten zu einem kleinen neckenden Lächeln. „Komm schon, Kane. Sag mir, wie du dich wirklich fühlst, nur dieses eine Mal."

Er schüttelte langsam den Kopf. „Nein. Es wird dich nur ermutigen."

„Wozu?"

„Es wäre Wasser auf die Mühlen deiner Wut. Und da du schon weißt, dass ich dir zustimme, dass sie ein Miststück ist, warum gehen wir nicht zu Wichtigerem über? Wie Abendessen?" Er löste sich aus meiner Umarmung und zog mich in Richtung Küche.

„Abendessen." Ich seufzte. Ich sollte Crêpes und Thunfisch genießen. Jetzt musste ich mich wahrscheinlich mit Toast begnügen. Ich konnte mich nicht einmal erinnern, wann einer von uns das letzte Mal einkaufen war. „Haben wir was im Kühlschrank?"

Kane zog die Edelstahltür auf und grinste.

Ich spähte über seine Schulter und entdeckte Styroporbehälter mit Essen, die vorher nicht dort gewesen waren. „Wo kommen die denn her?"

Er griff hinein, holte die Behälter heraus und reichte mir eine Notiz, die am obersten befestigt war.

„Pyper! Oh Mann, ich liebe dieses Mädchen." Pyper war Kanes beste Freundin und Geschäftspartnerin. Obwohl sie normalerweise nicht einfach in unser Haus ging, hatte sie für Notfälle einen Schlüssel. Und während des Abendessens weggerufen zu werden, war definitiv einer. Zumindest heute Abend. Ich hatte Hunger. „Was hat sie uns gebracht?"

Kane öffnete die Deckel der obersten Packung. „Crêpes, Thunfisch und Steak." Er öffnete eine weitere kleinere Styroporschale. „Und Gumbo."

„Gott, jetzt liebe ich sie noch mehr."

Kane lachte und warf mir ein schelmisches Grinsen zu.

„Hör auf." Ich schlug ihm auf den Arm. Pyper war bisexuell, und er verpasste keine Gelegenheit, unangebrachte Anspielungen zu machen, wenn sich die Gelegenheit dazu ergab.

Er lachte und machte sich daran, das Essen aufzuwärmen.

Ich verzichtete auf den Wein, den wir normalerweise zum Abendessen tranken, und füllte zwei Wassergläser. Nachdem ich sie auf den Tisch gestellt hatte, setzte ich mich hin und schrieb Pyper eine SMS: *Danke!*

Sie antwortete mit einem lächelnden Emoji.

Wir hatten wirklich tolle Freunde.

Kane brachte das Essen und gab mir die Crêpes und den Thunfisch, während er das Gumbo und das Rindfleisch nahm.

Ich lächelte ihn an und liebte es, dass er wusste, was ich wollte, ohne auch nur fragen zu müssen. Er küsste mich auf den Kopf und setzte sich dann neben mich. Er hob sein Wasserglas. „Auf unser Abendessen."

Ich ahmte seine Bewegung nach und sagte: „Auf Zeit mit meinem Mann."

Sein Gesichtsausdruck wurde weicher, als er meine Hand nahm und meine Handfläche küsste.

Wir aßen schweigend und taten beide so, als wären wir ein normales Paar, dem nicht befohlen worden war, eine andere Dimension zu reparieren.

WIR WAREN GERADE mit dem Abendessen fertig, als es an der Tür klingelte. „Ich geh' schon!", rief ich Kane zu und ging zur Vorderseite unseres Schrotflintenhauses. Noch bevor ich die Tür öffnete, überflutete mich die erfrischende Energie des Engels. Ich lächelte und öffnete.

Lailah stand auf unserer Veranda, ihr honigblondes Haar auf dem Kopf zu einem Knoten getürmt. Sie hatte sich Smokey Eyes geschminkt, und ihre Lippen waren leuchtend rot.

„Oh, wo gehst du heute Abend hin?", fragte ich und winkte sie herein.

„Ich hatte eine Verabredung, um mir die neue Produktion *Hexen weinen nicht* im Theater anzusehen, aber dann kam der Befehl, nach dir und Kane zu sehen." Sie fegte an mir vorbei und ging in die Küche, ohne auf meine Antwort zu warten.

„Alles klar." Ich schloss die Tür und folgte ihr.

Sie steckte ihren Kopf in den Kühlschrank, während Kane die Spülmaschine eingeräumt hatte. Die Szene war so häuslich, dass es lächerlich war. Normalerweise jagte Kane Dämonen und ich war mit dem Zirkel beschäftigt. Und an anderen Abenden war Kane in seinem Stripclub, um sich um das Geschäft zu kümmern, und ich war in meinem Glasatelier, um Glasperlen herzustellen, die ich an Schmuckdesigner verkaufte. Ich konnte mich nicht einmal erinnern, wann wir das letzte Mal zu Hause zu Abend gegessen hatten.

Lailah holte eine Flasche Limonade aus dem Kühlschrank und ließ sich dann gegen die Theke fallen. Sie trank einen großen Schluck, bevor sie fragte: „Wann geht ihr die Schatten untersuchen?"

„Wir wollten gehen, sobald wir mit dem Aufräumen fertig sind." Ich winkte Kane zu, der gerade den Tresen abwischte.

„Wohin?", fragte sie.

Ich warf Kane einen Blick zu.

Er zuckte mit den Schultern.

„Ich schätze, im Club." Ich hasste es, von unserem Haus aus in die Schatten zu gehen. Es fühlte sich einfach wie ein Bruch unserer Privatsphäre an, es von unserem Rückzugsort aus zu tun. Außerdem gab es ein Portal im Club, und wenn irgendetwas da durchgekommen war, würden wir es sehen.

„Das habe ich mir gedacht." Sie trank einen weiteren langen Schluck. „Mir wurde befohlen, im Auge zu behalten, was ihr beide vorhabt, ich soll mich dabei aber von den Ermittlungen fernhalten. Willst du mir sagen, warum?" Ihre großen blauen Augen funkelten misstrauisch.

„Gah!" Ich konnte mich nicht zurückhalten. Was war los mit Chessandra? Wenn sie nicht wollte, dass wir über die Ermittlungen sprechen, hätte sie Lailah nichts sagen sollen.

Kane warf mir einen warnenden Blick zu. „Hat sie dir erzählt, was heute passiert ist?"

„Irgendwas über einen Engel, der in den Schatten das Bewusstsein verloren hat." Sie musterte mich, und ich hatte den Verdacht, dass sie meine Gedanken lesen konnte. Sie war dazu in der Lage gewesen, als ein Zauber schiefgegangen war, doch soweit ich wusste, war diese Fähigkeit zwischenzeitlich verblasst.

„Richtig", sagte Kane. „Sie wurde angegriffen, und wir werden das untersuchen. Chessandra will nicht riskieren, dass mehr ihrer Engel verletzt werden."

Lailah ließ mich nicht aus den Augen, während Kane sprach. „Da ist doch mehr."

Ich nickte. Ich konnte nicht anders. Nachdem sie meine Gedanken gelesen hatte, verstand Lailah meine nonverbale Kommunikation besser als die meisten Menschen. „Ja, aber sie hat uns befohlen, nichts zu sagen."

Sie runzelte die Stirn. „Oh, dann werde ich dich nicht drängen. Aber das macht meine Arbeit nicht gerade leichter. Wirst du es mir sagen, wenn ich irgendwas wissen muss? Wie wenn ein Dämon los ist? Ich habe Seelen zu beschützen." Ihr Blick bohrte sich in meinen. „Einschließlich deiner."

Lailah war meine Seelenhüterin und sie nahm ihren Job sehr ernst. Anders als mein letzter Hüter würde sie nicht zulassen, dass ein Dämon meine Seele bekam. Nicht, solange sie zuständig war. Ich wusste nicht, was ich darauf antworten sollte, also nickte ich nur. Wenn die Kacke am Dampfen war, würden wir wahrscheinlich jede Hilfe brauchen, die wir bekommen konnten, egal, was Chessandra gesagt hatte. Ganz zu schweigen davon, dass Lailah eine meiner vertrauenswürdigsten Freundinnen war.

„Okay. Ihr werdet also jetzt die Schatten untersuchen. Kannst du mich anrufen, wenn du fertig bist?", fragte sie.

„Sicher", sagte ich trotz des warnenden Blicks, den Kane mir zuwarf. Seit er ein Dämonenjäger geworden war, war es ihm nochmal wichtiger geworden, sein Wort zu halten. Wenn er nicht über eine Mission sprechen durfte, würde er es nicht tun. Das war für ihn in Ordnung. Aber ich würde meine Freunde nicht im Dunkeln lassen, wenn ich der Meinung war, dass sie in Gefahr schwebten. Ich bezweifelte, dass er in einem solchen Fall schweigen würde, doch er wollte lieber keine Versprechungen machen, die er nicht halten konnte. Ich hingegen hatte nicht wirklich etwas versprochen. Ich hatte Befehle bekommen, mit denen ich nicht einverstanden war, und hatte keine Gelegenheit bekommen, Kompromisse zu verhandeln.

„Danke." Sie nahm die Limonadenflasche und nickte uns kurz zu, bevor sie wieder ging.

Nachdem wir gehört hatten, wie sich die Tür mit einem leisen Klicken geschlossen hatte, nickte Kane in Richtung der Tür. „Sie war nicht nur so in der Gegend, oder?"

„Vielleicht. Aber wir wissen beide, dass sie deshalb nicht vorbeigekommen ist." Sie war persönlich gekommen, weil sie wusste, dass Chessandra sie im Dunkeln gelassen hatte, und meine Reaktion sehen wollte. Jetzt hatte sie, was sie brauchte.

Er nickte. „Ich denke, das tun wir. Das macht sie gut in ihrem Job."

„Und jetzt ist es an der Zeit, dass wir uns an die Arbeit machen." Ich stellte mich vor ihn und legte meine Arme um seine Taille. „Bereit, ein paar Stripperinnen zu sehen?"

Er lachte. „Ich würde lieber dir beim Strippen zusehen."

Ich lachte. „Oh, davon gehe ich aus."

KAPITEL DREI

*K*ane und ich standen vor dem *Wicked*, dem Stripclub, der ihm gehörte, und starrten auf die Gäste, die darauf warteten, hineinzukommen. Sie standen den Block runter und um die Ecke Schlange.

„Was zum Teufel geht da drin vor?", fragte ich. „Du hast kein Event, oder?" Hin und wieder veranstaltete der Club Junggesellenabschiede oder Themenpartys wie Cowgirlabende oder sogar Dominaabende, doch selbst dann standen die Leute nicht so Schlange.

„Nein. Nicht, dass ich wüsste." Kane schloss seine Finger fester um meine Hand und führte mich zur Tür. Ein paar betrunkene Typen protestierten, bis uns jemand erkannte und ihnen zuschrie, sie sollten die Klappe halten. Kane ignorierte sie alle. Er nickte dem Türsteher zu, als wir an ihm vorbei in den überfüllten Club gingen.

Mein Körper erwachte von der bekannten Lust zum Leben, sobald wir die Schwelle überschritten. Kanes frischer Regenduft wurde stärker und überwältigte mich. Er blieb einen halben Schritt vor mir stehen, seine Schultermuskeln spannten sich köstlich unter seinem engen Baumwollhemd an. Mein Puls schlug schneller, als mein Körper vor elektrischem Verlangen glühte. Ich bewegte mich auf ihn zu und presste meinen Körper instinktiv gegen Kane, weil ich ihn berühren musste. Ich hob meinen freien Arm, strich mit meiner Hand seinen Hals hinunter und fixierte seine Lippen, während ich mich danach sehnte, ihn zu küssen.

„Jade", sagte Kane argwöhnisch. „Was tust du da?" In seinem Ton lag ein Hauch von Verwirrung.

Ich blickte in seine forschenden Augen und trat dann kopfschüttelnd zurück. Ich hatte nicht die Angewohnheit, mich mitten in seinem Club auf ihn zu stürzen. „Ich …" Schluckend trat ich einen weiteren Schritt zurück und versuchte, Abstand zwischen uns zu bringen. Seine Incubus-Anziehung entfaltete ihre volle Wirkung. „Vielleicht solltest du die Magie zügeln."

Er runzelte die Stirn. „Wovon redest du?"

Ich nahm seine Hand und zog ihn durch die lüsterne Menge. Die Gäste – Männer und Frauen gleichermaßen – genauso wie die Tänzerinnen und Angestellten hielten inne, um ihn zu beobachten. Als wir uns seinem Büro näherten, blieb er stehen und sah sich die Menge an. Alle bewegten sie sich auf uns zu.

„Rein da!", befahl ich und zerrte ihn durch die Tür. Die Tür fiel mit einem befriedigenden Klicken zu.

„Jade …", begann er.

„Warte", sagte ich. „Du weißt nicht einmal, dass du es tust?"

„Was tue ich?"

Ich warf meine Hände in die Höhe. „Hör auf, so schwer von Begriff zu sein. Deine Incubus-Anziehung wirkt sich nicht nur auf mich aus, sondern auf alle im Club. Die Spannung da drin ist jenseits von Gut und Böse."

Er zuckte bei meinen Worten überrascht zurück. „Ich tue nichts."

„Aber ..." Ich neigte den Kopf zur Seite und musterte ihn eingehend. Er war groß und dunkelhaarig, mit satten schokoladenbraunen Augen, einem wie aus Stein gemeißelten Gesicht und einer schmalen Taille. Verdammt umwerfend. Seit Kane in einen Incubus verwandelt worden war, hatte ihn sein ohnehin schon gutes Aussehen irgendwie in etwas verwandelt, das einem griechischen Gott ähnelte. Es war nicht zu leugnen, dass praktisch jeder, der ihm begegnete, von seiner bloßen Anwesenheit beeindruckt war.

„Was siehst du, Liebes?", fragte Kane.

„Nur dich. Du hast recht. Da ist keine Incubus-Energie." Ich setzte mich auf die Kante seines Schreibtisches und dachte darüber nach. Seine Incubus-Energie hatte mich mit voller Wucht getroffen, sobald wir durch die Tür gegangen waren. Der Club war mit seiner sexuellen Energie überladen. Das ergab überhaupt keinen Sinn. Kane war in letzter Zeit nicht einmal viel im Club gewesen. Charlie war die Managerin, und Kane kam tagsüber rein, um bei der Verwaltungsseite zu helfen.

„Warte hier", sagte ich und ging zur Tür.

„Wohin gehst du?"

„Nur kurz raus in den Club. Ich bin gleich wieder da." Ich schlüpfte durch die Tür und schloss sie bewusst hinter mir. Die Incubus-Verlockung prickelte meinen Rücken hinunter und ließ mich vor aufgestauter sexueller Energie schwanken. „Heilige Scheiße."

Kanes Energie sickerte durch den Club und gab allen viel mehr, als sie erwartet hatten, als sie gekommen waren. Ich wappnete mich und versuchte, das Gefühl abzuschütteln. Doch da mich alles an Kane erregte, funktionierte es nicht wirklich.

Ein Schweißfilm bedeckte mein Gesicht, als mir von innen heraus heiß wurde.

„Jade?", rief eine vertraute Stimme über die Musik hinweg.

Ich wirbelte herum und wäre fast mit Charlie zusammengestoßen. „Oh hallo. Dich habe ich gesucht."

Ihre Lippen verzogen sich zu einem sexy Lächeln, als sie mit ihrer Hand über meinen nackten Arm strich. Wellen des Vergnügens breiteten sich über meine Haut aus und ließen mich zittern. „Du hast mich gefunden. Was kann ich für dich tun, meine Hübsche?"

Ich starrte sie an, wie gebannt von der Verbindung.

Sie kicherte.

Ihr Kichern riss mich aus dem Lustzustand, der mich dumm machte, und ich schüttelte den Kopf, um meinen Gehirnnebel zu vertreiben. „Wie lange geht das schon so?"

Sie sah sich im Club um. „Was meinst du?"

„Äh, Leute, die bis um den Block rum Schlange stehen, und alle so high von Pheromonen, dass sich der Laden eher wie ein Sexclub als ein Stripclub anfühlt."

„Oh das." Sie lachte. „Das hat gestern Abend angefangen. Ich dachte, ihr habt irgendeinen Zauber gewirkt oder so. Wenn ja, ist es cool und alles, aber ich musste zusätzliche Hilfe einstellen, um die Massen zu versorgen." Sie deutete mit dem Kopf auf die Bar und zeigte auf zwei zusätzliche Kellner. „Du sagst, es ist kein Zauber?"

Ich schüttelte den Kopf. „Zumindest nicht, dass einer von uns davon wüsste."

„Verdammt." Charlie sah sich im Club um und schauderte dann. „Das ist irgendwie gruselig."

„Ja", stimmte ich zu. „Aber wir können daran jetzt nichts ändern. Vielleicht sollten wir Kane fragen, was er deswegen unternehmen will."

Sie betrachtete die Gruppe von Männern, die sich auf der Bühne drängten. Bisher hielten sie Abstand von der Tänzerin. „Ich werde für alle Fälle zusätzliche Muskeln anfordern."

„Gute Idee." Ich nickte in Richtung Büro. „Kane und ich können nicht bleiben, aber wenn irgendwas passiert, das dir nicht gefällt, ruf Pyper an. Sie wird wissen, was zu tun ist."

„Geht klar." Sie beugte sich für eine schnelle Umarmung vor, hielt aber inne und hob ihre Hände. „Vielleicht nicht heute Nacht."

Ich kicherte. „Vielleicht nicht."

Gegen Kanes Incubus-Energie stark zu bleiben war ein echter Kampf. Meine Sinne waren verschwommen, und alles, was ich tun wollte, war zurück in dieses Büro zu gehen und ihn zu besteigen. Reiß dich zusammen, Jade. Ich stand an der Tür, hielt die Klinke mindestens eine Minute lang in der Hand und versuchte, mein Glassilo zu errichten, um alles um mich herum auszublenden.

Als schließlich die Wände einrasteten, holte ich tief Luft und ging zurück ins Büro.

Kane saß am Schreibtisch, den Kopf in die Hände gestützt.

„Hey", sagte ich und legte meine Hand auf seinen Rücken. „Bist du okay?"

Er hob den Kopf, das Gesicht zu einem schmerzerfüllten Ausdruck verzogen. „Kopfschmerzen. Hat plötzlich angefangen, als ob meine Energie aus mir herausgesaugt würde."

Ich ließ meine Barrieren sofort fallen, strich mit meinen Fingern leicht über seine Stirn und ließ ein Flüstern meiner Magie zurück.

Kane stieß ein winziges Stöhnen der Erleichterung aus. Als ich meine Hand wegzog, fing er sie mit seiner und küsste meine Fingerspitzen. „Danke."

Ich lächelte ihn an. „Gern geschehen."

Er sah zu mir auf, seine Gesichtszüge glätteten sich. „Hast du gefunden, wonach du gesucht hast, als du da rausgegangen bist?"

„Ja. Der Club ist unerklärlicherweise mit deiner Energie aufgeladen. Die Leute stehen wegen deiner Incubus-Pheromone um den Block herum. Was wir nicht wissen, ist warum. Charlie sagte, es ist seit gestern Abend so. Sie dachte, wir hätten einen Zauber gewirkt, um den Club sexuell aufzuladen, um das Geschäft anzukurbeln oder so."

Seine Augen weiteten sich vor Überraschung. „Verdammt."

„Ja."

Er stand auf und starrte auf die geschlossene Tür.

„Im Moment können wir nicht wirklich was dagegen tun", sagte ich. „Morgen, wenn alle gegangen sind, werden wir uns darum kümmern. Vielleicht kannst du den Rat der anderen Incubi einholen."

„Vielleicht." Doch als er es sagte, hörte es sich so an, als wäre es das Letzte, was er tun wollte, irgendjemandem aus der Bruderschaft davon zu erzählen.

„Darüber können wir uns morgen Gedanken machen. Im Moment hat Charlie alles unter Kontrolle, und ich habe ihr gesagt, sie soll Pyper anrufen, wenn irgendwas außer Kontrolle gerät. Sie kann Bea oder Lucien kontaktieren." Meine Lösung für Charlie war nicht der ideale Plan, aber besser als nichts. Kane und ich hatten eine Aufgabe zu erledigen.

Er zog sich von der Tür zurück und ging in die Mitte des Büros. „Ich bin bereit, wenn du es bist."

Ich stellte mich neben ihn, legte meine Hand in seine und hielt den Atem an, als unsere Welt kippte. Das sanfte Leuchten des Bürolichts verschwand und wurde durch reine Dunkelheit ersetzt. Wind wehte mir in die Ohren, und dann, immer noch

Kanes Hand haltend, knallten meine Füße auf den Boden. Diesmal stolperte ich nicht einmal.

„Wir werden immer besser", sagte ich zu Kane, als sich meine Augen an die Dunkelheit gewöhnt hatten.

Er antwortete nicht und war so still, dass ich hätte denken können, wir wären getrennt worden, wenn ich meine Finger nicht um seine gelegt hätte. Wut und Hass krochen über meine Haut, und mein Herz schlug gegen meine Rippen. „Wer ist hier?"

Kane bewegte sich und hielt meine Hand fester. „Jade?" Seine Stimme war angespannt.

„Stimmt was nicht? Was ist los?" Ich drehte mich um und hob den Kopf, um ihn anzusehen, doch die Schatten waren zu dunkel. Ich konnte nichts sehen außer seinem Umriss.

„Alles fühlt sich ... anders an", sagte er so leise, dass ich ihn kaum hören konnte.

„Es ist anders. Jemand oder etwas ist hier." Ich lehnte mich vor und flüsterte: „Wer auch immer es ist, ist voller Hass."

„Jade?", wiederholte Kane.

„Kane?" Hatte er mich überhaupt nicht gehört? Angst übernahm und ließ meinen Kopf schwirren. „Was ist los?"

Er schwankte neben mir, und bevor ich irgendetwas tun konnte, um ihn aufzuhalten, taumelte er zur Seite, stürzte und landete hart auf seiner Schulter.

„Kane!", rief ich erneut und fiel auf die Knie, um ihn auf den Rücken zu rollen. Endlich hatte sich meine Sicht so weit angepasst, dass ich seine Gesichtszüge erkennen konnte. Seine Augen waren geschlossen, und ein Rinnsal, das Blut zu sein schien, drang aus einer kleinen Wunde auf seiner Wange. „Nein, nein, nein. Nicht jetzt."

Plötzlich dämmerte es mir, dass es ihm genauso erging, wie den Engeln. Was auch immer das Böse hier war, es entzog ihm seine Energie. Wenn ich ihn nicht hier rausholen konnte … Ich wollte nicht einmal über die Konsequenzen nachdenken. Es war zu schrecklich.

Ich umklammerte seine Hand mit meiner, schloss meine Augen und stellte mir vor, mit ihm zusammen zurück ins Büro des Clubs zu gehen. Der Gedanke hätte reichen sollen, doch nichts geschah. Die Welt drehte sich nicht, und als ich meine Augen öffnete, waren wir immer noch in dem trostlosen Grau der Schatten.

Nur dass dieser Ort voller Hass war. Wut. Verzweiflung. Die Luft pulsierte davon. Und während ich mich auf das Böse konzentrierte, das versuchte, sich seinen Weg in mein Bewusstsein zu bahnen, wurden meine Glieder schwer und die Welt begann zu verblassen. Das Problem war, dass wir nicht zurück zum Club gingen. Wir gingen nirgendwo hin.

Meine Verteidigungsmauern schossen in einem letzten verzweifelten Versuch hoch, um mich vor dem zu schützen, was auch immer unsere Energie stahl. Sofort wurde mein Kopf klar, und die Schatten wurden scharf. Was normalerweise ein in Grautöne gegossener Spiegel unserer Welt war, war jetzt eine zerfallende Ruine. Wir lagen am Boden in einem Raum, der Kanes Büro ähnelte, mit abblätternden Wänden und verrotteten Böden. Die Decke war eingestürzt, und zerknülltes Papier und Müll lagen auf dem Boden verstreut.

Ein Bild von Kane und Lailah, gefangen in einer alten Ruine, kam mir in den Sinn. Das Fegefeuer? Waren wir dort? Oder ein abgelegener Teil der Hölle? Kane und ich waren einmal dort gewesen. So hatte es nicht ausgesehen, doch sie war voller Zerstörung und Verzweiflung gewesen.

Wir mussten gehen. So oder so mussten wir hier raus. Wenn ich nicht mit Kane hier rausspazieren konnte, musste ich einfach meine Magie einsetzen.

„Kane?", sagte ich, als ich seinen rechten Arm ergriff. „Kannst du mich hören?"

Seine Augenlider flatterten, doch er öffnete sie nicht.

„Ich werde einen Zauber sprechen, der an Zuhause gebunden ist. Wenn ich anfange zu sprechen, stell dir einfach unser Zuhause vor und dass wir dort hinten sind. Den Rest erledige ich."

Ich war mir nicht sicher, ob er mich gehört hatte, und Panik begann, durch meine Adern zu kriechen.

Ich rang sie nieder und konzentrierte mich auf die Magie, die direkt unter meinem Herzen pulsierte. Sie war schwächer als sonst, doch ich verdrängte die Zweifel, die versuchten, meinen Verstand zu überwältigen. Ich war eine weiße Hexe, Anführerin des Zirkels von New Orleans. Nichts würde mich hier an diesem höllischen Ort halten.

Magie erwärmte meine Brust und breitete sich aus, stärkte meinen geschwächten Körper. Ich blickte auf Kane hinunter und wartete darauf, dass sich die Magie aufbaute. Er lag völlig still, seine Brust hob sich kaum.

Ein Keuchen erstickte in meiner Kehle, und Tränen verschleierten meine Sicht. „Nein, verdammt. Denk nicht einmal daran, mich zu verlassen." Ich legte meine Hand auf seine Brust, ließ den magischen Funken überspringen und schob etwas von meiner eigenen Energie in ihn.

Er regte sich und holte scharf Luft. Stöhnend öffnete er die Augen.

„Kane?"

„Jade?", sagte er mit aufgesprungenen Lippen.

„Wir gehen jetzt nach Hause, verstehst du?" Meine Worte kamen als kurzes, ersticktes Schluchzen heraus. „Nach Hause. Stell dir einfach unser Zuhause vor, und wir sind gleich da."

„Nach Hause", sagte er und schloss wieder die Augen.

Mein Innerstes war voller roher, verzweifelter Angst, etwas, das ich noch nie zuvor erlebt hatte, selbst nach all den Kämpfen, die wir durchlitten hatten. Und etwas, das ich nie wieder erleben wollte.

Ich packte seine Unterarme und sang: „Von eins zu zwei und zwei zu eins, trag' uns nach Hause, dein Wille geschehe."

Magie überkam mich, verschlang meine Hände und breitete sich über Kanes nackte Haut aus.

Ein kleines bisschen Erleichterung bahnte sich einen Weg in mein Herz, doch dann zog sich die Magie zurück und fing an, meine Arme hinaufzukriechen.

„Nein!" Ich wappnete mich und zwang die Magie zurück auf Kane, stellte mir vor, dass sie seinen ganzen Körper einhüllte und eine unsichtbare Barriere bildete, damit sie sich nicht wieder an mich heften konnte. „Kane!"

Er blinzelte, seine Augen waren klar, als er zu mir aufblickte.

„Stell dir unser Zuhause vor. Jetzt!"

Sein Blick suchte meinen, scheinbar zögernd.

„Jetzt!"

Der Schock, dass ich ihn anschrie, schien ihn aufzuschrecken, denn er nickte mir zu und schloss die Augen wieder. Einen Moment später verschwand sein Körper und ließ mich allein in den Ruinen der Schatten zurück.

KAPITEL VIER

*N*ach Hause!", schrie ich und stellte mir unser Wohnzimmer vor, doch meine Magie flackerte wie eine sterbende Glühbirne und erlosch. *Verdammt! Plan B.* Ich stellte mir das Büro im Club vor, machte einen Schritt und seufzte fast vor Erleichterung, als die Welt kippte.

Eine Sekunde später lag ich ausgestreckt am Boden im Büro, meine Fähigkeit, im Schatten zu wandeln, immer noch intakt, auch wenn meine Koordination es nicht war. Ich rappelte mich auf, zog mein Handy aus der Tasche und wählte Kanes Nummer. Es klingelte einmal und schaltete dann auf Voicemail.

„Doppelt verdammt!" Ich schoss durch die Bürotür und kämpfte darum, die intensive sexuelle Energie auszublenden, die durch den Club pulsierte. Die Spannung war so stark, dass meine Glieder schwer wurden und mein Kopf vor dunstiger Verwirrung schwirrte, doch ich bewegte mich weiter. Ich musste Kane finden.

Als ich durch die Tür ins Freie trat, traf mich die warme Nacht wie eine Welle der Erlösung, als all die rohe Energie des

Clubs verblasste. Sicher, die Erregung der Nachtschwärmer auf der Straße drang immer noch in meine Sinne ein, doch es war nicht wie im Club. Ohne einen Blick zurück ging ich schneller und rannte die paar Blocks zu unserem Haus.

„Kane?", rief ich, als ich ins Haus stürmte.

Schweigen.

„Kane!" Ich sprintete zur Rückseite des Hauses, bog um die Ecke des Flurs und wäre fast gegen die feste Gestalt meines Incubus gerannt.

„Wow." Seine Arme legten sich um meine Taille und stützten mich. „Warum hast du so lange gebraucht?"

„Wovon redest du? Es sind nur ein paar Minuten gewesen." Ich ballte meine Fäuste und knuffte ihm gegen die Schultern, als er mich anlächelte und Amüsement in seinen Augen aufleuchtete. „Lachst du mich aus?"

Er schüttelte den Kopf. „Niemals." Dann senkte er seinen Kopf und bedeckte meinen Mund mit seinem. Ein winziger magischer Funke tanzte zwischen uns, gerade genug, um die verbleibende Panik zu beruhigen.

Ich zog mich zurück und betrachtete seinen Körper von Kopf bis Fuß. „Geht's dir gut?"

Er war ein bisschen blass, schien aber sonst in Ordnung zu sein. Nickend führte er uns rückwärts in unser Schlafzimmer. „Bald."

Ich blieb mitten im Raum stehen und legte meine Hand an seine Wange. „Was ist passiert?"

Er lachte. „Ich bin ohnmächtig geworden. Du warst da."

Ich presste meine Lippen aufeinander. „Ja, an diesen Teil erinnere ich mich. Bist du einfach nur ohnmächtig geworden oder hast du gespürt, wie dir etwas deine Energie nimmt?"

Er knöpfte sein Hemd auf und setzte sich auf die Bettkante. „Komm her."

„Kane." Der Kampf verließ meinen Körper, als ich ihn ansah, wie er auf mich wartete, seine Augen vor Müdigkeit geschlossen.

„Küss mich", sagte er und zog mich herunter, sodass ich rittlings auf ihm saß. Er strich mit seinen Händen über meine Schenkel und nahm sich Zeit, als würde er jeden Zentimeter genießen. Seine feste, aber sanfte Berührung jagte mir Schauer der Vorfreude über den Rücken.

Ich streckte die Hand aus und strich ihm eine einzelne Strähne seines dunklen Haares aus den Augen, während ich in der schwachen Spur seines Duftes nach frischem Regen schwelgte. Seine Hände schlossen sich fester um meine Beine, als er mich einzuatmen schien. Wir saßen da, schwebend im Moment, alle Spuren von Magie und Incubus-Anziehung waren verschwunden. Es waren nur wir beide, miteinander verbunden.

„Ich liebe dich, Jade", sagte Kane leise und voller Emotionen.

Es war genug, um mir Tränen in die Augen zu treiben. „Ich liebe dich auch." Ich neigte meinen Kopf, nahm sein Gesicht in die Hände und küsste ihn sanft, wobei ich meine Lippen kaum über seine strich.

„Ich habe nie daran gezweifelt, dass du uns aus den Schatten holen würdest, weißt du", sagte er an meinen Lippen. „Du bist die stärkste Frau, die ich je getroffen habe."

„Nicht stärker als du", murmelte ich und streichelte mit meinen Händen über seine Schultern.

Er lehnte seine Stirn an meine und legte seine Hand an mein Herz. „Ich meine hier. Die Liebe, die du für diejenigen von uns in dir trägst, die das Glück haben, in deinem Leben zu sein, ist größer als alles, was ich je gekannt habe."

Ich kicherte. „Ich glaube, du bist ein bisschen betrunken

von dem Energieschub, den du bekommen hast, als ich dich nach Hause gebracht habe."

„Vielleicht. Aber das heißt nicht, dass ich nicht die Wahrheit sage." Er schlang seine Arme um mich und schob seine Hände unter mein Top, sanft streichelnd.

Ich schloss die Augen und genoss seine Berührungen. Seit er zum Incubus geworden war, war unser Liebesspiel intensiv gewesen. Manchmal sogar hektisch. Überwältigend. Aber das, dass wir beide zusammen saßen und uns einfach nur aneinander erfreuten, war selten. „Das ist wunderschön", sagte ich und strich mit meinen Lippen über seinen Wangenknochen.

„Du bist schön." Er zog mein Top weiter hoch, sein warmer Atem kitzelte meinen Hals.

Ich hob meine Arme, als er mir das Top über den Kopf zog und ich nur noch meinen schwarzen Spitzen-BH trug.

„Und die hier auch." Er strich mit seinen Fingerspitzen über meine Brüste, während er Küsse über meinen Hals verteilte. Er hielt an meiner Kehle inne, schob langsam die BH-Träger über meine Schultern und folgte dem Stoff mit seinen Lippen.

Seine zärtliche Berührung erwärmte mein Herz, und die Liebe, die zwischen uns pulsierte, schien anzuschwellen und zu wachsen und all die winzigen Risse zu füllen, die unsere Reise in die Schatten hinterlassen hatte.

„Kane?"

„Ja, Liebes", murmelte er über meine prickelnde Haut.

Meine Finger fanden den obersten Knopf seines Hemdes. „Ich muss dich ganz spüren. Um zu wissen, dass du echt bist. Dass wir echt sind. Dass die Schatten nicht einmal einen winzigen Bruchteil von dir genommen haben."

„Ich gehöre ganz dir, hübsche Hexe."

„Und vergiss das nie."

Er schenkte mir ein Lächeln, als ich sein Hemd von seinen Schultern schob. Ich nahm mir einen Moment Zeit, um seine nackte Haut zu streicheln, die Linien seiner gut definierten Muskeln, die fünf Zentimeter lange Narbe direkt unter seinem Schlüsselbein und die Wölbungen seiner Bauchmuskeln.

Er holte kurz Luft, sein Bauch zitterte unter meiner Berührung. Dann stand er mit glühenden Augen auf und hob mich mühelos hoch. Meine Beine schlangen sich automatisch um seine Taille, als er uns herumwirbelte, dann auf das Bett kroch und mich unter sich ablegte. Er kniete über mir, sein hungriger Blick erhitzte meinen ganzen Körper.

Ich strich mit meinen Fingern über seine Brust. „Was hast du jetzt vor?"

Amüsiert blitzten seine dunklen Augen auf, gefolgt von einem Funken Hitze. „Meine Pläne sehen viel weniger Kleidung vor."

Als Antwort öffnete ich den Knopf meiner Jeans.

Kane beobachtete mich einen Moment lang, rutschte dann hinunter, um mir zu helfen, sie auszuziehen, und zog mein Höschen gleich mit aus. Schnell entledigte er sich seiner restlichen Kleidung, bevor er ich mich aus dem Spitzen-BH befreite.

Einen Moment später kroch Kane wieder auf mich und legte die Hände auf meine Brüste. Die Magie funkelte tief in meinem Bauch, als meine Brustwarzen hart wurden und sich nach seiner Berührung sehnten. Doch er tat es nicht. Stattdessen strich er mit seiner Hand über meine Seite, bis er meine Hüfte erreichte. Er bewegte sich absichtlich langsam und ließ sich Zeit, um mich zu foltern.

Ich würde da jedoch nicht mitspielen. Ich brauchte ihn. Musste ihn spüren. Ihn berühren. Ihn in mir haben. Ich hakte ein Bein um seines, rollte uns beide herum und setzte mich rittlings auf ihn. „Ich kann nicht warten", sagte ich, während Tränen der Rührung in meinen Augen brannten.

Kane setzte sich auf und positionierte mich neu, sodass meine Beine um seine Taille geschlungen waren. Und als seine Lippen meine rechte Brustwarze beanspruchten, stieß ich ein leises Stöhnen aus und hob meine Hüften, wobei ich die Kuppe seines harten Schafts zwischen meinen Beinen einfing.

„Ja", flüsterte er gegen meine Haut und hielt sich völlig still.

Mein Atem stockte und dann, ganz langsam, senkte ich mich und nahm ihn in mich auf. Ein tiefer, zufriedener Seufzer entwich meinen geöffneten Lippen.

Kane zog sich ein wenig zurück, seine Hände locker um meine Hüften, während er mich ausfüllte und mich dehnte.

Dann, während wir einander beobachteten, begannen wir, uns beide langsam und bedächtig zu bewegen und genossen den Moment. Liebeszauber erblühte um uns herum, verzehrte unsere Körper, und als meine Kraft wuchs, fühlte ich, wie seine Liebe mich tief in meiner Seele berührte.

Ich stieß ein winziges Wimmern aus und presste mich an ihn, versuchte, jeden Zentimeter von ihm zu genießen.

„Du gehörst mir", sagte Kane an meinem Hals. „Jetzt und für immer."

„Für immer", wiederholte ich, als sich die Spannung tief in meinem Inneren aufbaute.

Plötzlich waren Kanes Hände überall, auf meinem Hals, meinen Brüsten, unter meinem Po. Jeder Stoß passte zu seinem, und gerade als ich sicher war, dass ich nie genug von ihm bekommen würde, kratzten seine Zähne über meine Brustwarze, während sein Daumen dieses empfindliche Nervenbündel zwischen meinen Beinen fand.

„Oh." Ich stöhnte, und meine Muskeln spannten sich um ihn herum an.

„Das ist es, Jade. Komm für mich, Baby." Mächtige Magie brach tief aus meinem Inneren hervor und knisterte um uns herum, als Kanes starke Hände mich packten und er hart nach oben stieß. Einmal. Zweimal. Und mit einem letzten Stoß schrien wir beide auf und lösten uns zusammen auf, während mächtige Magie um uns herum knisterte.

Kane drückte mich an sich, vergrub seinen Kopf an meinem Hals, während ich ihn festhielt, und die Wellen der Lust und die winzigen magischen Nachbeben ausritt.

„Wow", sagte ich ein paar Minuten später und küsste seine Schläfe.

Ich spürte, wie sich seine Lippen an meinem Schlüsselbein zu einem zufriedenen Lächeln verzogen. „Das war …"

„Atemberaubend?"

Er zog sich zurück. Mit einem Finger strich er sanft eine Strähne meines Haares hinter mein Ohr. „Ich wollte sagen intensiv."

„Das auch", sagte ich, rutschte von ihm herunter und zog ihn aufs Bett.

Kane rollte sich auf den Rücken und wiegte mich in seinen Armen. „Bist du okay?"

Ich schmiegte meinen Kopf an seine Brust und war zufrieden, seinem Herzschlag zu lauschen. Er fragte nach der magischen Übertragung. Als Incubus bekam Kane nun seine Macht von mir und nachdem er in der Schattenwelt ausgelaugt gewesen war, hatte er mehr als sonst gebraucht. „Mir geht's gut."

Er hob den Kopf und blickte auf mich herab. „Wirklich?"

Ich lächelte ihn an. „Ich brauche vielleicht morgen eine extra Vitamintablette, aber wirklich, mir geht's gut."

„Gut." Er drückte seine Lippen auf meinen Kopf und gab mir den süßesten, zärtlichsten Kuss.

Mein Herz schwoll an. Die Liebe zwischen uns war überwältigend. Allesverzehrend. Aber auch tief und erwachsen und voller Bedeutung. Es war mehr, als ich je hätte verlangen können.

Stille umgab uns, während wir mit verschlungenen Körpern dalagen. Und als wir in der Stille der Dunkelheit lagen, konnte ich nicht verhindern, dass mir die Ereignisse der Nacht durch den Kopf schossen: Kane fast bewusstlos in der Schattenwelt, wie ich ihn nicht aus den Schatten führen konnte, und dann die Magie, die ich benutzt hatte, um ihn nach Hause bringen und die Tatsache, dass wir uns durch unsere Berührung wieder ganz machen konnten.

Die Realität dessen, was wir gemeinsam erreichen konnten, ließ mein Herz vor Dankbarkeit und Stolz anschwellen. Ich schmiegte mich an Kane und hielt mich einfach fest, dankbar, in seinen Armen zu sein.

Kanes Atmung wurde tiefer und ruhiger. Ich zog die Decke vom Fußende des Bettes hoch, legte sie über uns, rollte mich dann zusammen und gesellte mich zu meinem Incubus in den Schlaf.

Mein Traumwandler war für mich in dem Moment da, als ich einschlief. Ich fand mich in Pypers Wohnung über dem Café wieder. Kane stand neben ihr in der Nähe der Fenstertüren, ihre Köpfe vertraulich nah aneinander.

Keiner von beiden bemerkte mich, und zum ersten Mal seit über einem Jahr fühlte ich mich wie ein Eindringling in Kanes Traum. Ich räusperte mich, wollte sie nicht unterbrechen, aber auch nicht lauschen.

Kane hob den Kopf und sah sich um, doch er schien durch mich hindurch zu blicken. Pyper warf ihm einen Blick zu, sah sich dann verwirrt im Raum um und sprach dann mit angespannter Miene weiter.

„Whoa", sagte ich. Ich hatte angenommen, dass sie flüsterten, doch jetzt, da ich ihre Gesichter sehen konnte, war offensichtlich, dass dem nicht so war. Und ich konnte nichts hören. Ich winkte mit der Hand, um ihre Aufmerksamkeit zu erregen, doch wieder bemerkte es niemand. „Ihr könnt mich weder sehen noch hören, oder?"

Pyper bewegte sich und starrte aus dem Fenster. Kane runzelte die Stirn und sah sich erneut um. Es war offensichtlich, dass er mich nicht sah. Kopfschüttelnd drehte er sich um und stellte sich neben Pyper. Nach einem Moment legte sie ihren Arm um seine Hüfte und lehnte sich an ihn.

Er streichelte geistesabwesend ihr Haar und ein kleiner Pfeil von … etwas schoss durch mich hindurch. Eifersucht? Nicht ganz. Eher ein unangenehmer Schmerz. Ich schluckte die Emotion herunter, beschämt, dass ich mich ausgeschlossen fühlte.

Aber dann, direkt vor meinen Augen, hob Pyper ihre rechte Hand und fuhr mit ihren Fingern zärtlich über sein Kinn.

Ich erstarrte und riss meine Augen auf, während mein Herz in meiner Brust hämmerte. Auch Kane erstarrte, scheinbar schockiert über das, was sie tat.

Ich sah, wie sie das Wort *Kane* mit den Lippen formte. Mondlicht drang durch das hohe Fenster und schien auf ihren hoffnungsvollen Blick.

Mein Magen rebellierte. Nein. Das passierte nicht. Pyper versuchte nicht, Kane in seinem Traum zu verführen. Einem, aus dem ich ausgeschlossen war, aber den ich doch mitansehen musste.

Pyper hob die Hand höher und legte sie auf Kanes Wange.

„Oh nein, das tust du nicht!" Ich machte mich auf in ihre

39

DEANNA CHASE

Richtung, fest entschlossen, diesen Traumwandel-Wahnsinn zu stoppen, notfalls mit Gewalt.

Doch bevor ich dort ankommen konnte, zuckte Kane zurück und sah Pyper finster an. Ich konnte seine Worte immer noch nicht verstehen, doch was er sagte, war klar. Er packte ihre Handgelenke und schob sie von sich weg, eine Mischung aus Verwirrung und Wut in seinen dunklen Augen.

Pyper schüttelte mit frustrierter Miene den Kopf. Sie trat einen Schritt vor und –

Ich schreckte hoch und setzte mich im Bett auf, die Decke an mich gepresst. „Was zum Teufel war das?", fragte ich und richtete meinen Blick auf Kane, während ich mein Bestes versuchte, die Empörung zu unterdrücken, die versuchte, mich zu packen. Pyper hatte gerade meinen Mann angemacht. Der einzige Grund, warum ich nicht ausrastete, war, dass Kane eindeutig kein williger Teilnehmer gewesen war.

Er starrte mich lange an, dann setzte er sich auf und fuhr sich mit der Hand durch sein dichtes Haar. „Ich habe keine Ahnung."

Ich ballte meine Fäuste und runzelte die Stirn. „Du bist gerade in Pypers Traum gewandelt, und wenn es nach ihr gegangen wäre …"

„Du warst da?", unterbrach er mich.

„Ja. Nur, dass du mich ausgeschlossen hast." Ich wusste, dass ich wie ein schlecht gelauntes Kind klang, aber so sehr ich mich auch beruhigen wollte, ich hatte ein Problem damit, die andere Wange hinzuhalten, nachdem ich gesehen hatte, wie Pyper versucht hatte, meinen Mann zu küssen.

Er schüttelte langsam den Kopf. „Nein. Das war nicht ich. *Ich* habe nichts getan."

„Nun, ich weiß, dass du es nicht getan hast. Ich habe gesehen, wie Pyper dich angemacht hat. Ich habe gesehen, wie

40

du dich von ihr zurückgezogen hast. Aber wie hätte ich sonst aus dem Traum ausgeschlossen werden können, wenn du es nicht getan hast?" Meine Stimme zitterte vor Wut.

„Nein, Jade." Er drehte sich zu mir um, seine Augen blitzten. „Du verstehst nicht, was ich sagen will. Ich bin nicht im Traum gewandelt. Es war, als würde ich träumen."

Diese Worte ließen mich schockiert verstummen. Ich öffnete meinen Mund, um zu antworten, dann schloss ich ihn wieder. Kane hatte mir einmal erzählt, dass er im College ziemlich regelmäßig Pypers Träume besucht hatte. Er hatte gesagt, wenn er jemandem nahe stand, fiele es ihm schwer, es zu kontrollieren. Doch je älter er wurde, desto besser beherrschte er seine Gabe, und nachdem er ein Incubus geworden war, war Kontrolle kein Thema mehr gewesen. Schließlich fragte ich: „Wie ist das möglich?"

Er schüttelte den Kopf, und ein dunkles Gefühl strömte von ihm aus. „Ich habe keine Ahnung."

KAPITEL FÜNF

„ *W* illst du damit sagen, dass Pyper dich in einen Traum gezogen hat?", fragte ich Kane.

Er stand auf, schüttelte den Kopf und begann, auf und ab zu gehen. „Wie könnte sie? Sie ist keine Traumwandlerin."

Ich saß mitten im Bett und beobachtete ihn. Meine Brust begann angesichts Pypers Verrat zu schmerzen, obwohl mein Kopf vergeblich versuchte, eine plausible Erklärung zu finden. War sie verzaubert worden? Besessen? Auf Drogen? „Nein. Ist sie nicht."

„Alles daran war falsch." Er starrte mich an. „Du hast gesagt, du warst da? Ich dachte, ich hätte dich gespürt, konnte dich aber nicht sehen. Warum hast du nichts gesagt?"

„Das habe ich. Du konntest mich nicht hören."

Er schüttelte wieder den Kopf. „Es war einfach falsch. Alles daran. Ich habe den Ort nicht gewählt, konnte dich nicht sehen und Pyper war ... anders. Es war, als ob –"

„Jemand anderes die Macht hatte", fügte ich hinzu und betete selbstsüchtig, dass es so war. Wenn dem nicht so wäre,

43

glaube ich nicht, dass meine Freundschaft mit Pyper das überleben würde. Nicht nach dem, was ich gesehen hatte.

Er nickte und setzte sich neben mich aufs Bett. „Wir müssen Pyper anrufen."

Mein Gesicht schmerzte vor Anspannung. Es war nach zwei Uhr morgens. Die Erschöpfung übermannte mich, und alles, was ich tun wollte, war, mich wieder unter die Decke zu verkriechen und so zu tun, als wäre das alles nicht passiert. Ich schüttelte den Kopf und legte meine Hand um seine. „Glaubst du, es kann bis morgen warten?"

Er runzelte die Stirn. „Aber was, wenn sie in Schwierigkeiten steckt?"

Verdammt. Er hatte recht. Die Welt, in der wir lebten, war voller mystischer Anomalien, und egal, wie sehr ich mich nur an ihn kuscheln und den Rest der Welt aussperren wollte, wenn Pyper wirklich verzaubert oder irgendwie besessen war, würde ich mich selbst dafür hassen. Ich nickte, nahm mein Handy vom Nachttisch und reichte es ihm.

„Danke, Liebes." Er nahm es und scrollte durch meine Kontakte, bis er ihren Namen fand.

Ich stieg aus dem Bett, zog ein T-Shirt an und ging dann in die Küche, um mir ein Glas Wasser zu holen. Als ich zurückkam, saß Kane auf der Bettkante und starrte auf das Handy.

„Hey." Ich reichte ihm das Glas. „Was hat sie gesagt?"

Er legte das Handy zurück auf den Nachttisch. „Sie sagt, dass sie noch nicht einmal im Bett war."

Die Anspannung, die sich in meinem Bauch gebildet hatte, seit ich gesehen hatte, wie Pyper versucht hatte, ihn zu küssen, ließ nach. Ich fühlte zu gleichen Teilen Erleichterung und Sorge. Wenn sie nicht geschlafen hatte, konnte es unmöglich sie in diesem Traum gewesen sein. Doch wenn sie es nicht war, hatte jemand oder etwas anderes Pypers Aussehen benutzt.

„Eine Hexe?", fragte ich.

Er presste die Lippen aufeinander und schüttelte den Kopf. „Ich weiß nicht. Ich dachte wirklich, sie wäre es. Diese Frau hatte ihre Stimme, dieselbe Wortwahl, und sogar ihre Präsenz hat sich wie die von Pyper angefühlt."

Ich kroch zurück ins Bett und zog die Decke über meine nackten Beine. „Komm her", sagte ich leise.

Kane warf mir einen Blick zu. „Etwas ist in meinen Traumzustand eingedrungen."

Ich nickte. „Ich weiß. Aber die gute Nachricht ist, dass Pyper sicher ist. Und wer oder was auch immer es war, war nicht stark genug, um dich oder mich zu verletzen. Tatsächlich glaube ich, dass ich deinetwegen in dem Traum war, nicht wegen desjenigen, der dich dort hineingezogen hat. Und jetzt, da du dir dessen bewusst bist, wette ich, dass du denjenigen daran hindern kannst, die Kontrolle über deine Träume zu erlangen. Nicht wahr?"

Er hob eine Augenbraue und schüttelte dann den Kopf, ein leises Lächeln auf seinem Gesicht. „Wie kommt's, dass du so ruhig bist?"

Ich zuckte mit den Schultern. „Nachdem wir gegen Dämonen gekämpft haben, unsere Hochzeit von verrückten Engeln unterbrochen wurde und wir uns mit schwarzer Magie herumgeschlagen haben, ist eine kleine Einmischung in unsere Träume nichts, was uns aus dem Gleichgewicht bringen könnte."

Ohne den Blick von mir abzuwenden, stellte er das Glas auf den Nachttisch. „Schönheit und Verstand. Wie kann ich nur so viel Glück haben?"

Ich grinste. „Es muss an deinen –"

„Meinen meisterhaften Fähigkeiten im Bett liegen?" Sein sexy Grinsen war wieder da.

„Ich wollte sagen, deine Immobilien, aber sexuelles Talent ist solide an zweiter Stelle." Die Bemerkung war lustig, weil etwas Wahres daran war. Kane gehörte nicht nur das Haus im French Quarter, in dem wir lebten, sondern auch die Gebäude, in denen das *Wicked* und *The Grind* untergebracht waren. Dann war da noch die Plantage in Cypress Settlement, wo wir geheiratet hatten.

Er kniff seine Augen zusammen, und dann stürzte er sich auf mich, packte mich um die Mitte und presste mich flach auf das Bett. „Ich wusste es!"

Lachend hob ich meinen Kopf, um ihn zu küssen. „Du hast mir ein Haus zur Verlobung geschenkt."

„Und ich bereue es keinen Moment."

ICH WACHTE vom Klingeln meines Handys auf. Stöhnend drehte ich mich um und nahm es. „Hallo?"

„Jade?"

Ich blinzelte und versuchte, meine Augen im hellen Morgenlicht zu fokussieren. „Gwen?"

Meine Tante stieß einen erleichterten Seufzer aus. „Es tut mir so leid, dich so früh anzurufen, aber ich hatte eine Vision und … nun, das konnte nicht warten."

Mein Blick fiel schließlich auf die weißen Zahlen des Weckers – 7:01 Uhr. Das bedeutete, dass es in Idaho kurz nach sechs war. „Du musst anfangen, länger aufzubleiben", sagte ich. „Sechs Uhr ist eine unchristliche Zeit."

„Jade? Hast du mich gehört? Ich habe Informationen."

Die Panik in ihrer Stimme drang schließlich in meinen

verschwommenen Verstand ein, und der Rest von dem, was sie gesagt hatte, wurde mir bewusst. Eine Vision? Gwen erzählte nie jemandem die Details ihrer Visionen. Sie glaubte, dass die Informationen die Situation verschlimmern könnten. Wenn sie bereit war, mir Einzelheiten zu nennen, dann war das, was sie gesehen hatte, niederschmetternd. Ich setzte mich auf und zog meine Füße unter mich. „Was hast du gesehen?"

„Du weißt, dass ich dir das nicht sagen kann, Honey."

Natürlich wusste ich das. Ich hatte meine Teenagerjahre unter Gwens Obhut verbracht. Das einzige Mal, dass ich wusste, was sie gesehen hatte, war, als sie während einer dieser Visionen einen Hinweis darauf gegeben hatte, was sie sah. „Natürlich." Ich rieb mir mit der Hand über die Stirn. „Was *kannst* du mir dann sagen?"

Sie holte tief Luft. Dann sagte sie: „Wenn die Zeit kommt, schau in die Vergangenheit."

Ich biss mir auf die Unterlippe. „Welche Vergangenheit? Wessen?"

Ich konnte fast spüren, dass sie mit sich rang, was sie mir sagen sollte. Gwen und ich standen uns sehr nahe, und obwohl ich als Empathin normalerweise in unmittelbarer Nähe sein musste, um die Gefühle von jemandem zu spüren, hätte ich in diesem Moment schwören können, dass sich ihr innerer Aufruhr in meinem Magen drehte, während meine Glieder vor Angst kalt wurden.

„Gwen?"

„Tut mir leid, Honey. Ich bin nur nervös. Du musst ... ähm, recherchieren."

„Äh, okay. Das gibt mir nicht einmal eine Richtung." Stirnrunzelnd sah ich mich im leeren Schlafzimmer um. Wann war Kane aufgestanden?

„Ich weiß", sagte Gwen und seufzte. „Aber mehr kann ich

nicht sagen. Jetzt muss ich Schluss machen. Die Pferde müssen gefüttert werden."

„Gwen?", rief ich, bevor sie auflegen konnte.

„Ja?"

„Wie geht's Mom?"

Meine Tante hielt inne und schien nach den richtigen Worten zu suchen.

„Gwen?" Mom und Gwen waren in New Orleans gewesen, bis Kane und ich geheiratet hatten. Dann waren sie nach Idaho zurückgekehrt. Ich telefonierte einmal die Woche mit ihnen, doch meine Telefonate mit Mom waren im letzten Monat immer kürzer geworden.

„Es geht ihr gut. Sie versucht nur, wieder Fuß zu fassen."

„Arbeitet sie nicht an ihren Heilkräutern?"

„Oh ja. Das läuft gut. Es ist nur … na ja, verdammt. Sie geht wieder mit einem Mann aus."

Meine Augenbrauen schossen hoch. „Wirklich? Das ist gut, oder?"

„Ja, Darling. Es ist wunderbar. Ich glaube, sie weiß einfach nicht, wie sie es dir sagen soll."

Ich runzelte die Stirn. „Mir was sagen? Dass sie mit einem Mann ausgeht? Das finde ich fantastisch." Ich hatte wirklich keine Ahnung, was das Problem war. Abgesehen davon, dass sie zwölf Jahre lang im Fegefeuer gefangen war. Danach wäre jeder eingerostet.

„Nicht, dass sie mit einem Mann ausgeht, Jade. Mit *wem*." In Gwens Ton erblühte etwas, das verdächtig nach Freude klang.

„Das geht nicht. Du kannst nicht gackern und dann kein Ei legen!", jammerte ich ins Telefon. „Das ist einfach gemein."

„Du weißt, dass es nicht an mir ist, dir das zu sagen." Sie lachte. „Wir sprechen uns bald wieder, Jade. Denk daran zu recherchieren. Du wirst es brauchen."

Der Anruf endete und ließ mich in einem Zustand der Frustration zurück. Ich liebte meine Tante, selbst wenn sie gemein war. Ich dachte daran, meine Mutter anzurufen, aber sie war keine Frühaufsteherin wie meine Tante. Wahrscheinlich war sie erst seit ein paar Stunden im Bett. Sie war eine Erdhexe und blieb oft lange auf, um an ihren magischen Kräutern zu arbeiten.

Die Tür schwang auf, und Kane kam mit einer großen roten Tasse herein. „Morgen", sagte er und reichte mir den dampfenden Kaffee.

„Ist das Speck, den ich da rieche?"

Er schenkte mir ein Lächeln. „Könnte sein. Frühstück ist in fünf Minuten fertig."

Ich trank einen großen Schluck von dem perfekt zubereiteten Latte und setzte mich in den Sessel unter dem Fenster. „Irgendeine Chance auf Frühstück im Bett?"

Er schüttelte den Kopf, als er sich zur Tür zurückzog. „Tut mir leid. So wie ich uns kenne, kommen wir dann zu spät. Wir haben in fünfundvierzig Minuten eine Besprechung."

„Was?" Ich stand auf und ging direkt zur Kommode. „Was für eine Besprechung?"

„Chessandra. Sie verlangt einen Bericht."

„Großartig", sagte ich trocken. „Das kann ja heiter werden."

Er zuckte mit den Schultern. „Wenigstens kommt sie diesmal hierher."

„Im Ernst?" Ein Schauer des Unbehagens lief mir über den Rücken. Der Hohe Engel schien nur persönlich zu erscheinen, wenn es einen schlimmen Notfall gab.

„So steht es auf der Nachricht." Er reichte mir eine dicke Karte. Darin stand: *Der Hohe Engel wird um 7:45 Uhr eintreffen. Seid vorbereitet.*

Mist. Ich warf einen Blick ins Badezimmer und überlegte zu duschen, doch der Speckgeruch, der in der Luft lag, siegte.

ICH SAß mit übereinandergeschlagenen Beinen auf einem der Holzstühle in der Küche und trank meinen zweiten Milchkaffee, als das strahlend weiße Licht in unsere Küche herab strahlte.

Weder Kane noch ich bewegten uns. Ich hatte mich nicht einmal für das Treffen angezogen. Alles, was ich getan hatte, war, ein frisches Höschen und einen Baumwollrock anzuziehen und dann meine Füße in Flip-Flops zu stecken. Kane trug Jeans, ein T-Shirt und war barfuß. Wenn der Hohe Engel vor acht auftauchen wollte, musste sie einfach mit dem leben, was sie bekam.

Chessandra erschien in unserer Küche. Ihr langes goldenes Haar war zu einem eleganten Pferdeschwanz zusammengebunden, und sie trug einen strahlend weißen, maßgeschneiderten Anzug. Sie sah durch und durch wie eine einflussreiche Geschäftsfrau aus.

Ich hob fragend eine Augenbraue. „Ich hoffe, du hast dich nicht für uns schick gemacht."

Sie sah mich kaum an und konzentrierte sich auf Kane. „Was habt ihr gefunden?"

Ich hasste es, wenn sie das tat, als hätte Kane das Sagen, als ob der Mann derjenige wäre, der alle Antworten hätte. „Er ist nicht der Einzige, der letzte Nacht dort war, weißt du."

Diesmal begegnete sie meinem Blick und hielt ihn fest. „Mir ist das durchaus bewusst, Jade. Mir ist auch bewusst, dass ich eher eine klare Antwort von Kane bekomme, und da ich gleich einen anderen Termin habe, will ich lieber keine Zeit verschwenden." Sie ließ ihren Blick von mir zu Kane wandern. „Bericht?"

Kane stellte seine Kaffeetasse ab und stand auf. „Wir sind in die Schatten gegangen, und sobald wir es getan hatten, war meine Energie erschöpft. Ohne Jade wären wir immer noch da."

„Ich verstehe." Sie rieb sich den Kiefer und dachte nach. „Das ist schlimmer als ich dachte."

Ich stand neben Kane auf. „Ich muss es dem Zirkel sagen. Wenn ich –"

Sie hob ihre Hand. „Das ist inakzeptabel."

Ich ballte meine Fäuste und verkniff es mir, sie anzuschreien. „Wenn du willst, dass ich versuche, der Situation auf den Grund zu gehen, brauche ich meinen Zirkel. Ich brauche ein Brainstorming mit meiner Mentorin Bea. Ich kann nicht allein gegen die Schatten kämpfen."

Chessandras Gesichtsausdruck wurde stürmisch, als sie mich anstarrte. „Dein Ton gefällt mir nicht."

Verdammt. Ich hatte eigentlich versucht, vernünftig zu klingen. „Und mir gefällt nicht, dass du von mir willst, dass ich die Schattenwelt ganz ohne Hilfe repariere."

Wir lieferten uns ein Blickduell von epischen Ausmaßen.

Schließlich sagte ich: „Beatrice Kelton ist die vertrauenswürdigste Hexe, die ich je getroffen habe. Sie hat bereits bewiesen, dass sie ihr eigenes Leben geben würde, um Lailah, unseren Engel hier, zu retten. Und du bist immer noch nicht bereit zu riskieren, mich mit ihr arbeiten zu lassen?"

Der Engel blickte von Kane zu mir. Dann sagte sie: „Ich habe nie gesagt, dass du die ganze Schattenwelt allein reparieren sollst. Deine Mission ist es, herauszufinden, was diese Störung verursacht, und dann Bericht zu erstatten, ohne eine Massenpanik auszulösen."

Ich öffnete den Mund, um zu antworten, doch sie unterbrach mich.

„Ich bin gekommen, um euch zu sagen, dass einer der Engel aufgewacht ist. Sobald sie stark genug ist, könnt ihr mit ihr reden." Ihre Augen wurden ausdruckslos, als sie hinzufügte: „Du kannst mit Mrs. Kelton sprechen, aber sonst mit niemandem."

Sie hob ihre Arme und trotz der Abwesenheit des weißen Lichts, durch das sie normalerweise reiste, löste sie sich in Luft auf.

„Whoa", sagte ich und drehte mich zu Kane um. „Wie hat sie das gemacht?"

Er schüttelte den Kopf. „Magie des Hohen Engels, vermute ich."

„Wahrscheinlich", sagte ich und fühlte mich schrecklich wegen meines Gesprächs mit Chessandra. Sie war gekommen, um uns Informationen zu geben, und ich war nur feindselig gewesen. Ganz zu schweigen davon, dass ich die Mission falsch interpretiert hatte. Verdammt, ich war ein Idiot.

„Jade?", sagte Kane.

„Hm?" Ich blickte auf.

Er stand vor mir und hielt seinen Dämonenjäger-Dolch in einer Hand. Das Muster im Griff leuchtete und zeigte damit an, dass er gerufen wurde. „Ich muss gehen."

Ich umklammerte seine Hand und wünschte, ich hätte daran gedacht, einen BH anzuziehen, als der Dolch uns in die Schatten zog.

KAPITEL SECHS

*I*ch wollte schreien, um Kane irgendwie daran zu hindern, uns durch die Schatten reisen zu lassen, doch die Magie hüllte uns ein, und ein Ruck zog an meinem Bauch und fegte mich durch den Schleier der anderen Dimension.

Das Licht war ein Wirbel von Farben, und ehe ich mich versah, standen wir vor dem Herrenhaus der Bruderschaft im Garden District. Der Trip hatte nur ein paar Sekunden gedauert, aber ich war desorientiert und mir war ein bisschen übel.

Kane drückte meine Hand. „Hey, geht's dir gut?"

Ich schluckte die Galle herunter, die mich würgen ließ. „Ja. Wird gleich wieder." Dann sah ich zu ihm auf. Er war blass, und seine Augen wirkten müde. „Was ist mit dir?"

Er straffte die Schultern, schien sich zu wappnen. „Alles gut."

Aber es ging ihm nicht gut. Er war erschöpft. Die Schatten hatten ihn ausgelaugt, und hätte uns der Dolch nicht direkt zum Haus der Bruderschaft gezogen, wäre er sicher wieder nicht in der Lage gewesen, selbst aus den Schatten herauszukommen. Die Energie, die er durch unser Liebesspiel in der Nacht zuvor getankt hatte, war bereits erschöpft. Ich drückte seine Finger, zapfte die Kraft an, die sanft unter meiner Haut pulsierte, und schob sie in ihn hinein.

Während ich ihn beobachtete, verschwanden seine Augenringe, und die Müdigkeit in seiner Haltung schmolz dahin.

„Jade." Er zog sich einen Schritt von mir zurück. „Du kannst das nicht immer machen."

„Warum nicht?" Ich warf ihm einen scharfen Blick zu.

„Wenn ich weiter Kraft von dir annehme, bist du bald erschöpft. Und was willst du dann tun?"

„Mir geht's gut", beharrte ich. Und es war die Wahrheit. Im Moment. Doch ich würde nicht zulassen, dass er sich mit Maximus traf, wenn er aussah, als würde er gleich ohnmächtig werden. Dämonenjäger waren nicht schwach. Vor allem nicht meiner.

Die zweiflügelige Haustür des Antebellumhauses schwang auf, und Maximus selbst erwartete uns.

Kane und ich tauschten einen Blick und gingen dann weiter. Nun, Kane ging. Ich prallte gegen eine unsichtbare Wand und stolperte rückwärts.

„Whoa", keuchte ich und presste meine Hände gegen die undurchdringliche Barriere. Ich hatte das Gelände bisher immer betreten können.

Kane hielt inne, blickte zurück und streckte die Hand nach mir aus.

„Die Hexe ist zu diesem Treffen nicht eingeladen", sagte Maximus in gebieterischem Ton und trat neben Kane.

Kane ließ seine Hand sinken, straffte die Schultern und schenkte seinem Anführer seine volle Aufmerksamkeit. „Ich denke, du wirst sie für das Thema, das ich mit dir besprechen muss, relevant finden."

„Ich fürchte, wir müssen uns darauf einigen, anderer Meinung zu sein." Der Anführer stand groß und steif da und begegnete Kanes Blick nicht.

„Maximus", sagte ich vorsichtig. „Freut mich, Sie wiederzusehen."

„Ebenso, Miss Calhoun." Er hielt seinen Blick geradeaus, sein Ton noch förmlicher als sonst. „Leider haben wir geheime Angelegenheiten der Bruderschaft zu besprechen. Ich fürchte, ich muss Sie bitten, unsere Unhöflichkeit zu verzeihen, aber ich kann Sie heute nicht einladen."

Ich zwang mich zu einem geduldigen Lächeln und versuchte, den Ball des Unbehagens zu ignorieren, der in meinen Eingeweiden wuchs. Während Maximus davon gesprochen hatte, mir den Zutritt zu den Besprechungen der Bruderschaft zu verweigern, hatte er nie versucht, mich im Dunkeln zu lassen, wenn jemand durch übernatürliche Kräfte in Gefahr war. „Ich verstehe Ihre Position, aber wir haben geheime Engelsangelegenheiten, die wir mit Ihnen besprechen möchten."

Schließlich drehte er sich um und sah mir in die Augen. „Geheim?"

„Ja", antwortete Kane für mich. „Es ist wichtig."

Maximus nickte und gab nach. „Also gut. Bitte kommen Sie rein."

Die Luft vor mir schimmerte von fremder Magie, als die Barriere verschwand. „Danke", sagte ich, als ich zu Kane ging.

„Danken Sie mir noch nicht." Maximus zog sich zurück ins Haus.

Kane und ich tauschten fragende Blicke aus, doch keiner von uns sagte etwas.

Im Haus führte uns Maximus zu seinem Büro. An zwei Wänden waren Regale voller ledergebundener Büchern, und an der dritten hingen Reihen von Dolchen und Schwertern.

„Nehmen Sie Platz." Er deutete auf die Stühle gegenüber seines Schreibtischs, setzte sich in seinen Ledersessel und legte die Finger aneinander. „Sie haben Neuigkeiten?"

„Die Angelegenheit ist geheim." Ich setzte mich auf einen Stuhl, während Kane sich auf dem neben mir niederließ.

Maximus schmunzelte. „Das haben Sie bereits gesagt."

„Korrekt. Die Informationen dürfen diesen Raum nicht verlassen."

„Verstanden."

Das war unangenehm. „In der Schattenwelt gibt es eine Störung", sagte ich. „Der Hohe Engel hat uns befohlen, Nachforschungen anzustellen. Noch weiß niemand, was los ist."

„Gestern Abend sind Jade und ich in die Schatten gegangen, und meine Energie wurde ausgesaugt oder gestohlen. Jade hat mich rausgebracht, doch wenn sie nicht dagewesen wäre, wäre ich gefangen gewesen", sagte Kane. „Offensichtlich ist das ein Problem für alle Incubi."

Maximus stand auf und verschränkte seine Arme vor der Brust. „Ist es nicht, Mr. Rouquette. Zwei verschiedene Teams sind in die Schatten gegangen. Eins gestern und eins heute Morgen. Keiner der Männer war betroffen."

Unwohlsein breitete sich in meinem Bauch aus, und eine Gänsehaut breitete sich aus. Warum hatten die Schatten Kane geschwächt und keinen der anderen Incubi?

„Keiner?", fragte Kane.

Maximus schüttelte den Kopf. „Da ist noch mehr."

„Was haben Sie herausgefunden?", fragte ich.

Maximus nahm eine Akte von seinem Schreibtisch und

warf sie Kane zu. „Die Schatten sind mit Incubus-Energie verseucht."

„Was?", fragte ich. „Nein, sind sie nicht. Das hätte ich gespürt."

Er hob beide Augenbrauen und starrte Kane demonstrativ an.

„Meine?" Kane schlug die Akte auf und überflog die Unterlagen. Dann blickte er zu Maximus auf. „Hier steht, dass es gestern Nachmittag passiert ist. Wie ist das möglich? Wir sind erst gestern Abend reingegangen."

„Sagen Sie es mir." Maximus lehnte sich an den Schreibtisch, sein Gesichtsausdruck verriet nichts.

„Einen Moment mal." Meine Gedanken kreisten. Auch der Club war von Kanes Energie durchdrungen. Irgendetwas stimmte nicht. Ich stand auf und stemmte meine Hände in die Hüften. „Was meinen Sie mit verseucht?"

„Es bedeutet, Miss Calhoun, dass der Grund, warum die Engel ihre Energie verlieren, der ist, dass Incubus-Energie sie gestohlen hat. Kanes Energie. Irgendwie platzen die Schatten vor seiner Magie und laugen die Engel aus."

Heilige Scheiße. Er wusste bereits von den Engeln. Wie?

„Schauen Sie nicht so überrascht", sagte Maximus zu mir. „Ich wusste vor Ihnen von dem Angriff."

Er musste einen Informanten aus dem Engelreich haben. Chessandra hatte unmissverständlich klargemacht, dass nur sehr wenige Leute wussten, was passiert war.

Kane stand auf und ignorierte unseren Wortwechsel. „Das ist verrückt. Ich habe nichts mit den Schatten getan. Und wenn Sie sich erinnern, wir haben Ihnen gerade berichtet, dass meine Energie genauso ausgesaugt wurde."

Maximus nahm Kanes Akte, machte sich eine Notiz und legte sie dann in eine seiner Schreibtischschubladen. Als er schließlich wieder aufsah, sagte er: „Die Schatten sind ein seltsamer, mystischer Ort, Mr. Rouquette. Was auch immer passiert ist, ging eindeutig nach hinten los. Die Schatten sind hungrig nach mehr von Ihrer Magie und werden sie mit Gewalt nehmen."

„Aber nicht meine? Oder die anderer Incubi?" Als ich mich die Frage stellen hörte, zuckte ich innerlich zusammen, da ich etwas nicht erwähnt hatte. Ich war geschwächt gewesen, doch ich hatte dagegen ankämpfen können. Da Kane und ich Magie teilten, war es dann möglich, dass die Schatten auch die Magie verzehrten, die er mit mir geteilt hatte?

„Incubi-Magie nährt sich nicht von anderer Incubi-Magie. Und was Sie betrifft, vermute ich, dass Ihre Kräfte stark genug sind, um, was auch immer passiert, abzuwehren."

Ich nickte abwesend.

Kane setzte sich wieder und ließ den Kopf in seine Hände sinken.

„Sie wissen, dass Kane nichts mit den Schatten getan hat", sagte ich zu Maximus, als ich mich in meinen Stuhl zurücklehnte.

Er starrte mich mit ausdrucksloser Miene an. Doch dann blitzte Frustration auf, und er stützte sich mit den Ellbogen auf den Schreibtisch. „Ich würde gerne glauben, dass dem so ist. Doch im Moment haben wir keine soliden Antworten. Alles, was wir wissen, ist, dass Kanes Energie die Störung verursacht, und aus diesem Grund muss er suspendiert werden."

Kanes Kopf schnellte hoch. „Was?"

Maximus stand wieder auf. „Kane Rouquette, ich suspendiere Sie offiziell von der Bruderschaft, bis die Untersuchung der Angelegenheit abgeschlossen ist. Bitte geben Sie mir Ihren Dolch." Maximus streckte seine Hand aus, und bevor Kane ihn überhaupt aus der Scheide ziehen konnte, verschwand der Dolch von seiner Hüfte und tauchte in Maximus' ausgestreckter Hand wieder auf.

Kane stand da, sein Mund halb geöffnet und seine Augen weit aufgerissen.

„Aber er hat nichts getan", sagte ich leise, mein Herz klopfte vor Angst. Sein Dolch war seine Verbindung zur Bruderschaft. Ohne sie würde seine Macht stark gemindert sein.

„Das ist durchaus möglich", sagte Maximus. „Aber bis wir Antworten gefunden haben, werden Sie mir zustimmen, dass wir keine andere Wahl haben."

„Na ja, ich weiß nicht …"

„Jade." Kane legte seine Hand auf meine Schulter. „Schon gut."

Ich knirschte mit den Zähnen und sah zu ihm auf, während ich versuchte, meine Frustration herunterzuschlucken. Maximus behandelte Kane, als wäre er schuldig, bis seine Unschuld bewiesen war. „Nichts ist gut."

Sein resignierter Gesichtsausdruck war mehr als ich ertragen konnte. Ich wollte Maximus anschreien. Ihn zwingen, irgendwie das Gute in dem Mann neben mir zu sehen. Stattdessen hielt ich meinen Mund, da ich die Situation nicht noch schlimmer machen wollte.

Maximus ging durch den Raum und öffnete die Tür. „Sie werden benachrichtigt, sobald die Untersuchung abgeschlossen ist."

„Was werden Sie tun?", fragte Kane, ohne sich zu bewegen.

„Sie meinen die Untersuchung?", fragte Maximus.

Kane nickte.

„Einer der Jäger wird Ihren Fall übernehmen. Er wird die Magie untersuchen, die verwendet wurde, um die Schatten zu verseuchen. Wenn er feststellt, dass Sie es getan haben, werden

Sie gelöscht. Wenn es eine andere Erklärung gibt, werden Sie wieder in die Bruderschaft berufen."

„Gelöscht!", rief ich, unfähig, mich zurückzuhalten. „Das können Sie nicht tun!"

Ein Muskel in Kanes Kiefer zuckte, als er die Zähne zusammenbiss. Dann schob er seinen Arm unter meinen und nickte Maximus zu. „Also gut."

Maximus schwieg, bis wir an ihm vorbeigingen. „Miss Calhoun, was die Schatten angeht, möchte ich die Kommunikationswege zwischen der Bruderschaft und dem Rat der Engel offen halten. Bitte sagen Sie dem Hohen Engel, dass ich gerne über neue Entwicklungen informiert werden möchte, und ich werde den Gefallen in gleicher Weise erwidern."

Ich sah ihn finster an.

„Wir hören voneinander", sagte Kane und zog mich sanft aus dem Büro.

Keiner von uns sagte ein Wort, als wir die heiligen Hallen der Bruderschaft verließen. Doch als wir durch das Gartentor hinausgingen, blieb Kane stehen und sah zurück zum Haus. Seine Enttäuschung streifte mich. Ich drückte seinen Arm in stiller Unterstützung. Er versteifte sich bei meiner Berührung, und die Enttäuschung verschwand sofort.

„Was passiert, wenn man gelöscht wird?", fragte ich leise.

„Es bedeutet, aus der Bruderschaft entfernt zu werden. Erinnerungen, Geschichte, alles, was ich gegen sie verwenden könnte, sollte ich böse werden." Den letzten Teil sagte er mit einem ironischen Lächeln. Dann wurde er ernst. „Es ist okay. Maximus tut nur, was er tun muss. So wie du es tun würdest, wenn eine deiner Hexen kompromittiert wäre."

Er hatte recht. Als Lucien von einem Benutzer schwarzer Magie verflucht worden war, wurde er vom Zirkel suspendiert, bis wir eine Lösung finden konnten. Wir hatten ihn jedoch nicht wie einen Verbrecher behandelt. „Vielleicht. Aber ich denke gerne, dass wir Vorfälle mit etwas mehr Verständnis behandeln."

Er schenkte mir ein schiefes Lächeln. „Es ist nicht so, als wäre ich eingesperrt worden."

„Nein, aber –"

„Wir werden es schaffen", sagte er mit einem Hauch von Endgültigkeit in der Stimme.

Nachricht verstanden. Er hatte es satt, darüber zu reden.

Kane blieb abrupt stehen und blickte die Straße auf und ab. „Was?"

„Ich kann die Schatten nicht spüren." Er sah mich an. „Kannst du?"

Ich schüttelte den Kopf. „Nein, aber ich versuche es auch nicht."

„Versuch's."

Seit uns die Engel die Gabe des Schattenwandelns verliehen hatten, hatte Kane nie Probleme gehabt, in die andere Dimension zu gelangen. Und nachdem er zum Incubus geworden war, war es ihm zur zweiten Natur geworden. Bei mir war es anders. Ich musste mich konzentrieren und mir die Schatten vorstellen, bevor sie mir bewusst wurden. „Kannst du nicht rübergehen?"

„Ich fühle sie nicht so, wie ich es normalerweise tue."

Ich hob meine Augenbrauen. „So, wie du sie normalerweise fühlst? Was ist anders?"

Er zuckte mit den Schultern. „Früher habe ich sie immer gespürt. Jetzt spüre ich sie nicht. Und wenn ich mich auf sie konzentriere, ist es einfach … seltsam."

„Inwiefern?"

Die große Eiche, unter der wir standen, spendete uns

Schatten, während Kane an mir vorbei scheinbar ins Nichts starrte. Schließlich sagte er: „Es muss daran liegen, dass Maximus mich auf die Bank gesetzt hat. Ich bin sicher, es ist nichts."

„Ist es so, wie es war, bevor du in den Orden berufen wurdest?"

„Nein. Es ist intensiver als das und doch … nicht." Seine dunklen Augen fanden meine. „Wir müssen wieder rein."

„Um nach Hause zu kommen, meinst du?"

„Um die Schatten noch einmal zu untersuchen." Er deutete zurück auf das Haus. „Ich muss spüren, was sie tun. Um zu sehen, was vor sich geht." Er meinte es todernst.

„Aber gestern Nacht haben dir die Schatten die Energie geraubt. Ich glaube nicht –"

„Jade."

„Was?", fragte ich, und Panik breitete sich in meiner Brust aus.

„Ich werde das schon überleben. Ich muss nur verstehen, was passiert."

„Aber was, wenn die verdorbene Energie dich wieder auslaugt? Was, wenn ich dich nicht rausbringen kann? Ich will nicht riskieren, dich zu verlieren."

„Dafür habe ich ja dich, hübsche Hexe. Ich vertraue dir." Seine Augen wurden weicher, als er mich anlächelte. Dann straffte er die Schultern und wartete auf meine Antwort.

Er schien sich seiner so sicher zu sein. Und meiner. Und sein Gesichtsausdruck verriet, dass er ein Nein als Antwort nicht akzeptieren würde. „Also gut. Aber wenn du auch nur schwankst, zaubere ich deinen Arsch so schnell nach Hause, dass du nicht einmal Zeit zum Blinzeln hast."

Sein Lächeln wurde breiter. „Nur meinen Arsch?"

„Oh, halt die Klappe." Ich lachte. „Lass uns das hinter uns bringen."

„Wenn du darauf bestehst." Er zwinkerte und streckte mir seine Hand entgegen.

Ich verkniff es mir, die Augen zu verdrehen, als ich meine Finger um seine legte. „Bereit?"

„Bereit."

Wir traten aufeinander zu, und wieder einmal drehte sich die Welt.

KAPITEL SIEBEN

„*H*ast du uns hierher gebracht?", fragte ich Kane, als wir in den Schatten seines Clubs *Wicked* standen.

Er schloss seine Finger fester um meine Hand. „Nein. Ich dachte, das warst du."

Ich zitterte, aber nicht, weil mir kalt war. Kanes Energie drückte auf mich, kratzte an meiner Haut, zerrte an mir und versuchte, in alle meine Sinne einzudringen. Mir war schwindelig, so berauschend war es. Ich wollte ihn hereinlassen, mich seiner Incubus-Energie hingeben. Ich war nur allzu glücklich, mich seiner verführerischen Anziehungskraft hinzugeben.

Ich schwankte, lehnte mich an ihn und wollte mehr. Brauchte mehr. Doch als mein Körper seinen berührte, geschah etwas. Etwas fast Unmerkliches veränderte sich. Die Energie, die von ihm ausging, war eine Nuance kühler. Ein bisschen weniger intensiv.

Maximus hatte recht gehabt. Die Schatten waren mit seiner

Energie verseucht. Ich konnte es jetzt spüren, doch es war anders als die Energie, die direkt von Kane ausging.

„Lass uns gehen", sagte Kane. Einen Augenblick später waren wir wieder in seinem Büro, in unserer Welt, wo das sanfte Licht künstlichen Lichts seinen Schreibtisch erleuchtete.

Ich sank auf einen Metallstuhl und hielt mir den Kopf. „Das war … seltsam."

Kane ging langsam im Raum auf und ab und starrte auf den abgenutzten Teppich. Seine Energie war wieder ganz normal, angenehm. Er blieb abrupt stehen. „Du hast es gespürt, nicht wahr?"

Angesichts seines scharfen Tons riss ich meinen Kopf hoch. „Ich habe *etwas* gespürt."

„Mich, oder? Meine Energie verseucht die Schatten."

Ich zögerte einen Moment, verzog das Gesicht und nickte dann. „Hast du es gespürt?" Als Incubus war er im Einklang mit der Begierde. Er konnte sie spüren, doch eindeutige Energiesignaturen waren nicht sein Ding. Das war meines.

„Maximus hat vielleicht meinen Dolch genommen, aber meine Incubus-Sinne funktionieren nach wie vor."

Das bedeutete ja. Er spürte die Verlockung, die in den Schatten lauerte. Seine eigene Anziehung. „Aber wie ist das möglich?"

Er schüttelte den Kopf. „Ich weiß es nicht."

Kane und ich waren viele Male vom Club in die Schatten gegangen. Das hatte ich noch nie zuvor gespürt. Nicht einmal am Vorabend. Nur, dass ich nicht so sehr auf meine eigenen Sinne gehört hatte. Nicht, nachdem ich im aufgeladenen Club gewesen bin. Sexuelle Spannung war überall gewesen.

Die Tür zum Büro flog auf. „Gib mir fünf Minuten, ja? Wenn ich diese Bestellung nicht bekomme, müssen wir morgen Abend Leitungswasser servieren!", rief Charlie zurück in den Club. Sie wirbelte herum und sprang dann mit einem Schrei zurück. „Heilige Scheiße. Wo kommt ihr beide her?"

Ich lächelte. „Wir kommen gerade von einer Besprechung."

Kane stand auf und winkte ihr zu, sich auf seinen Stuhl zu setzen. „Lass dich nicht von uns stören. Du scheinst beschäftigt zu sein."

Sie lachte. „Beschäftigt. Das kannst du laut sagen. Gestern Nacht haben wir unseren Umsatzrekord gebrochen. Wir haben dreimal so viel eingenommen wie in einer Mardi Gras-Nacht."

„Whoa", sagte ich leise.

„Kannst du laut sagen." Charlie rutschte auf Kanes Stuhl und nahm den Telefonhörer von der Gabel. Nachdem sie eine der Kurzwahltasten gedrückt hatte, schüttelte sie die Maus des Computers und weckte ihn auf. „Kannst du mir einen Gefallen tun?", fragte sie Kane.

„Sicher. Was brauchst du?"

„Kannst du alle anrufen, die heute Abend nicht arbeiten, und sie bitten, reinzukommen?"

„Alle?", fragte ich.

Sie hob einen Finger, sprach ins Telefon und bestellte ungefähr viermal so viel Alkohol, wie wir normalerweise brauchten.

Kane beobachtete sie mit fasziniertem Interesse, anstatt sich daranzumachen, Angestellte zur Arbeit zu rufen. Als sie auflegte, lehnte er sich über ihre Schulter und klickte auf eine Tabelle. „Das ist von gestern Nacht?"

Sie grinste ihn an. „Ja."

Kane überflog das Dokument und klickte dann auf ein anderes. Und ein weiteres. „Das ist alles korrekt?"

Ihr Grinsen verschwand, als ihre grünen Augen gereizt

aufleuchteten. „Ja, Boss. Ich habe es doppelt und dreifach überprüft. Alles korrekt. Wenn du in den letzten beiden Nächten geblieben wärst, wärst du nicht überrascht."

Er drehte sich um, um ihr einen amüsierten Blick zuzuwerfen. „Überrascht ist nicht das Wort, das ich verwenden würde. Eher beeindruckt. Gute Arbeit, Charlie."

Sie schüttelte den Kopf. „Danke, aber das liegt nicht an mir. Tatsächlich hatten wir in der ersten Nacht so wenig Personal, dass ich erstaunt bin, dass überhaupt jemand geblieben ist. Alkohol, Tänzerinnen und Sitzgelegenheiten waren Mangelware."

Ich wusste bereits, warum niemand gegangen war. Die übertriebene sexuelle Energie machte es zu schwer, der Anziehung zu widerstehen. Doch wenn man nicht gerade ein Incubus oder eine Hexe war, konnte man die magische Spannung nicht bewusst wahrnehmen. Der Gast wäre einfach *gezwungen* zu bleiben.

„Was kann ich tun, um zu helfen?", fragte ich sie.

Sie sah nicht einmal von ihren Notizen auf. „Es wäre eine große Hilfe, wenn du die Bar wieder auffüllen könntest."

„Klar. Bin schon dabei." Ich winkte Kane zu und verließ das Büro. Die Wahrheit war, dass ich etwas Alltägliches brauchte, um mich von den Ereignissen des Morgens abzulenken. Zumal ich keine Ahnung hatte, was ich dagegen tun sollte. Mein erster Instinkt war, Bea anzurufen. Der zweite war Lucien. Beide hatten Jahrzehnte mehr Erfahrung als ich, was die übernatürliche Welt anging.

Ich hatte meine Kindheit bei meiner Mutter, einer Erdhexe, verbracht, doch ich hatte nicht gewusst, dass ich Macht hatte. Ich dachte, meine einzige Gabe – wenn man es so nennen wollte – wäre meine Empathiegabe. Und als Mom verschwunden war, hatte ich die Hexengemeinschaft ganz gemieden. Zumindest, bis ich nach New Orleans gezogen und gezwungen worden war, mich der Realität zu stellen. Jetzt war ich die Anführerin des Zirkels und bekam nicht einmal ein paar Monate ohne irgendeine größere Krise. Das einzige Problem war, dass ich Jahre des Lernens meines Handwerks verpasst hatte. Ich hatte ein paar Bücher, doch Bücherlesen war etwas anderes als Erleben.

Als ich zur Bar ging, zog ich mein Handy heraus und wählte Luciens Nummer.

„Morgen, Jade", sagte Lucien nach nur einem Klingeln.

„Morgen." Ich setzte mich auf einen der Hocker. „Hey, Kane und ich haben ein Problem, und ich hoffe, du kannst uns bei der Recherche helfen. Hast du heute ein bisschen Zeit, um dich mit uns zu treffen? Vielleicht am frühen Nachmittag?"

Er zögerte. „Ist es ein Notfall?"

War es das? Ich war mir nicht sicher. „Kein schlimmer. Jedenfalls noch nicht."

Er lachte. „Alles klar. Ich kann dich um eins zum Mittagessen treffen."

„Bei dir?", fragte ich. Lucien hatte Referenzmaterial, das wir brauchen könnten.

„Hört sich gut an."

Ich steckte mein Handy wieder in meine Tasche und ging in den Lagerraum. Das Schleppen von Alkoholkisten war die perfekte Beschäftigung, um meinen anhaltenden Frust abzubauen.

Eine Stunde später hatte ich die Bar komplett aufgefüllt und war gerade dabei, Kisten zu zerlegen, als Kane und Charlie aus dem Büro kamen. Charlie hatte ihren Arm um Kanes Hüfte gelegt und lehnte sich an ihn, als sie auf mich zugingen. Die Szene erschreckte mich, und ich stand da und starrte sie an, als sie über etwas lachte, das er gesagt hatte.

69

Dann tätschelte sie seine Brust, und ihre Finger verweilten vielleicht für ein oder zwei Sekunden.

Ich war mir sicher, dass ich Charlie Kane nie zuvor so berühren gesehen hatte. Es war nicht, dass es unangemessen war. Wenn sie Pyper oder Kat gewesen wäre, hätte ich nicht einmal geblinzelt. Aber das war Charlie. Sie … flirtete. Charlie flirtete nie mit Kane. Oder Männern im Allgemeinen.

Sie flirtete mit mir. Und jedem anderen Mädchen, das in den Club kam. Auch wenn ihre Freundinnen in der Nähe waren. Sie war einfach so. „Hey Leute", sagte ich, als sie auf die Bar zu kamen.

Kane warf mir einen Blick zu, dann Charlie und dann wieder zurück mir und warf mir ein schiefes Lächeln zu, als wolle er fragen, was mit ihr los war.

Ich hob meine Hände in einer Ich-weiß-auch-nicht-Bewegung.

„Oh, hey, Jade", sagte sie schließlich, als sie bemerkte, dass Kane mich ansah. „Ich habe Kane gerade von meiner Verabredung für morgen Abend erzählt."

„Ein Date?" Sie hatte vor ein paar Wochen mit ihrer Freundin, die Schauspielerin war, Schluss gemacht, als eine Boulevardzeitung Fotos abgedruckt hatte, auf denen sie ein anderes Sternchen geküsst hatte. Charlie hatte es schwerer genommen, als sie zugeben wollte, und sich in die Arbeit gestürzt. Doch wenn sie jemanden Neues hatte, konnte das ihr allzu liebevolles Verhalten erklären. „Wie heißt sie?"

Charlie runzelte die Stirn. „Keine sie. Ein er. Und sein Name ist Bax."

„Bax?", sagten Kane und ich gleichzeitig.

„Ja." Sie runzelte verwirrt die Stirn. „Ja, Baxter."

Wir starrten sie beide mit großen Augen an.

„Was?"

„Ach, nichts." Kane schüttelte den Kopf. Ich sagte auch nichts. Sie konnte sich verabreden, mit wem sie wollte. Doch in der Zeit, in der ich sie kannte, hatte sie nie Interesse am anderen Geschlecht gezeigt. Tatsächlich hatte sie ihre Liebe zu Frauen ziemlich lautstark zum Ausdruck gebracht.

Ich räusperte mich. „Charlie?"

Sie begegnete meinem Blick. „Ja?"

Ich wollte sie unbedingt fragen, warum sie plötzlich einen Mann daten wollte, doch stattdessen fragte ich: „Wo hast du ihn kennengelernt?"

„Uni. Er ist in einem meiner Business-Kurse." Sie ging hinter die Bar und öffnete eine Flasche Wasser.

Kane setzte sich auf den Hocker neben mir und beobachtete sie, als ob er überlegte, wie er reagieren sollte.

Sie trank ein Viertel des Wassers aus und knallte die Flasche dann auf den Tresen. Sie begegnete seinem verwirrten Blick und fragte: „Was?"

Er hob seine Augenbrauen. „Das ist eine ziemliche Veränderung für dich, oder?"

„Und?" Defensive strömte in Wellen von ihr aus. „Ich würde ja auch nichts sagen, wenn du mit einem Mann ausgehen wolltest."

„Das würde ich schon hoffen!", protestierte ich und fügte hinzu: „Wenn man bedenkt, dass er mit mir verheiratet ist."

Ihr Gesichtsausdruck wurde weicher, als sie sich mir zuwandte. „Natürlich. Das wäre nicht cool. Ich meinte nur, es wäre mir egal, wenn er sich entscheidet, das Team zu wechseln, das ist alles."

„Hey", sagte Kane und hob die Hände. „Für mich spielt es keine Rolle, in welchem Team du spielst. Kein Urteil meinerseits. Du hast mich nur überrascht, das ist alles. Und ehrlich gesagt geht es mich sowieso nichts an, also vergiss, dass ich was gesagt habe."

Sie schraubte den Deckel wieder auf ihre Wasserflasche und starrte auf die Bar. Unbehagen und Zweifel wirbelten langsam um sie herum, als würden sich die Gefühle gerade erst bilden, doch dann straffte sie ihre Schultern, und sie verschwanden. „Okay. Dann vergessen wir es einfach."

Warum zwang sie sich, mit einem Mann auszugehen? Mir war klar, dass sie das im Grunde nicht wollte. Ich hob meine Hand, um sie auf ihren Arm zu legen, um ihr zu versichern, dass sie nichts mit irgendjemanden tun musste, womit sie sich nicht wohlfühlte. Doch ich ließ meinen Arm sinken, weil ich befürchtete, ich könnte sie noch mehr verärgern.

„Ich werde Mittag essen gehen, bevor ich anfange, den Schichtplan neu zu schreiben", sagte sie. „Kann ich euch beiden was bringen?"

„Danke. Aber wir haben bald ein Lunch-Meeting", sagte ich.

Sie schob ihre Hände in ihre Hosentaschen. „Also gut." Sie nickte Kane zu. „Ich rufe an und sage dir Bescheid, wenn wir was Drastisches unternehmen müssen."

„Danke. Ich werde heute Abend zurück sein, um sicherzustellen, dass alles reibungslos läuft, also wird das wahrscheinlich nicht nötig sein, aber wenn sich irgendwas ändert, werde ich es dich wissen lassen."

„Klar, Boss." Sie winkte, als sie zum Hinterausgang ging, ohne Zweifel, um nach nebenan zu gehen und nachzusehen, ob Pyper etwas brauchte. Die beiden kümmerten sich umeinander, wenn sie zur selben Zeit arbeiteten.

Als wir hörten, dass die Hintertür zufiel, fragte ich Kane: „Was war das denn?"

„Das Date?"

„Ja."

„Keine Ahnung. Charlie hat noch nie angedeutet, dass sie an einem Mann interessiert sein könnte."

„Sie will nicht auf dieses Date gehen. Ich habe ihre Sorge gespürt." Ich ging hinter die Bar und goss mir eine Cola Light ein. Manche Gespräche konnten ohne Koffein nur schwer geführt werden.

„Dann sollte sie nicht gehen. Verdammt. Ich frage mich, ob das was damit zu tun hat, dass ihre Ex auf dem Cover jeder Boulevardzeitung von hier bis China ist."

„Könnte sein." Ich hatte schon seltsamere Dinge erlebt. „Doch das glaube ich nicht. Charlie ist nicht der eifersüchtige Typ. Eher wie ein Mädchen, das liebt, und wenn es vorbei ist, dann ist es vorbei."

Er hob kapitulierend seine Hände hoch. „Dann weiß ich wirklich nicht."

„Ich auch nicht."

„Hey", sagte ich. „Hast du nach Pyper gesehen?"

Er nickte. „Ja. Ihr geht's gut. Alles normal. Weiß nichts davon, was letzte Nacht passiert ist."

„Na, das ist wenigstens was. Allerdings wissen wir immer noch nicht, wer oder was letzte Nacht in deinen Traum eingedrungen ist."

Kane zuckte mit den Schultern. „Wahr. Aber wenn es ein Problem wird, dann werden wir uns damit befassen." Er nahm meine Hand und streichelte meinen Daumen und Zeigefinger, während ich an meinem Drink nippte. Der Laden war ruhig, und ich wollte nicht wieder weg. Das Leben war so viel einfacher gewesen, als ich mich nur mit einem Hausgeist herumschlagen musste. Meine Gedanken fixierten das Wort „Geist", und ich griff nach Kanes Hand. „Komm mit."

Er rührte sich nicht. „Wohin?"

„Nach oben. Da ist was, das ich aus meiner Wohnung brauche."

Das entlockte ihm ein überhebliches Grinsen. „Du brauchst was?"

„Ja, du Perverser. Jetzt steh auf und hilf mir."

Sein Lächeln verschwand. „Ist es was Schweres?"

„Nein."

„Gut. Aber warum brauchst du mich dann?" Kane beugte sich vor und schnupperte an meinem Hals.

„Ich brauche dich einfach." Ich erschauerte von dem entzückenden Prickeln, das er bis in meine Zehen schickte.

„Hmm, du willst mich nur."

„Da widerspreche ich dir nicht", sagte ich leicht atemlos. „Jetzt steh auf, oder ich lasse dich hier allein."

Er stand auf, und ich konnte nicht widerstehen, ihn zu necken, indem ich mit meiner Hand über seine Brust strich.

Seine Augen glänzten und saugten mich in sich auf. Dann, bevor ich irgendetwas anderes anfangen konnte, packte er meine Hand und zog mich aus dem Club in den Flur. Wir rannten die Treppe zwei Stufen auf einmal hinauf, da wir beide nur einen oder zwei Augenblicke allein sein wollten. Der Club war nicht privat genug.

Als wir den dritten Treppenabsatz erreichten, drehte Kane sich um und zog mich hoch in seine Arme, wobei er mich die letzten paar Stufen trug. Wir schafften es nicht einmal in die Wohnung, bevor er mein Shirt hochzog. Doch mir ging es nicht anders, denn ich griff nach seiner Gürtelschnalle. Die Zeit in den Schatten hatte meinen Körper mit Verlangen aufgeladen, und ich wollte ihn dringend.

Nachdem ich seine Jeans geöffnet hatte, schob ich meine Hand hinein und stöhnte mit ihm, als meine Hand über seinen samtigen Schaft glitt. „Ich will dich in mir. Sofort."

Das war alles, was er hören musste. Eine Sekunde später griff er unter meinen Rock und zerriss mein Höschen mitten im Flur.

„Oh Gott", sagte ich, als er meinen Po packte und mich hochhob. Ich schlang meine Beine um ihn, und in einem harten Stoß vereinten wir uns im Wahnsinn der Verzweiflung. Er war so lang und heiß und perfekt. Ich verdrehte meine Augen, als ich ihm Stoß für Stoß entgegenkam und mich seinem fiebrigen Tempo anpasste.

„Du fühlst dich so gut an", keuchte Kane an meinem Hals, seine Lippen strichen über meine überreizte Haut.

Als Antwort rieb ich mich an ihm und stöhnte.

Sein Atem wurde schneller, als er immer härter in mich hinein rammte, seine Schultermuskeln verkrampften sich vor Anstrengung unter meinen Händen.

„Ja", stöhnte ich. „Ja. Mehr."

Meine Worte feuerten sein bereits unkontrolliertes Liebesspiel an und sein Griff um meinen nackten Po wurde so grob, dass ich wusste, dass er Spuren hinterlassen würde. „Ich will dich um mich herum zittern spüren, Jade. Jetzt." Dann biss er grob in die Stelle, wo mein Hals auf meine Schulter traf.

Ich schrie auf, als mein Orgasmus hart und schnell explodierte, und jeder Zentimeter von mir zitterte vor Vergnügen. Kane hielt inne und erschauderte vor Verlangen, während ich um ihn herum barst. Und als ich mich ein bisschen entspannte, doch meine Muskeln immer noch zitterten, stieß er wieder und wieder und wieder zu, bis er schrie, sein Gesicht an meinem Hals vergrub und stoßweise atmete.

Wir lehnten ineinander verschlungen an der verschlossenen Tür und hielten uns aneinander fest. Das ganze Szenario fühlte sich surreal an. Die Wohnung auf der anderen

Seite der Tür hatte eine Zeit lang mir gehört, und obwohl ich nicht mehr dort lebte, war mein Bett immer noch da, zusammen mit ein paar anderen Dingen, die wir nie in unser Haus gebracht hatten. Wäre es so schwer gewesen, einfach die Schwelle zu überschreiten? Ich kicherte.

„Was ist so lustig, hübsche Hexe?", fragte Kane und ließ mich lange genug los, um sanft aus mir herauszugleiten und mich wieder auf die Beine zu stellen.

„Wir. Anderthalb Meter auf der anderen Seite der Tür steht ein Bett."

Er schenkte mir sein sexy-schiefes Grinsen, als er seine Jeans zuknöpfte. „Wo ist da der Spaß? Wir haben ein Bett zu Hause."

Ich schüttelte den Kopf, amüsiert und immer noch ein bisschen erregt von dem Gedanken, dass wir gerade an einem nicht-so-privaten Ort Sex gehabt hatten.

„Ich habe keine Klagen von dir gehört", fuhr er fort, während er mit seinen Fingern über mein Kinn strich und auf meine Lippen starrte.

„Nein, hast du nicht." Und verdammt, wenn der Blick, den er mir zuwarf, mich nicht dazu brachte, gleich noch einmal von vorne anfangen zu wollen. Ich strich ganz sanft mit meinem Zeigefinger über seine Unterlippe, lehnte mich dann vor und saugte sie zwischen meine Zähne.

Seine Arme schlossen sich um mich, als er mich an sich drückte, sein Mund öffnete sich und beanspruchte meinen. Und dann –

„Entschuldigung", sagte eine Frauenstimme.

KAPITEL ACHT

Kane und ich sprangen auseinander wie zwei Teenager, die im Keller der Schule beim Knutschen erwischt worden waren.

„Tut mir leid", sagte die große Blondine, ihr Gesicht war dunkelrot. „Ich habe ein Geräusch gehört und dachte … oh, egal. Ich wollte nur sichergehen, dass alles okay ist."

Ich zog mich hinter Kane zurück und machte mich daran, meine Kleidung zu ordnen.

Kane dagegen stand in entspannter Haltung da und betrachtete die Frau. „Ja, wir sind mehr als okay."

„Kane", zischte ich scharf und stieß ihn in den Rücken.

Er warf mir einen Blick zu, sein Incubus-Charme strömte aus seinen einladenden Augen. Verdammt. „Zoë, nicht wahr?", sagte er zu der Frau, als sie begann, die Treppe hinunterzugehen.

Auf der zweiten Stufe blieb sie stehen. „Ja. Ich bin erst vor ein paar Tagen eingezogen. Apartment 2B."

„Hi", sagte ich über Kanes Schulter hinweg. „Ich bin Jade. Tut mir leid, dass wir dich … ähm, gestört haben." Ich warf

Kane einen irritierten Blick zu. „Ich wusste nicht einmal, dass es im Gebäude gerade Mieter gibt." Zuletzt hatte ich gehört, dass die beiden Wohnungen im zweiten Stock umgebaut wurden. Und die auf der anderen Seite der Tür hatte noch viele meiner Sachen drin.

Ihre Lippen verzogen sich zu einem Lächeln, doch sie biss sich auf die Unterlippe und versuchte, es zu verbergen. „Das erklärt einiges."

„Tut mir leid, Liebes", sagte Kane und zog mich hinter sich hervor. „Pyper hat mir erzählt, dass sie vor ein paar Tagen eine der Wohnungen vermietet hat, aber bei allem, was ich um die Ohren hatte, habe ich das ganz vergessen." Er ging zu der hinreißenden Frau hinüber und streckte seine Hand aus. „Ich bin Kane. Freut mich, dich kennenzulernen."

Sie zögerte, legte dann aber ihre Hand in seine und schüttelte sie. „Schön, dich kennenzulernen." Sie starrten einander einen Moment länger an, als wirklich angenehm war. Ich wollte gerade etwas sagen, irgendetwas, um ihre seltsame Verbindung zu unterbrechen, als Kane plötzlich losließ und einen Schritt zurücktrat.

Zoë starrte auf ihre Hand und runzelte die Stirn.

„Was ist passiert?", flüsterte ich Kane zu.

Er schüttelte den Kopf und flüsterte zurück: „Nicht jetzt."

Zoës Kopf schnellte hoch. „Was bist du?"

Er und ich tauschten einen erschrockenen Blick aus.

„Was meinst du?", sagte Kane ruhig, obwohl der Verdacht mit genug Kraft von ihm ausging, um es mit der Strömung des Mississippi aufnehmen zu können. „Was ich bin?"

„Äh ... ich meinte, wer bist du? Lebst du hier?"

„Oh nein", sagte Kane, und seine Schultern entspannten sich. „Das Gebäude gehört meiner Frau und mir. Ich bin also dein Vermieter, aber Pyper kümmert sich normalerweise um alles."

Er hatte gesagt, *das Gebäude gehört meiner Frau und mir.* Ein dummes Lächeln zupfte an meinen Lippen. Ich wusste nicht, warum diese Worte mein Innerstes zu Gelee werden ließen. Ich war nicht davon ausgegangen, dass Kane irgendwelche seiner Vermögenswerte mit mir teilte oder auch nur ansatzweise so darüber dachte. Er hatte neben diesem Gebäude und dem nebenan noch zwei Häuser besessen, bevor wir uns überhaupt getroffen hatten. Das waren seine. Abgesehen von dem Cypress Settlement-Haus, das er mir als Verlobungsgeschenk überlassen hat. Er war zu großzügig.

Zoë nickte. „Ich verstehe. Danke, dass ich so eine wunderbare Wohnung mieten durfte. Es tut mir leid, euch gestört zu haben. Das war nicht meine Absicht."

„Oh, mach dir darüber keine Gedanken", sagte ich und winkte mit einer Hand, versuchte lässig zu sein, während ich betete, dass der Boden sich auftun und mich im Ganzen verschlingen möge. Wie peinlich. Sie wusste offensichtlich, was wir getan hatten. Ich würde Kane dafür später töten. „War schön, dich kennenzulernen!", rief ich ihr hinterher.

Aber sie war schon weg.

„Was war das denn?", fragte ich Kane.

„Was? Das Händeschütteln?"

„Ja." Ich stemmte meine Hände in die Hüften und starrte ihn an.

„Da war eine Art seltsame Energie, die zwischen uns geflossen ist. Sie war nicht magisch. Ich weiß nicht, wie ich es erklären soll, aber es war ein bisschen unangenehm."

Wenn es nicht magisch war, gab es wahrscheinlich nichts, worüber er sich Sorgen machen musste. „Wahrscheinlich war sie von unserer Show aufgewühlt."

Kane warf mir einen Blick zu und fing an zu lachen. „Du bist süß."

„Und du bist unmöglich. Das hätte ich hier nie getan, wenn ich gewusst hätte, dass ein Mieter eingezogen ist."

Er steckte einen Schlüssel in das Schloss meiner alten Wohnung. „Ich glaube nicht, dass uns etwas peinlich sein muss. Wenn es auch nur annähernd so heiß ausgesehen hat, wie es war, hätten wir Tickets verkaufen sollen."

„Oh Gott, halt die Klappe." Ich unterdrückte ein Lachen, als ich ihm hinein folgte.

Mitten in der kleinen Wohnung blieb er stehen. Sie war kaum fünfzig Quadratmeter groß. „Jetzt. Wobei sollte ich dir nochmal helfen?"

Ich stand direkt hinter der Tür und blickte auf den glücklichen, hechelnden Geist hinunter, der mir vor Monaten nach Hause gefolgt war. Er war der süßeste Golden Retriever aller Zeiten, und ich vermisste ihn. „Ich möchte einen Weg finden, Duke zu uns nach Hause zu bringen."

„Den Geisterhund?" Er zog seine Augenbrauen hoch. „Im Ernst?"

„Ja. Ich mag nicht, dass er hier ganz allein ist. Wäre es nicht besser, wenn er im Haus wäre?" Ich lächelte auf Duke hinunter, der sich auf den Boden geworfen hatte und am Bein des Sofas nagte. Da er ein Geist war, richtete er natürlich keinen Schaden an. Er haarte auch nicht und musste nicht ausgeführt oder gefüttert werden. Doch er war ein guter Wachhund. Für mich war er also perfekt.

„Natürlich. Ich habe kein Problem, wenn du ihn mit nach Hause nehmen willst. Ich weiß nur nicht, wie wir das anstellen sollen."

„Hast du ein Stück Hähnchen bei dir?", sagte ich nur halb im Scherz.

„Kann er riechen?"

Ich kicherte. „Ich weiß nicht. Ich bin kein Experte für Geisterhunde."

„Wir haben kein Huhn, aber vielleicht was anderes aus dem Café." Kane ging zurück zu mir und zur Tür. Doch anstatt zu gehen, blieb er direkt vor mir stehen und nahm mein Gesicht in seine Hände. Er starrte mir in die Augen, senkte seinen Kopf und küsste mich so gründlich, dass ich keuchte, als er losließ.

„Whoa", sagte ich und stolperte fast, weil meine Knie so weich waren. „Wofür war das denn?"

„Dafür, dass du die erstaunlichste, erotischste Frau auf dem Planeten bist. Was draußen im Flur passiert ist?" Er nickte zur Tür.

„Ja?"

„Verdammt heiß." Er küsste mich noch einmal und sagte dann: „Ich bin gleich wieder da."

Ich sah ihm nach, als er ging, und als sich die Tür leise hinter ihm schloss, stand ich da, wie gebannt von der Magie, die immer noch in meinen Adern summte. Die Ladung, die wir im Flur aufgebaut hatten, war anders als sonst. Seit er ein Dämonenjäger geworden war, hatten wir während und nach dem Orgasmus immer unsere Kräfte geteilt. Diesmal nicht. Die Magie, die mich verzehrte, war allein meine. Seltsam. Hatte die Tatsache, dass Kane von der Bruderschaft suspendiert worden war, die Art und Weise verändert, wie er seine Kraft bekam? Würde er jetzt schwächer sein?

Ich sank in den abgeschrammten Sessel und hatte plötzlich Angst um Kane. Incubi bekamen ihre Kraft durch sexuelle Energie. Und die Dämonenjäger durch ihre Dolche. Hatte er noch Magie?

Die Tür schwang auf, und Kane trat mit einem kleinen

weißen Beutel in der Hand wieder herein. „Ich habe genau das Richtige."

Ich stand auf. „Was?"

Er holte ein Bagel-Sandwich heraus, komplett mit Schinken und Käse. „Wenn er riechen kann, wird das sicher helfen."

„Oh wow, ja." Ich nahm mir das Bagel-Sandwich und hielt es Duke hin.

Sein Schwanz wedelte wie verrückt hin und her, während geisterhafter Sabber von seinen Lefzen tropfte.

„Oh, widerlich." Ich lachte und ging zur Tür, wobei ich das Sandwich auf Hundehöhe hielt. „Komm, Junge. Wir bringen dich in unser neues Zuhause."

Er war mir einmal hierher gefolgt. Ihn dazu zu bringen, mir woandershin zu folgen, sollte nicht so schwer sein, oder? Und das war es nicht. Er hatte kein Problem damit, in den Flur und zum oberen Ende der Treppe zu trotten.

„Guter Junge", lobte ich.

Kane zog die Wohnungstür zu und schloss ab. Lachfältchen tanzten um seine Augen, als er zusah, wie ich meinen Geisterhund die Treppe hinunterlockte. Er hatte eine Menge verrückten Mist ertragen, seit ich in sein Leben gestolpert war. Ich denke, das war ziemlich zahm im Vergleich.

Die Operation Hundeumzug lief perfekt, bis wir den Treppenabsatz im ersten Stock erreichten. Dort erstarrte Duke, und seine Nackenhaare stellten sich auf, während er knurrte.

„Was ist los, Duke?" Ich hatte ihn nur so knurren sehen, als der böse Geist Roy Pyper und mich in meiner Wohnung heimgesucht hatte.

Duke senkte den Kopf und knurrte.

„Wow." Ich sah zu Kane auf, doch er wirkte genauso

verwirrt wie ich. „Lass uns gehen, Duke. Da ist nichts." Und da war nichts. Ich hatte meine Sinne weit geöffnet, und das einzige Wesen, das ich spürte, war Kane. Die neue Mieterin Zoë war nirgends zu sehen. Und ihre Energie war normal gewesen. Ich hatte nichts Böses gespürt, und Kane auch nicht, trotz des seltsamen Austauschs, den sie gehabt hatten. Außer dass sie die Einzige war, die im ersten Stock wohnte, und was auch immer Duke störte, war auf diesem Flur.

„Zoë?", rief ich vorsichtshalber. Keine Antwort. Nicht, dass ich mit einer gerechnet hatte. Sie war offensichtlich noch nicht einmal in der Nähe. Vielleicht war da noch ein alter Rest Geisterenergie, die er spürte. Ich ging ein paar Schritte die Treppe hinunter. „Komm, Duke. Lass uns gehen."

Der Hund drehte den Kopf und musterte mich mit immer noch aufgerichteten Nackenhaaren, aber dann fiel sein Blick auf das Bagel-Sandwich. Das war ausreichend Motivation. Abgelenkt eilte er hinter mir her die Treppe hinunter.

„So ist gut." Ich ging weiter, Duke an meinen Fersen.

Nachdem wir das Gebäude verlassen hatten, trottete Duke ohne Probleme mit mir. Und gleich, nachdem wir am Haus angekommen waren, in dem Kane und ich wohnten, kam Duke hereingesprungen und machte es sich auf einem großen Sessel bequem.

Ich lachte und biss in das Bagel-Sandwich. Der Hund starrte mich mit traurigen Augen an. „Ich weiß, Kumpel. Ich würde es mit dir teilen, wenn ich könnte."

Kane folgte mir zur Rückseite des Hauses. Ich holte uns beiden eine Flasche Wasser und setzte mich zu ihm an den Tisch.

„Also", sagte ich und drehte die Kappe auf und ab. „Geht's dir gut?"

„Sicher." Er trank einen großen Schluck von seinem Wasser.

„Wirklich? Auch wenn etwas an dir die Schatten stört und die Bruderschaft eine Untersuchung eingeleitet hat?" Ich hasste es, auf das Offensichtliche hinzuweisen, aber wenn er so tat, als wäre alles in Ordnung, wusste ich nicht, was ich sonst tun sollte.

„Na ja, ich bin nicht begeistert davon, aber was auch immer passiert, ich weiß, dass ich keine Kontrolle darüber habe. Also kann ich nur weitermachen, bis wir mehr Informationen haben." Er wirkte so vernünftig. Als ob er wüsste, dass wir das klären würden, sobald wir Informationen hätten.

„Du hast recht." Ich beugte mich vor und drückte ihm einen Kuss auf die Wange. „Bereit, ein paar Antworten zu finden?"

Er legte seine Hand um meinen Nacken und knetete seine Finger in meine angespannten Muskeln. „Gleich."

Ich lächelte ihn an. „Nimm dir die Zeit, die du brauchst."

KANE HIELT seinen Lexus vor Luciens Haus in Bywater an. Die Bewohner waren eine bunt gemischte Gruppe von Künstlern und Musikern und Besuchern von außerhalb. Als wir auf seine Veranda traten, öffnete sich die Tür scheinbar von selbst, und ich erkannte die magische Signatur als die von Lucien. Er hatte seine Haustür verzaubert, damit sie bestimmte Leute einließ. Ich nahm an, dass wir auf der Liste standen.

„Netter Trick", sagte Kane.

Ich lächelte. Luciens Haus war ein Schrotflinten-Doppelhaus, was bedeutete, dass es keine Flure gab und die Zimmer aneinander gestapelt waren. Wir schlenderten ins Wohnzimmer und durch einen Bogen hindurch in sein Büro.

„Hi, Jade, Kane", sagte er von seinem Platz an seinem Schreibtisch aus. Er hatte drei dicke Bücher aufgeschlagen vor sich und eine geöffnete Datei auf dem Computer. Bücher säumten zwei Wände, alles Texte, die entweder Kunst oder Hexerei betrafen. In seinem Hauptberuf beanspruchte er den Titel Kunstgaleriemanager. Er drehte sich um und winkte zu einem kleinen Sofa zu seiner Linken. „Setzt euch."

„Danke." Kane und ich ließen uns nieder, und ich ging sofort die Ereignisse der letzten Tage durch und ließ nichts außer den sechs komprommittierten Engeln aus. Ich wusste, dass Chessandra ausrasten würde, wenn sie herausfand, dass ich es ihm gesagt hatte, doch er war mein Stellvertreter. Er hatte Wissen, das ich nicht hatte, und wenn mir etwas passierte, während Kane und ich an dem Fall arbeiteten, war es nötig, dass er genug wusste, um eingreifen und uns helfen zu können.

„Also wissen wir offensichtlich nicht, was in den Schatten vor sich geht und was genau Kane damit zu tun hat. Irgendwelche Ideen, wo ich anfangen soll?", fragte ich.

Lucien lehnte sich zurück und streckte seine Beine aus, während er aussah, als müsste er alles verarbeiten, was ich ihm gerade gesagt hatte.

„Ich werde Bea auch fragen. Ich hatte einfach noch keine Gelegenheit."

Er nickte und dann schnellte sein Kopf hoch. Er deutete auf sein großes Regal, stand auf und ging direkt zu einem unauffällig aussehenden, in Leder gebundenen Buch. Unscheinbar, weil die meisten genau gleich aussahen. Braune, alte, goldgeprägte Schrift. Es gab einen Haufen davon. Er reichte es mir. „Dies ist die Erzählung der Erfahrung einer Hexe mit einem Incubus, und wenn ich mich erinnere, gab es auch einen Vorfall in der Schattenwelt."

„Einen Vorfall?", fragte ich und blätterte in dem Buch.

„Es ist lange her, seit ich es das letzte Mal gelesen habe, aber ich erinnere mich an einen Hinweis auf einen Incubus, der eine gewisse Kontrolle über das Gefüge der Welt hatte? Ich kann mich nicht genau erinnern. Schau einfach nach."

Ich blätterte durch den Text und überflog ihn. Er beinhaltete einen bestimmten Zauber, der von einer Sexhexe gewirkt worden war, und war mit einem Blutopfer verbunden. Nichts, was Kane getan hatte oder tun würde. Stirnrunzelnd blickte ich auf. „Das scheint nicht wirklich anwendbar auf das zu sein, womit wir es zu tun haben."

Er presste die Lippen aufeinander und sah sich um. „Ich fürchte, ich habe nicht viel Material dazu, weil wir uns als Hexen nicht wirklich viel mit den Schatten oder Incubi beschäftigen." Er warf Kane einen entschuldigenden Blick zu. „Die Dämonenjäger und die Engel wären eine viel bessere Quelle. Oder die Hölle, oder sogar die Hexen von Coven Pointe."

„Hm", sagte Kane.

Ich musterte ihn. „Erklär' mir das."

Er zuckte mit den Schultern. „Wir wissen, dass wir keine Antworten von den Engeln oder den Jägern bekommen werden."

„Ich hatte nicht einmal daran gedacht, mit den Hexen von Coven Pointe zu reden. Sie scheinen viel mehr zu wissen, als sie zugeben. Wir müssen sie nur dazu bringen, mit uns zu sprechen", sagte ich, bereits niedergeschlagen. Das Letzte, was ich tun wollte, war, Dayla oder Fiona um Hilfe zu bitten. Diese Hexen waren Hexen im wahrsten Sinne des Wortes.

„Wir könnten mit Mati sprechen", sagte Kane.

„Oh. Und Vaughn." Meine Stimmung wurde besser. Mati war eine Sexhexe, die in einer anderen Dimension gefangen gewesen war. Und Vaughn, ein Incubus, war ihr Freund. Wir hatten vor nicht allzu langer Zeit geholfen, Mati aus der anderen Welt zu retten, und uns mit Vaughn zusammengetan, um seinen Stiefbruder, der schwarze Magie benutzt hatte, zur Strecke zu bringen. „Das ist eine großartige Idee. Auch wenn sie keine Antworten haben, können sie sie vielleicht bekommen."

Kane stand auf und streckte Lucien die Hand entgegen. „Danke, Mann. Du warst eine große Hilfe."

Lucien schnaubte. „Nicht wirklich. Aber ich bin froh, dass ich euch wenigstens in eine Richtung weisen konnte." Er begegnete meinem Blick. „Ich werde weiter darüber nachdenken, und wenn mir irgendwas auch nur annähernd Interessantes einfällt, rufe ich dich an. In der Zwischenzeit weißt du, wo du mich findest, wenn du irgendwas brauchst."

Ich streckte die Hand aus und umarmte ihn schnell. „Danke!"

„Lucien!" Kats Stimme kam aus dem Wohnzimmer. „Wo bist du?"

Ein Lächeln umspielte seine Lippen, als er einen Schritt zur Seite machte, um durch den Torbogen zu spähen. „Hier."

„Ohmeingott!" Sie kam mit ausgestreckten Armen aus dem anderen Zimmer hereingerannt. „Ich hab' die Rolle! Ich hab' sie bekommen!" Sie rannte zu ihm.

Er fing sie auf und wirbelte sie herum, während sie lachte. „Was für eine Rolle?"

„Ich komme ins Fernsehen!" Sie schnappte nach Luft. „Kannst du das glauben?"

„Nein. Ich glaube nicht, dass ich das kann." Luciens Augen waren ungläubig geweitet, als er sie anlächelte.

„Fernsehen?", fragte ich, mitgerissen von dem Gefühl ihres Glücks, das den Raum erfüllte, aber völlig verwirrt. Kat war

Silberschmiedin und arbeitete in einem Laden im French Quarter. Sie war keine Schauspielerin, und soweit ich wusste, hatte sie bisher nur in ein paar Highschool-Stücken mitgespielt.

„Jade." Sie löste sich aus Luciens Arm und drehte sich mit Freudentränen in ihren haselnussbraunen Augen zu mir um. „Kannst du es glauben? Ich habe eine Anzeige für eine kleine Rolle im Pilotfilm einer neuen Fernsehserie gesehen, und aus einer Laune heraus bin ich hingegangen und habe vorgesprochen. Sie haben gesagt, ich hätte genau die Energie, die sie suchen, und mir die Rolle sofort angeboten."

„Wow. Das ist cool." Ich ging zu ihr, um sie zu umarmen, doch sie drehte sich wieder zu Lucien um. *Äh, okay.*

„Ich muss morgen absagen, weil ich meine Haare und Nägel machen lassen muss. Und ein Waxing. Wir fangen in vier Tagen an zu drehen, und na ja, ich werde keine Zeit für irgendwas haben." Sie schlüpfte an uns vorbei und schien zur Rückseite des Hauses zu schweben.

„Vorsprechen?", fragte Lucien mich. „Wusstest du davon?"

Ich schüttelte den Kopf. „Nein. Ich hatte keine Ahnung, dass sie sich überhaupt für sowas interessiert. Sie hat noch nie darüber gesprochen. Nicht, dass ich mich daran erinnern könnte." Ich zermarterte mir das Hirn und überlegte, wie diese neue Entwicklung zu dem, was ich über meine beste Freundin wusste, passte. Überhaupt nicht.

Wir drehten uns beide um und sahen Kane an, als hätte er die Antworten.

Er hob die Hände und lachte. „Schaut mich nicht an."

„Seltsam", sagte ich und starrte auf die Tür, durch die sie verschwunden war. „Cool. Aber seltsam."

„Welche Serie hat sie nochmal gesagt?", fragte Lucien.

„Hat sie nicht." Ich legte das Buch weg, das er mir gegeben

hatte. „Ein Pilotfilm für eine neue Serie ist alles, was sie gesagt hat." Ich warf Kane einen Blick zu. „Ich bin gleich wieder da."

Er nickte, und ich machte mich auf den Weg, um Kat nochmal zu gratulieren, bevor wir gingen. Ich fand sie in der Küche, wo sie eine Flasche Orangenlimonade wie ein Mikrofon vor den Mund hielt, während sie eine Dankesrede für ihre bevorstehende Emmyverleihung übte.

„Und ein besonderer Dank gilt meiner Freundin Jen, die an mich geglaubt hat, als es sonst niemand getan hat."

Wer zum Teufel war Jen? Ich räusperte mich. „Hi."

Sie wirbelte herum. „Oh, Jade! Du hast mir einen Schreck eingejagt."

Ich biss mir auf die Lippe. „Wir gehen wieder. Ich wollte mich nur verabschieden … und dir gratulieren."

Sie lächelte mich fast schüchtern an, als sie eine ihrer roten Locken hinter ihr Ohr strich. „Ein Traum wird wahr."

„Das würde ich auch sagen." Aber wessen Traum? Sicherlich nicht ihrer. Aber ich brachte es nicht über mich, sie in diesem Moment danach zu fragen. Ich brauchte Zeit, um alles zu verarbeiten, was passiert war. Stattdessen streckte ich meine Arme aus und lud sie in eine Umarmung ein.

Kat lächelte, doch als sie einen Schritt nach vorne machte, stolperte sie scheinbar über nichts, und verschüttete ihre Limonade über die Vorderseite ihres Kleides. „Verdammt." Sie sah mich an. „Tut mir leid, Jade. Ich muss das einweichen, bevor die Flecken bleiben."

Und ehe ich noch ein Wort sagen konnte, verschwand sie im Badezimmer. Ich starrte ihr nach, und Unbehagen nagte an meinem Bauch. Ich hätte schwören können, dass sie das Getränk absichtlich verschüttet hatte. Verwirrter denn je machte ich mich langsam auf den Weg ins Büro zurück zu Lucien und Kane.

Ein paar Minuten später waren Kane und ich wieder am Auto. Ich sah ihn an. „Nach Pointe?"

Er nickte und ließ den Motor an. „Solange wir nicht wie beim letzten Mal beschossen, angegriffen oder in irgendeiner Weise magisch verändert werden."

Wir konnten nur hoffen.

KAPITEL NEUN

*W*ährend Kane zum Freeway fuhr, rief ich Mati an.

Sie nahm beim zweiten Klingeln ab. „Jade. Hi." Ihr Ton war zögernd. Ich konnte es ihr nicht verübeln. Unsere beiden Zirkel verkehrten nicht wirklich miteinander, und wir kannten uns nur, weil mir der Auftrag erteilt worden war, sie aus einer anderen Dimension zu retten. Mein Anruf rief nicht gerade angenehme Erinnerungen hervor.

„Hi Mati. Wie geht's dir?"

„Gut. Studiere immer noch und arbeite mit Chessa. Und du?"

„Genauso. Nur, dass ich nicht studiere. Du weißt schon, Hexen- und Schattenkram." Ich rutschte auf meinem Sitz herum, sodass ich Kane direkt ansehen konnte. „Hör zu, ich weiß, dass du wahrscheinlich beschäftigt bist, aber wäre es okay, wenn Kane und ich heute vorbeikommen würden, um uns kurz mit dir zu unterhalten? Es gibt eine … Situation … in den Schatten, und wir müssen Nachforschungen anstellen. Wir dachten, du und Vaughn wärt vielleicht ein guter Anfang."

„Vaughn und ich?" Der Schock in ihrer Stimme ließ mich zusammenzucken.

Sie waren beide jung. Mati war Anfang zwanzig und noch auf dem College. Vaughn war ein paar Jahre älter, doch er war noch nicht lange Teil der Bruderschaft. War es dumm zu glauben, dass sie überhaupt irgendwie helfen könnten? Mati war Chessandras Schwester. Besser als zu Daylas Haus zu gehen und sich in weiß-die-Göttin-was verzaubern zu lassen. „Ich hoffe, du weißt vielleicht, wo wir mit unserer Suche anfangen können."

„Wir können es versuchen. Wann wollt ihr vorbeikommen?"

„Ist jetzt okay?" Ich schnitt eine Grimasse in Kanes Richtung. Es gibt nichts Unhöflicheres, als sich einfach selbst einzuladen.

Sie lachte. „Ja klar. Vaughn ist auf dem Weg hierher, also kein schlechtes Timing."

„Toll. Danke." Ich legte auf und warf das Handy in meine Tasche.

„Das war gar nicht peinlich", sagte Kane, als er auf die Crescent City Connection Bridge abbog.

„Manchmal muss man einfach tun, was man tun muss."

Zehn Minuten später parkte Kane vor Matis Haus. Sie hatte eine der Wohnungen im Obergeschoss. Ich erkannte Vaughns Indian, die in der kleinen Einfahrt geparkt war. „Er ist schon da."

Kane nickte und ging die Treppe hinauf voraus.

„Jade", sagte Mati, als sie die Tür öffnete. Sie lächelte und breitete ihre Arme für eine Umarmung aus.

„Mati, du siehst großartig aus." Ich schlang meine Arme um sie und war begeistert, ihre pulsierende Energie um uns herum wirbeln zu spüren.

„Danke. Du auch. Kommt rein, ihr zwei." Sie winkte Kane zu, und er nickte. „Setzt euch. Ich hole Vaughn."

Kane und ich setzten uns in das kleine Wohnzimmer auf ein Sofa mit einem bunten Überwurf. Das Zimmer war voller interessanter Hexenbilder und ein paar gerahmter handkalligraphierter Zaubersprüche. Überall standen Kerzen, und auf einem Regal hatte sie reichlich Kräuter und Tränke. Sie waren fertig gekauft, doch den Etiketten nach zu urteilen, stammten sie nicht aus Beas Laden im Quarter. Irgendein Shop namens *The Heart of a Witch*.

Es dauerte nicht lange, bis Vaughn und Mati zurückkehrten. Vaughns Incubus-Energie war überwältigend, und in dem Moment, in dem mein Körper als Reaktion darauf prickelte, errichtete ich meine Verteidigungsmauern. Es war beunruhigend, dass jemand anderes als Kane eine körperliche Wirkung auf mich hatte. Vor allem Matis Freund.

„Vaughn." Kane stand auf und schüttelte dem anderen Incubus die Hand. „Schön, dich zu sehen."

„Dich auch. Ich wünschte nur, es wäre unter anderen Umständen", sagte Vaughn.

„Du hast es also gehört?" Kane vergrub die Hände in den Hosentaschen seiner Jeans.

„Ja. Er hat uns alle informiert. Daran führt wirklich kein Weg vorbei. Wir alle spüren die Störung." Kane nickte.

„Es ist aber seltsam." Vaughn fuhr sich mit der Hand durch sein dunkles Haar. „Die Intensität deiner Energiesignatur ändert sich jedes Mal, wenn ich durch die Schatten gehe. Manchmal ist sie stark und manchmal ist sie kaum wahrnehmbar, so schwach, dass es schwer zu sagen ist, wem die Signatur gehört."

„Das ist seltsam", sagte ich abwesend und ließ mir seine Worte durch den Kopf gehen. „Für mich haben schwache

Energiesignaturen mit zwei Dingen zu tun. Dem Energieniveau der Person oder ihrer Nähe zu mir."

Vaughn schüttelte den Kopf. „Ich glaube nicht, dass Nähe hier einen Einfluss hat. Incubi sind auf zellulärer Ebene miteinander verbunden, und wenn wir den anderen spüren, können wir den „Empfang" soweit oder so wenig aufdrehen, wie wir wollen, um unsere Brüder zu finden, falls einer Hilfe braucht. Zum Energieniveau kann ich nichts sagen, doch wenn das der Fall ist, war das Signal manchmal so schwach, dass ich mich fragen würde, ob Kane nur wenige Augenblicke von seinem letzten Atemzug entfernt ist. Und wenn ich ihn so vor mir sehe, kann das nicht sein. Aber ich könnte mich irren."

Ich schüttelte den Kopf. „Nein, das klingt ungefähr richtig. Aber andererseits können wir es nicht wissen, oder? Es sei denn, es gibt einen dokumentierten Fall, in dem die Schatten zuvor verseucht waren."

„Du könntest Chessa fragen", sagte Mati.

Ich könnte, doch dann müsste ich ihr von Kane erzählen, und wer weiß, was sie tun würde, wenn sie glaubte, er wäre in das verwickelt, was mit den Engeln passiert war? „Nein", sagte ich ein bisschen zu schnell.

Mati runzelte die Stirn. „Warum nicht?"

Vaughn legte seinen Arm um ihre Taille. „Weil deine Schwester dazu neigt, zuerst zu handeln und später Fragen zu stellen, und Kanes Situation wird sich nur verschlimmern, wenn sie beschließt, ihm die Schuld daran zu geben."

Mati öffnete den Mund, um zu antworten, schloss ihn dann jedoch wieder. Sie nickte und sah Kane in die Augen. „Er hat recht. Ich werde nichts sagen."

„Danke", sagte Kane und wandte den Blick ab. Ein winziger Hauch von Scham und Frustration strömte von ihm aus und streifte meine Haut.

Ich wusste, dass er unschuldig war, also musste die Scham von dem Gefühl herrühren, dass er verbergen musste, was passiert ist, aus Angst, die Engel würden, genau wie die Dämonenjäger, nicht glauben, dass er zu den Guten gehörte. Frustration, denn das war offensichtlich. Er steckte mitten in einer Situation, über die er so gut wie nichts wusste.

„Aber ich kann Dayla fragen", sagte Mati, und ihre Augen funkelten entschlossen. „Wenn wir unseren Mädelsabend haben und sie trinkt, redet sie gerne über die gute alte Zeit. Je mehr Alkohol sie trinkt, desto mehr erzählt sie. So gesehen …" Sie packte mich am Arm. „Du solltest morgen Abend mitkommen. Dann kannst du mir helfen, die richtigen Fragen zu stellen."

Verdammt. Ich hatte nicht wirklich Angst vor Dayla. Ich könnte sie wahrscheinlich in einem magischen Duell erledigen. Okay, wahrscheinlich nicht, denn sie hatte viel mehr Erfahrung als ich, doch wenn es Zauber gegen Zauber ging, konnte ich sie sicher überwältigen. Ich war verdammt stark. „Müssen wir es tun, während sie trinkt? Wäre es nicht besser, sie zum Mittagessen oder so zu treffen?"

Mati lachte. „Dayla isst nicht zu Mittag. Bitte, sie ist viel zu sehr damit beschäftigt, sich in ihrer Hexenhöhle zu verstecken. Nein, der Mädelsabend ist besser, weil sie dafür tatsächlich ihre Höhle verlässt. Sie trinkt und redet mehr, wenn sie Martinis schlürft. Morgen Abend. Wir treffen uns hier um viertel vor acht und gehen rüber in die Coven Pointe Bar. Wird dir gefallen. Vertrau mir."

Sie schien sich der Sache so sicher zu sein und war so begeistert, einen Plan zu haben, dass ich nur nickte. Es konnte nicht schaden. Oder? Und wenn wir an einem öffentlichen Ort waren, war die Wahrscheinlichkeit, dass Dayla mich mit einem Zauber belegte, deutlich geringer. Allerdings hatte ich meine eigene Kraft, also machte ich mir darüber keine allzu großen Sorgen. „Okay, dann ist das ein Date. Morgen Abend."

„Und ich werde sehen, was ich bei der Bruderschaft ausgraben kann", bot Vaughn an.

Kane versteifte sich. „Das ist nicht nötig. Ich will nicht, dass du in das verwickelt wirst, was auch immer hier vor sich geht."

„Es ist nötig. Du und Jade wart für Mati da, als ich es nicht war. Ich bin dir was schuldig." Die Überzeugung in seinem Ton ließ mich nicken, bevor Kane noch etwas sagen konnte.

„Danke", sagte ich. „Jede Information, die du finden kannst, ist an dieser Stelle nützlich. Aber bitte sei vorsichtig. Wir wollen nicht, dass du auch noch auf der Strafbank landest." Ich schob meine Hand in Kanes. „Mati, wir sehen uns morgen Abend."

„Ja. Dresscode lässig-elegant."

„Geht klar."

Kane reichte Vaughn die Hand. „Danke, Bruder."

Vaughn ergriff die Hand, während er mit der anderen seinen Unterarm drückte. „Danke." Vaughn warf Mati einen liebevollen Blick zu. „Wir alle brauchen hin und wieder ein bisschen Hilfe. Ich bin froh, dass ich mich revanchieren kann."

NACHDEM KANE und ich nach Hause zurückgekehrt waren, ging er ins *Wicked*, um nach dem Club zu sehen, bevor die geschäftige Zeit begann, und ich ging die vier Blocks zu *Herbal Connection*, Beas New-Age-Laden.

In dem Moment, als ich durch die Tür trat, hüllte mich der Duft frischen Regens ein, und die Anspannung begann, aus meinen verkrampften Muskeln zu weichen. Der Duft passte sich an jeden Kunden an, der den Laden betrat, ein Zauberspruch, der den Lieblingsduft des Kunden erkannte. Gab es eine bessere Art, jemandem das Gefühl zu geben, in einem Geschäft willkommen zu sein?

„Guten Tag, Liebes", sagte Bea fröhlich hinter der Theke. „Wie ist das Eheleben?"

Ich konnte nichts gegen das Lächeln tun, das sich auf meinem Gesicht ausbreitete. „Noch besser als ich es mir vorgestellt habe."

Beas Gesichtsausdruck wurde warm und weich, als sie hinter der Theke hervorkam und mir bedeutete, ihr zu einer der Auslagen auf der anderen Seite des Ladens zu folgen. Sie blieb vor ihren speziell gemischten Kräutern stehen. „Ich will nicht, dass du denkst, ich würde dich unter Druck setzen oder so, doch jetzt, wo du verheiratet bist, wollte ich dir meine spezielle Kräuterlinie vorstellen, nur für den Fall, dass ihr über Expansion nachdenkt."

„Expansion?" Ich stellte mir vor, wie meine Taille expandierte, während ich noch mehr Käsekuchen in mich hineinschaufelte als sonst.

„Ja, Liebes. Expansion eurer Familie." Sie legte sanft ihre Hand auf meinen Arm und sah mich erwartungsvoll an.

Ich nahm den Kräuterbeutel in die Hand. *Fruchtbarkeitsfördernde Kräuter.* „Bea!"

„Was?" Ihre Augen leuchteten vor hoffnungsvoller Freude.

„Ein Baby? Jetzt? Machst du Witze?"

Sie zuckte mit den Schultern. „Warum nicht?"

Ich legte die Kräuter zurück ins Regal und wischte mir die Hand an meinem Rock ab, als könnte schon das Berühren des Beutels meine Eierstöcke auf Hochtouren arbeiten lassen. „Äh, vielleicht, weil Kane und ich immer hinter der Krise der

Woche herjagen? Vielleicht, weil er von der Bruderschaft auf die Strafbank gesetzt wurde und seine Energie die Schattenwelt verseucht, während wir beide damit beauftragt sind, herauszufinden, was zum Teufel da los ist? Vielleicht, weil wir ständig gegen Dämonen und böse Anwender von Magie kämpfen?"

„Was?" Ihre großmütterlich-verspielte Laune verschwand, als sie ihre Schultern straffte und ihre Augen zu denen einer Hexe wurde, die bereit ist, in den Kampf zu ziehen. Dann nahm sie meine Hand und zog mich ins Hinterzimmer. „Setz dich und erzähl mir alles."

Und das tat ich. Einschließlich des Teils über die geschwächten Engel. Das sollte ich eigentlich nicht, doch ich vertraute Bea mehr als allen anderen. Ich brauchte den Rat meiner Mentorin.

Als ich fertig war, fragte sie: „Weiß Lailah davon?"

„Nicht alles. Soweit ich weiß, hält Chessandra es unter Verschluss."

„Ich weiß", sagte Lailah, die aus dem Nichts auftauchte.

„Da bist du ja. Ich habe mich gefragt, wo du bist." Bea winkte sie zu sich.

„Du hast alles mitgehört, was ich gerade gesagt habe?", fragte ich.

Lailah nickte.

Ich verzog das Gesicht. „Ich hätte nichts sagen sollen."

Sie winkte ab. „Mach dir keine Sorgen. Ich hatte gerade ein Treffen mit dem Rat der Engel, und danach hat Chessandra beschlossen, mich darüber zu informieren, was in meinem Gebiet vor sich geht." Ihre Gereiztheit war so spürbar, dass die von ihr ausgehende statische Aufladung ihr Haar kraus machte. „Wir wurden angewiesen, jeglichen Betrieb vorerst einzustellen."

„Wieso das denn?", fragte ich. „Wenn es nur ein Problem mit den Schatten ist –"

„Heute Morgen wurde ein Engel angegriffen und in die Schatten verschleppt. Als jemand bemerkt hat, dass sie weg war, war es zu spät." Lailahs Ton war emotionslos. „Sie war bereits ausgelaugt und ist verschwunden."

Eiskalte Angst packte mich. „Verdammter Mist auf Toast. Warum hat mir oder Kane niemand davon erzählt?"

Lailah knirschte mit den Zähnen. „Nicht alles dreht sich um dich, Jade."

Autsch. „Natürlich nicht. Aber wir hätten alles getan, um sie zu finden."

„Du hörst nicht zu", fauchte sie. Es war klar, dass Lailah das schwer getroffen hatte. Sie war nicht die extrovertierteste Frau, die ich je getroffen hatte, aber sie hatte ein gutes Herz. Sie hätte nicht in diesem Ton mit mir gesprochen, wenn sie nicht so aufgewühlt gewesen wäre. „Niemand wusste, dass sie vermisst wurde. Die Bruderschaft hat Spuren von ihr gefunden und Chessandra informiert."

„Spuren?", sagte ich abwesend, während ich versuchte, genug Luft zu bekommen, um die Panik zu beruhigen, die durch meine Adern kroch. Ein Engel war angegriffen und entführt worden. Was bedeutete das für Lailah? Wurden alle Engel angegriffen? War Lailah ernsthaft in Gefahr?

„Ihre Engelskette war da, zusammen mit einem Echo ihrer Energiesignatur." Lailah ließ sich auf einen Hocker sinken und hielt sich am Rand des Arbeitsplatzes fest, als wollten ihre Beine nachgeben. „Sie ist nicht in den Schatten. Wir befürchten das Schlimmste."

Das Schlimmste. Für einen Engel bedeutete das die Hölle. Und niemand konnte durch die Schatten gehen, um sie zu finden. Jedenfalls keiner der Engel.

„Wird die Bruderschaft nach ihr suchen?"

Lailah schüttelte den Kopf. „Sie gehen nicht in die Hölle. Ihre Mission ist es, diese Welt und die Schatten frei von Dämonen zu halten. Wenn sie die Grenze zur Hölle überschreiten, wird ein Krieg ausbrechen."

„Verdammt", murmelte ich, als mir die Erinnerungen meines Ausflugs in die Hölle durch den Kopf schossen. Ich war eingedrungen, um meinen Ex Dan zu retten, der sich für meine Mutter geopfert hatte. Ich hatte ihn nicht dort lassen können. Doch Kane war bei mir gewesen, und wir hatten die Hilfe von Lailah und Phillip – meinem vorherigen Seelenwächter – gehabt. Sie waren tatsächlich in die Hölle gekommen, um uns nach Hause zu bringen. Jetzt war niemand da, um zu helfen.

„Wie ist es passiert?", fragte Bea Lailah leise, ihre Augen voller Sorge. „Ist jeder Engel ein Ziel? Müssen wir Schutzzauber wirken, um dich zu schützen?"

Tränen füllten Lailahs leuchtend blaue Augen, als sie ihren Kopf schüttelte. „Das glaube ich nicht. Sie war ein neuer Engel, der noch in der Ausbildung war. Sie sollte im Herbst an der Uni anfangen."

Bea nahm ihre Hände in ihre. „Wir könnten einen Suchzauber versuchen, einfach um zu sehen, ob wir etwas tun können." Sie sah mich fragend an.

„Ja, das können wir."

„Chessa hat es schon versucht." Lailah schniefte und verschwand dann in der Toilette.

„Verdammt", murmelte ich.

Frustration ging von Bea aus, und wir saßen beide schweigend da. Ich hasste es, nichts tun zu können.

Ein paar Minuten später kehrte Lailah mit gewaschenem

Gesicht und stählernem Rückgrat zurück. „Ich habe das von Kane gehört. Sag mir, was los ist."

Ich zuckte mit den Schultern. „Nicht viel. Die Schatten sind mit seiner Energie verseucht, nur ist es nicht genau seine. Es fühlt sich an, als wäre ihm vielleicht seine Energie genommen und dann irgendwie manipuliert worden. Als wir das erste Mal reingegangen sind, nachdem die Schatten schon verseucht waren, wurde ihm seine Energie entzogen. Das zweite Mal war, nachdem ihm sein Dämonenjägerdolch abgenommen worden war, und es ging ihm gut. Keine Auswirkungen. Abgesehen davon, dass ich im Blindflug versucht habe, über etwas zu recherchieren, worüber wir nichts wissen, habe ich nichts anderes zu berichten … außer der unglaublichen Menge sexueller Energie, die im *Wicked* pulsiert."

Bea runzelte die Stirn.

Lailah hob ihre Augenbrauen. „Schlimmer als sonst?"

„Viel schlimmer. Die Leute stehen um den Block rum Schlange, um reinzukommen, als wären sie süchtig danach."

„Du meine Güte", sagte Bea.

„Wie lange ist das schon so?", fragte Lailah.

„Die letzten zwei Nächte. Charlie musste alle Angestellten zur Arbeit rufen und Nachschub bestellen. Es ist ein Irrenhaus."

„Es hat zur gleichen Zeit angefangen, als die Schatten verseucht worden sind", sagte Bea und schrieb etwas in ihr Notizbuch.

„Ja, aber die Energie ist nicht dieselbe. Im Club ist es Kanes. In den Schatten ist es anders. Nicht wirklich Kanes, aber doch seine. Das Gefühl ist dunkler."

Bea schüttelte den Kopf. „Das spielt keine Rolle. Es ist offensichtlich, dass die Störung in den Schatten und im Club zusammenhängt."

Sie hatte recht, und eine nagende Stimme in meinem Kopf sagte mir, ich hätte das Clubproblem ernster nehmen sollen. Die Verführung einer gutaussehenden Excel-Tabelle hatte das Urteilsvermögen aller getrübt. Wenn ich im letzten Jahr etwas gelernt hatte, dann, dass nichts zufällig war, wenn es um das Übernatürliche ging.

„Ihr müsst den Club schließen", sagte Lailah leise. „Wenn die Energie überhandnimmt, kann alles passieren."

Ein Schauder der Angst lief mir über den Rücken. Sie hatte recht. Alles könnte passieren, von einer übernatürlichen Katastrophe bis hin zu tätlichem Angriff auf einen oder durch einen Gast. „Ich muss gehen", sagte ich und ging zur Tür.

„Soll ich mitkommen –?", fragte Lailah.

Ich blieb stehen und blickte zu ihr zurück. „Nein. Danke, aber der Club ist im Moment ein Hotspot. Es ist wahrscheinlich besser, wenn du Abstand hältst."

Sie sträubte sich bei meinen Worten und hasste es genauso sehr, dass man ihr sagte, was sie tun sollte, wie ich. Doch dann setzte sie sich wieder auf den Hocker und ließ die Schultern hängen. „Du hast recht. Es ist zu leicht, da in die Schatten zu geraten."

Ich blieb mitten im Schritt stehen. „Ist es im Club für dich leichter als an anderen Orten?"

Sie nickte. „Ja. Seit wir das Portal geöffnet haben, als wir gegen Roy gekämpft haben, ist der Club und das Gebäude an sich ein Ort, an dem man die Welten leichter durchqueren kann. Das passiert manchmal, wenn Portale geöffnet werden."

Bea nickte zustimmend. „Ein Ort, der so viel Magie gesehen hat, sowohl schwarze als auch weiße, wird dadurch für immer verändert."

„Ich verstehe." Es wäre schön gewesen, wenn mir das

damals jemand gesagt hätte. Wir waren jedoch irgendwie damit beschäftigt gewesen, Pypers Leben zu retten.

„Viel Glück, Jade!", rief Bea.

„Ja, lass keine übereifrigen Touristen zu handgreiflich werden", fügte Lailah mit einem Anflug eines Lächelns hinzu.

Meine Lippen zuckten amüsiert. „Kane wird das schon zu verhindern wissen."

KAPITEL ZEHN

*A*ls ich wieder ins *Wicked* kam, war es kurz vor sechs. Viel zu früh für den abendlichen Ansturm. Doch genau wie am Abend zuvor hatte sich bereits eine Schlange von Leuten entlang des Blocks gebildet, die darauf warteten, eingelassen zu werden.

Die Menge an Leuten war mir mehr als nur ein bisschen unangenehm, und meine Haut juckte von der puren Lust, die von der riesigen Gruppe ausstrahlte. Die ungefilterte sexuelle Energie war beunruhigend aufdringlich. Ich errichtete sofort meine Glaswände. Und zum ersten Mal, seit ich diesen Trick gelernt hatte, war ich nicht vollständig von den Emotionen um mich herum abgeschnitten. Die Lust war schwach, aber sie war immer noch da und nagte an mir.

Unser üblicher Türsteher, Jeff, stand an der Tür. Er hakte ein Samtseil aus und winkte mich vorbei, sobald er mich sah.

„Seit wann haben wir das denn?", fragte ich ihn und betrachtete das weinrote Seil.

„Seit heute. Zu viele Leute haben versucht, sich vorbeizuschieben."

„Dann gute Idee." Ich winkte ihm zu, während ich mich gegen was auch immer im Club vorging, wappnete. Ich holte tief Luft, betrat den Club und blieb mitten im Schritt mit offenem Mund stehen. „Heilige Krähe."

An der Bar war niemand. Niemand saß auf den Stühlen um die kleinen Tische herum. Alle Gäste standen um die Bühne herum zusammengepfercht und starrten zu der Tänzerin auf, während sie riefen: „Mehr! Mehr! Mehr! Mehr!"

Es gab ein Auf und Ab in ihren Bewegungen, als ob sie alle miteinander verbunden wären und auf einer gewaltigen Welle schwammen.

Und hoch über ihnen war eine große, schlanke Blondine, die an einem unsichtbaren Draht flog. Sie trug nur einen dünnen G-String, auf den sie genauso gut hätte verzichten können, weil er nichts verhüllte, und hochhackige, kniehohe Schnürstiefel.

Ihre Hände glitten über ihre perfekten Brüste, während sie schwang und sich herabbewegte, das Publikum neckte und ihr langes Haar hinter sich peitschte.

Ich war geschockt. Wann war der Draht installiert worden? Und war der Club für sowas versichert? Die Stripperinnen kletterten zwei Etagen hoch an den Stangen, doch das fühlte sich anders an. Gewagter. Woran hing sie überhaupt? Sie trug kein Geschirr oder irgendetwas Offensichtliches.

Ich trat ein paar Schritte näher und starrte die Frau an, die sich auf der Stelle drehte. Es gab keinen Draht. Zumindest keinen, den ich sehen konnte. Heilige Hölle. War sie eine Hexe?

Automatisch ließ ich meine Abwehrmechanismen fallen. Intensives Verlangen und frustrierte Lust hüllten mich ein und erstickten mich mit den dicken Strängen. Meine Hände schossen zu meiner Kehle, als könnte ich die schreckliche

Energie aus meiner Haut reißen. Meine Nägel trafen meinen Hals und kratzten und hinterließen brennende Spuren.

„Jade?"

Ich zuckte zusammen, und mein Herz versuchte, aus meiner Kehle zu springen. Doch dann sah ich sie. Pyper.

Sie streckte die Hand aus und berührte sanft meinen Arm.

Meine Energie klammerte sich an sie und blockierte die erstickende sexuelle Energie. Ich fing an, mich zu entspannen, versteifte mich dann aber, als mir klar wurde, dass ich fast nichts von ihr spürte. Keinerlei Emotionen. Es war so beunruhigend, dass ich meine Abwehr wieder errichtete, damit ich mich konzentrieren konnte. Ich starrte auf sie hinunter, betrachtete die Leinenhose, die Bluse und ihr dunkles Haar, das zu einem strengen Pferdeschwanz gebunden war. Sie sah aus wie Pyper, doch ihre Kleidung war so ganz anders, und ihre emotionale Signatur war so gut wie verschwunden. Ich wich zurück und brachte ein bisschen Abstand zwischen uns. „Was ist los?"

Sie runzelte scheinbar besorgt die Stirn. „Was meinst du? Die Tänzerin?" Sie blickte zu der Frau auf und lächelte. „Sie ist eine Illusionistin. Erstaunlich, nicht wahr? Schau dir an, wie sie mit der Menge spielt."

Eine Illusionistin würde das Fehlen eines Geschirrs erklären. Ich wünschte, ich hätte ihre emotionale Energie anzapfen können, als ich mich geöffnet hatte, doch ich konnte es nicht mit so vielen Menschen um mich herum. „Sie ist beeindruckend."

„Ja. Sie ist neu. Hat gerade angefangen. Heute Abend ist ihr erster Auftritt. Vielleicht willst du hierbleiben und es dir ansehen." Pyper blickte zu ihr auf und winkte dann, als sie ging. „Bis später."

Was in aller Welt …?

„Pyper!", rief ich und lief ihr nach, als sie nach hinten ging. Doch die Menge hatte sie verschluckt, und ich sah sie nicht mehr. Warum hatte die Energie nicht dieselbe Wirkung auf sie wie auf alle anderen im Raum? Und warum war sie wie eine Büroangestellte gekleidet?

Ich drängte mich durch die Menge und ignorierte das mulmige Gefühl in meinem Bauch, dass an der angeblichen Illusionistin, die über uns durch die Luft flog, viel mehr dran war. Ich musste zu Kane. *Bitte lass ihn hier sein.*

Als ich endlich an der Bürotür ankam, stürmte ich hinein und machte mir nicht einmal die Mühe zu klopfen.

„Jade?" Kane ließ den Stift fallen, den er in der Hand gehalten hatte, und stand auf. „Was ist?"

Ich stieß die Tür zu und durchquerte den Raum. „Hast du Pyper gesehen?"

„Nein. Heute noch nicht. Wieso?"

Ich winkte zur Tür. „Sie war gerade da draußen, gekleidet wie eine graue Büromaus. Es war wirklich komisch."

Er runzelte die Stirn, als würde ich eine fremde Sprache sprechen. „Hat sie sich seltsam benommen?"

Ich schüttelte den Kopf. „Nein. Ich denke nicht. Sie hat nur … ich weiß nicht, sie schien nicht ganz sie selbst zu sein."

„Es ist verrückt da draußen." Seine Lippen verzogen sich zu einem geisterhaften Lächeln.

„Richtig. Was das angeht." Ich ließ mich auf den Stuhl vor seinem Schreibtisch fallen. „Ich denke, du solltest vielleicht für den Abend schließen. Es wird zu gefährlich."

Sein Lächeln verschwand. „Wieso? Wir haben zusätzliche Sicherheitsleute engagiert. Bisher ist noch niemand aus der Reihe getanzt."

„Das ist gut, aber das Potenzial brodelt ganz dicht unter der Oberfläche. Die sexuelle Energie, die sie hierherlockt, ist nicht ungefährlich. Was, wenn jemand zu weit geht? Und hast du die Menge da draußen gesehen? Sie stehen alle dicht gedrängt an der Bühne und starren wie gebannt auf die neue Tänzerin."

„Welche neue Tänzerin?" Er hatte das Büro schon halb durchquert, als ich ihn einholte.

Ich hielt ihn auf und legte meine Hand an seine Brust. „Die Illusionistin. Du weißt nichts von ihr?"

„Illusionistin? Was?" Er starrte über meine Schulter, offensichtlich musste er selbst sehen, wovon ich sprach.

Früher hatte Pyper den Club geleitet, doch das war jetzt Charlies Job, und Pyper half normalerweise nur aus, wenn sie unterbesetzt waren. Warum wusste sie von der neuen Tänzerin und Kane nicht? Im Club stimmte mehr nicht als nur die Energie.

„Entschuldige mich." Kane trat um mich herum und öffnete die Bürotür.

Sofort schlug die Atmosphäre um. Ich konnte nicht sehen, was es war, doch selbst innerhalb meines Glassilos spürte ich es tief in meinen Knochen. Magie knisterte in meinen Fingerspitzen, als ich Kane nachlief.

Er blieb abrupt stehen, als er über die Schwelle getreten war.

„Oh, meine Göttin", flüsterte ich und blieb neben ihm stehen. Alle Gäste hatten sich umgedreht und starrten ihn wie gebannt an.

Und die Illusionistin schwebte wartend über allen.

Alles an der Szene bereitete mir Gänsehaut. Ich trat vor Kane und versuchte, meine Magie zu unterdrücken, aus Angst, ich könnte sie unbeabsichtigt auf jemanden loslassen. Doch dann sah die Illusionistin Kane an, ihr Gesichtsausdruck voller unverhohlener Wut. Sie breitete ihre Arme vor sich aus und tauchte von der Decke herunter, schoss direkt auf uns zu.

Ich breitete meine Arme weit aus, als ich rief: „*Illuminate!*" Der Pentagrammkreis erwachte um mich und Kane herum zum Leben, sperrte uns ein und alle anderen aus.

Die Illusionistin blieb in der Luft stehen und schwebte am Rand des Kreises in der Luft, versuchte aber nicht, einzudringen. Da wusste ich mit Sicherheit, dass sie etwas anderes als eine Entertainerin war. Es gab keinen Draht. Sie flog tatsächlich.

Ihre Lippen verzogen sich zu einem bösen Lächeln. „Seht ihr meine Gefolgschaft? Sie speisen freundlicherweise meine Kraft. Ein Wort von mir, und sie werden diesen Laden auseinanderreißen. Lass den Kreis fallen, oder der Club wird neu dekoriert."

„Tu es nicht, Jade", sagte Kane, und Wut strahlte in Wellen von ihm aus.

„Das hatte ich auch nicht vor." Ich warf einen Blick auf die Gäste. Sie waren alle begeistert, ganz im Bann der Tänzerin. Sie hatte gesagt, dass sie ihre Kraft speisten, doch in Wirklichkeit stahl sie ihre Kraft, um ihre Magie aufrechtzuerhalten. Und sie hatte sie in weniger als den fünf Minuten, die ich in Kanes Büro gewesen war, in ihrem Netz gefangen.

Die böse Tänzerin fauchte uns an und sank dann herab, bis sie knapp über der Menge war. Ihre smaragdgrünen Augen glitzerten bedrohlich. „Hört auf mich, ihr Lieben!", rief sie und streckte ihre Arme aus. Eine Welle ihrer kollektiven Lust brandete durch die Luft und in ihre Handflächen. „Gebt eure Hemmungen auf und erfüllt euch eure Herzenswünsche. Erlaubt eure dunkelsten – *Uff!*"

Meine Magie traf sie direkt in die Brust und unterbrach den Zauber, den sie über ihren versammelten Fans wirken wollte.

Ihr Blick schoss zurück zu mir. „Dafür wirst du bezahlen."

„Du zuerst", knurrte ich. Ich wusste nicht, was sie war, doch sie hatte ihr Publikum eindeutig in Raserei versetzt, um ihre Lust zu nutzen, um Kraft zu tanken. Ich starrte sie an und schickte einen weiteren magischen Blitz in ihre Richtung.

Sie wich aus und hielt die Aufmerksamkeit der Gäste unter sich in ihrem Bann. Sie schienen die Blicke nicht von ihr losreißen zu können.

„Wer bist du?", fragte Kane sie, und die Muskeln in seinem Kiefer zuckten vor Anspannung.

„Nicht wer, Incubus, sondern was." Sie wirbelte über uns herum und genoss die Aufmerksamkeit.

„Sie ist ein Dämon", sagte ich zu Kane, nicht ganz sicher, ob ich richtig lag, doch ich war mir fast sicher, dass sie einer war.

„Einer, der fliegt?", fragte er und hob eine Augenbraue.

„Warum nicht?"

„Ich bin kein Dämon", fauchte sie.

„Nein? Was bist du dann? Eine schwarze Hexe? Ein abtrünniger Engel?"

„Ich bin dein schlimmster Alptraum." Sie entblößte mir ihre Zähne und schoss wieder direkt auf uns zu.

Kane trat vor und versuchte, mich abzuschirmen.

„Aus dem Weg!" Ich stieß ihn beiseite, denn meine Magie strömte bereits aus meinen Fingerspitzen. Diese Schlampe würde nicht aufhören, bis sie die Barriere durchbrochen hatte. Meine einzige Möglichkeit war, sie zu neutralisieren. Die Magie strömte aus meinen Handflächen und schoss direkt durch meinen bereits geschwächten Kreis. Der Lichtblitz traf sie in der Brust, doch sie zuckte kaum zusammen. Im nächsten

Augenblick wirbelte das böse Wesen herum und verschwand direkt vor unseren Augen. „Verdammt!"

„Was?", fragte Kane und sah sich um. „Sie ist weg."

„Nein, ist sie nicht. Sie versteckt sich nur." Ich betrachtete die verwirrte Menge. Viele der Leute flohen zum Ausgang, doch viele andere sanken auf Stühle, um sich zu erholen, nachdem sie die Tänzerin wahrscheinlich lange Zeit mit ihrer Energie versorgt hatten.

„Spürst du sie noch?" Kane zog mich durch den Club und suchte nach Spuren von ihr.

Ich schüttelte den Kopf. „Hier sind zu viele Leute. Wir müssen schließen. Schick sie nach Hause, bevor jemand verletzt wird."

Kane nickte kurz und ging zur Tür voraus.

Jeff stand draußen, die Füße schulterbreit auseinander, die Arme vor der Brust verschränkt, und nahm so viel Platz ein, wie er konnte, um die lärmende Menge auf ihrer Seite des Samtseils zu halten.

„Wir schließen!", rief Kane Jeff zu. „Schick sie nach Hause. Wir sind wieder drinnen und räumen den Club."

Jeff hob fragend eine Augenbraue. „Im Ernst? Das ist eine Menge Geld, die du da wegwirfst."

„Egal. Tu einfach, was nötig ist."

„Geht klar, Boss." Jeff sprach in sein Walkie-Talkie und informierte die beiden anderen Türsteher, dass es eine Planänderung gab. „Wir kümmern uns drum. Irgendeine Begründung, die wir ihnen sagen sollen?"

„Sagt nur, wir haben ein Abwasserproblem." Kane sah mich an. „Willst du hier draußen warten?"

„Auf keinen Fall." Was dachte er sich nur? „Die Illusionistin könnte jeden Moment wieder auftauchen. Die Leute da drin sind in Gefahr."

„Ich weiß. Aber ich weiß auch, wie diese Energie auf dich wirkt. Ich wollte nur sichergehen, dass es dir gut geht." Er drückte meine Hand. „Komm. Lass uns ihr in den bösen Arsch treten."

KAPITEL ELF

*I*n dem Moment, als wir den Club wieder betraten, begann mein Kopf von dieser inneren Warnung zu summen. „Sie ist wieder da."

„Wo?" Kane machte einen Schritt vor mich und schirmte mich von der Menge ab.

Ich warf ihm einen gereizten Blick zu. „Ich bin mir nicht sicher, aber ich spüre sie. Und sie tun es auch." Ich gestikulierte in Richtung der Menge, die sich erneut gegen die Bühne drängte und ins Leere starrte. „Sie hat sie in ihrem Bann, und sie warten auf sie."

„Wir müssen was unternehmen." Kane ballte seine Fäuste, als er vor mir auf und ab ging. Seine linke Hand griff nach seinem Dolch, bis ihm bewusst wurde, dass er ihn nicht mehr hatte. „Verdammt", murmelte er und ließ seine Hand sinken.

Ihm fehlte eindeutig die Magie, an die er sich gewöhnt hatte.

„Ruf Lucien an", sagte ich. „Sag ihm, er soll Rosalee holen und mich so schnell wie möglich hier treffen." Mir stand eine

Art magischer Showdown bevor, und ich brauchte Verstärkung.

Kane holte sein Handy aus der Tasche, während ich einen Schritt nach vorn machte und meine Magie bereits meine Handgelenke hinaufkroch. Ich musste die Menge dazu bringen, zu gehen, doch ich konnte sie nicht alle meinem Willen unterwerfen ... oder doch? Ich hatte nicht genug Macht, um sie alle zu irgendetwas zu zwingen. Doch ich könnte ihnen etwas vorschlagen.

Meine Gliedmaßen fühlten sich wie Blei an, als ich mich durch den Raum auf die Menge zu bewegte. Die obsessive Verehrung für die Tänzerin, die von ihnen ausging, war so intensiv, dass sie meine imaginäre Glasbarriere schwächte. Mein Magen drehte sich, und mein Kopf begann zu dröhnen, als wäre ich vergiftet worden.

Doch ich ging weiter. Wenn sie sie alle allein mit einem Zauber belegt hatte, war sie extrem mächtig, und wer konnte wissen, was sie ihnen antun würde? Je näher ich kam, desto schwieriger wurde es, meine Magie zu kontrollieren. Sie entwickelte ein Eigenleben, versuchte zu funken und zu spritzen, suchte nach etwas, womit es sich verbinden konnte.

Ich hielt inne und griff nach der Quelle meiner Magie direkt unter meinem Herzen. Ich konzentrierte mich, zog an den Fäden und spulte meine Magie zurück, bis sie direkt unter meiner Haut pulsierte. Selbstvertrauen ersetzte das außer Kontrolle geratene Gefühl, und ich ging zu der Menge hinüber. Ich hob meinen Blick und tat so, als wäre ich eine von ihnen, während ich mich nach der Tänzerin umsah. Und dann, ganz beiläufig, strich ich mit der Magie in meinen Fingerspitzen über einen Arm und hinterließ nur einen Vorschlag.

Geh nach Hause. Entspann dich.

Die Frau trat einen Schritt zurück und runzelte die Stirn, bevor sie zur Tür ging.

Gut. Meine Magie funktionierte. Ich arbeitete mich durch die Menge und strich gerade genug suggestive Magie über Hände, Arme und Rücken. Einer nach dem anderen, langsam, aber sicher, rissen sich die Leute von der Menge los und gingen zum Ausgang.

Als die Menge sich langsam auflöste, wurden meine Gliedmaßen leichter und das Ausüben suggestiver Magie wurde mir wieder zur zweiten Natur. Meine Kopfschmerzen verschwanden, und mein Magen beruhigte sich. Ich bewegte mich schneller durch die Menge, streifte und berührte sie.

Doch dann legte sich eine Hand um mein Handgelenk. Rotglühende Wut kroch meinen Arm hinauf und brachte die Magie zum Kochen, die dort pulsierte. Meine Knie gaben nach, als ich einen Schmerzensschrei ausstieß. „Lass mich los!" verlangte ich vergebens.

„Lass die Magie, Hexe!", befahl die Tänzerin.

„Lass die Leute gehen!", verlangte ich und feuerte einen Energieblitz auf sie. Die Magie brannte und zischte, als sie mit ihrer kollidierte. Sobald meine Magie ihre einhüllte, zog sie ihre Hand zurück und zischte.

„Dafür wirst du bezahlen, Hexe."

„Nenn mich noch einmal Hexe, und ich werde dir einen magischen Knebel in den Mund stecken." Eine glatte Lüge. Das war nichts, was ich aus dem Stegreif tun konnte. Mit einem Zauber oder Trank vielleicht, doch ich konnte es nicht einfach so *wollen*, wie ich es mit anderen magischen Dingen tat.

„Versuch's doch." Sie streckte eine Hand aus, und graue Rauchschwaden stiegen von ihren Fingerspitzen auf.

„Hör auf damit", sagte ich leise und drohend.

„Zwing mich." Sie funkelte mich an und knurrte beinahe.

Ein Ausbruch von Magie schoss aus meiner Handfläche, kollidierte mit dem Nebel und entzündete die Spur, die sie hinterließ.

Ein kollektives Keuchen der Menge übertönte die Musik, die immer noch durch den Club dröhnte.

Ihre Lippen verzogen sich zu einem selbstzufriedenen Grinsen. „Oh ja, Hexe. Speis' meine Kraft. Gib mir, was ich brauche." Sie schoss noch mehr Nebel aus ihrem Finger in Richtung der Menge.

„Nein!" Ich hatte keine Ahnung, was ihr Nebel den Gästen antun würde, doch die Energie, die von ihm ausging, ließ meine Haut prickeln. Ihre verderbte Kraft könnte alles tun, sie umwerfen oder sie in Zombies verwandeln. Die Vorstellung schickte eine Welle der Panik direkt in mein Herz. Kraft stieg daraus auf und explodierte aus mir, kollidierte mit ihrem Nebel und schuf eine Verbindung. Unsere Machtlinien waren wie magische Taue, als sie in Flammen aufging und zwischen uns tanzten.

„Kane, schaff sie hier raus!" Aus dem Augenwinkel sah ich, wie er Leute aus dem Club führte, während wir uns umkreisten und versuchten, die andere zu dominieren. Je mehr ich mich auf sie konzentrierte, desto näher kamen die Flammen ihr. Mein Selbstvertrauen wuchs, als mir klar wurde, dass wer oder was auch immer sie war, ich die Mächtigere von uns beiden war.

Ich ging auf sie zu und sagte: „Mein Zirkel ist auf dem Weg. Es wäre besser für dich, wenn du jetzt aufgibst."

Sie kniff die grünen Augen empört zusammen. „Aufgeben? Niemals!" Sie spie einen Schwall grauen Nebels aus ihrem offenen Mund, und er schoss auf mich zu.

„Ah!", schrie ich, als zuerst meine Augen brannten, dann meine Haut. „Hör' auf!" Der Schmerz strahlte von überall aus.

Meine Nerven schrien von der brennenden Säure ihres Nebels. Ich wand mich auf der Stelle, meine Magie immer noch mit ihrer verbunden, Flammen zuckten um mich herum, angeheizt von ihrem schrecklichen Nebel.

Mein Verstand hatte abgeschaltet. Alles, was ich kannte, war Angst. Rohe, ungefilterte Qual. Ich konnte sie nicht aufhalten. Konnte nichts tun. Ihre Säure fraß mich lebendig auf.

„Jade!" Ich hörte den schwachen Ruf von Kanes Stimme und weinte stumm. Er war hier. Er würde mir beim Sterben zusehen.

Ich wollte ihm mehr als alles andere antworten. Um ihm zu sagen, dass ich ihn liebte. Ihm zu sagen, dass er das Beste war, was mir je passiert ist. Dass ich gerne mit ihm alt geworden wäre. Gerne seine Kinder gehabt hätte … Meine Kehle schnürte sich zu. Ich rang nach Luft, konnte nicht atmen. Sehen konnte ich schon nichts mehr. Ich nahm nichts als Dunkelheit wahr. Und das Böse. Es war da. Direkt vor mir. Der schwarze Schatten einer kaputten Seele. In Gedanken griff ich danach. Irgendwie wusste ich, dass der Schmerz aufhören würde, wenn ich aufgab. Ich wäre frei.

„Jaaa", zischte die Stimme. „Gib auf."

Die Stimme war verführerisch. Süß. Einladend. „Du wirst jetzt bei mir sein. Der Alptraum wird enden. Ich werde mich um dich kümmern."

Meine Magie begann zu verblassen, als mein Wille zu kämpfen nachließ.

„Jade!" Kanes scharfe Stimme drang in meine Sinne ein. „Komm zu mir zurück. Gib nicht auf."

„Kane?", sagte ich schwach.

„Er ist hier und wartet auf dich", flüsterte die Stimme. „Lass los. Kane ist hier."

„Jade!" Die Intensität von Kanes Ruf schoss direkt in mein Innerstes und erfüllte mich mit unerschütterlicher Entschlossenheit. „Kämpf dagegen an. Lass dich nicht vom Nebel mitnehmen!"

Seine Worte drangen durch den Nebel, und als ich mich auf ihn konzentrierte, zuckte mein Körper vor Schock, als meine eigene Magie um mich herum explodierte und ihren Halt brach.

Die Welt kippte und schwamm in meinem Blickfeld, als ich zu Boden fiel, der Halt um mich herum gebrochen. Blinzelnd starrte ich an die Decke.

Vertraute Magie pulsierte in der Luft. Magie, die mich rief. Meine Instinkte reagierten, und ich griff nach der magischen Strömung, die mich umgab. Kühle Erleichterung erfüllte mich und betäubte meine brennenden Nerven.

„Jade?"

Ich richtete meinen Blick auf Lucien, der seinen Arm um Kane gelegt hatte und ihn aufrecht hielt. Kane war blass und presste einen Arm auf seinen Bauch. Warnglocken schrillten in meinem Kopf, als ich die Realität in mich aufnahm. „Was ist passiert?", krächzte ich und versuchte, mich aufzusetzen.

Ein Krampf packte meinen unteren Rücken, und ich rang nach Luft, als ich mich versteifte und mich nicht bewegen konnte.

„Du bist angegriffen worden", sagte Lucien.

Frustration stieg in mir auf und drohte, mich zu ersticken. „Kein Witz." Ich sah sie an, als Lucien Kane zu Boden senkte. Mein starker Dämonenjäger streckte die Hand aus und ergriff meine.

Er war genauso emotional ausgelaugt wie ich. Nichts strahlte von ihm aus als Erleichterung und Müdigkeit.

Ich drückte seine Hand und wünschte, ich hätte etwas

Energie, die ich mit ihm teilen könnte. Doch im Moment fiel es mir schwer, überhaupt bei Bewusstsein zu bleiben. „Wo ist der Dämon?" Meine Angreiferin musste einer gewesen sein. Sie war keine Hexe oder ein Engel. Ich hätte die Energiesignatur erkannt. Alle Dämonen waren von Dunkelheit erfüllt, genau wie die Illusionistin es gewesen war.

„Kein Dämon", sagte Kane.

Ich sah zu ihm auf. „Nein?"

Er schüttelte den Kopf. „Das kann ich sagen. Ich habe meinen Dolch nicht mehr, aber meine Sinne sind noch intakt."

„Sie ist eine niedrige Göttin. Sie einen Dämon zu nennen, wird sie wahrscheinlich nur noch wütender machen", sagte Rosalee, die hinter Lucien auftauchte. Die hübsche Hexe trug enge Jeans, ein schwarzes T-Shirt und Stiefel. Sie sah definitiv kampfbereit aus.

Mist. Eine Göttin. Ich wusste nichts über niedere Göttinnen, doch die Mondgöttin, die Lailah letztes Jahr für uns beschworen hatte, war beängstigend mächtig gewesen. Ich hatte sie jedoch nicht wirklich gefürchtet. „Ist sie noch da?" Ich drehte mich auf die Seite und spähte in den dunklen Club.

„Wir haben sie … eingedämmt." Lucien warf Rosalee einen Blick zu. Seine grünen Augen funkelten vor beachtlicher Macht.

Das Gefühl kehrte in meine Glieder zurück und obwohl meine Arme und Beine vor Müdigkeit steif und schwer waren, brannten sie zumindest nicht mehr. Ich rollte mich auf die Knie, wobei ich darauf achtete, nicht noch einen Krampf in meinem Rücken auszulösen. Von all meinen Verletzungen war das die lähmendste. Ich begegnete Kanes Blick. „Geht's dir gut?"

Er nickte. „Nur ausgelaugt."

Ich fing Luciens Blick auf und richtete meine Aufmerksamkeit dann wieder auf Kane. „Was ist passiert?"

Lucien räusperte sich. „Rosalee und ich mussten etwas von seiner Energie benutzen, um zu dir durchzudringen."

Ich starrte Lucien mit großen Augen an. „Du konntest Kanes Energie anzapfen?" Ich war der einzige Empath der Gruppe, und für mich war es keine große Anstrengung, Energie zu manipulieren. Doch das war keine Gabe, die Lucien oder Rosalee besaßen.

Er nickte. „Es war nicht leicht, aber da ihr beide eine Verbindung habt, war es das Einzige, das mir eingefallen ist. Wir mussten seine Aura anzapfen. Er könnte für eine Weile ein bisschen geschwächt sein."

Seine *Aura*. Daran hatte ich nie gedacht. Ich musste es nicht tun, denn Emotionen waren für mich leicht zu sehen und zu spüren … und wenn nötig zu manipulieren, doch Manipulation war der letzte Ausweg. „Ja, das könnte sein." Ich hielt Kane meine Hand entgegen, und wir standen beide auf wackligen Füßen auf.

Er sagte nichts, doch er legte seinen Arm um mich und schloss die Augen.

Ich hielt ihn um die Hüfte, mehr als dankbar, dass es ihm gut ging. Dann sah ich mich im Club um. Das Licht war eingeschaltet und schien auf die blauen Samtsessel. Alle waren gegangen, einschließlich des Personals. „Das ist ein Weg, die Leute loszuwerden."

Kane stieß ein ironisches Lachen aus. „Vielleicht kündigen wir das nächste Mal einfach die letzte Runde an und schließen die Bar."

Ich nickte. „Mit Sicherheit ein besserer Plan."

Weder Lucien noch Rosalee schienen von unseren Witzeleien amüsiert zu sein.

Ich holte tief Luft „Okay, erzählt mir von dieser niederen Göttin. Von welcher Art von Macht sprechen wir, und wie habt ihr sie eingedämmt?"

Lucien warf Rosalee einen Blick zu, als sie anfing auf- und abzugehen. „Vielleicht sollten wir woanders hingehen, um das zu besprechen."

Ich hob eine Augenbraue. „Wieso das denn?"

Rosalee blieb stehen und starrte mir in die Augen. „Obwohl sie weg ist, könnte sie jeden Moment zurückkommen. Unsere Magie wird sie nicht lange festhalten."

„In Ordnung, aber wenn sie eine Göttin ist, warum hat sie dann diese Leute angegriffen?"

„Göttinnen sind nicht alle gut, weißt du?", sagte Rosalee und kniff ihre großen dunklen Augen zusammen. „Wenn sie Macht wollen, und die meisten tun das, sind sie bereit, alles zu tun, um sie zu bekommen. Einschließlich des Versuchs, eine weiße Hexe auszusaugen."

Ein ungutes Gefühl breitete sich in meiner Brust aus. „Du sagst, sie war meinetwegen hier?"

„Nein", sagte Lucien nachdenklich. „Sie war wegen des Incubus hier."

KAPITEL ZWÖLF

„Wegen Kane?", rief ich aus. „Aber warum?"

„Höchstwahrscheinlich Macht", sagte Lucien. „Der Club ist so aufgeladen, dass jedes übernatürliche Wesen, das seine eigenen Kräfte stärken will, hierhergezogen wird. Deshalb müssen wir gehen. Dieser Ort ist zu verwundbar. Und Kane auch, wenn man bedenkt, dass ihm sein Dolch abgenommen wurde."

„Sind wirklich alle weg?", fragte ich und sah mich in dem leeren Raum um. Wir durften niemanden zurücklassen.

„Wir müssen das Gebäude durchsuchen." Kane ließ mich los und wirkte ein bisschen stärker. „Wir teilen uns auf. Lucien und ich gehen nach oben. Jade, du und Rosalee seht in den Nebenräumen, im Lager und im Büro nach."

„Geht klar." Als die Jungs durch den Flur verschwanden, rief ich: „Schaut unbedingt nach Zoë, der neuen Mieterin!" Plötzlich erinnerte ich mich an Dukes Reaktion auf ihren Flur, und ich machte mir Sorgen. Irgendwas musste dort gewesen sein, dass er so reagiert hat. Was, wenn es diese Göttin war? Oder eine andere übernatürliche Kreatur, die auf eine

Gelegenheit lauerte? „Sagt ihr, dass wir Termiten haben und das Haus ausgeräuchert werden muss. Schick' sie zur Not in ein Hotel."

„Mach' ich!", rief Kane zurück.

Lucien und Kane verschwanden im Flur, und ich warf Rosalee einen Blick zu. „Wohin habt ihr zwei die Göttin geschickt?"

„Wir haben sie nirgendwohin geschickt. Sie ist in eine andere Dimension geflohen, nehme ich an. Aber nichts hält sie dort. Nachdem wir den Bann gebrochen hatten, den sie um dich gelegt hatte, wollten wir sie fesseln, aber sie ist entkommen. Sie hat dir deine Kraft entzogen, weißt du?"

Mein Herz schlug schneller, als mir bewusst wurde, dass sie recht hatte. Sie hatte etwas von speisen gesagt und sie hatte meine Magie gemeint. „Ich dachte, du hast gesagt, sie sei eingedämmt? Wie ist sie entkommen?"

„Lucien hat gerade mit dem Bindungszauber angefangen, als sie ein Loch in unsere Welt gerissen hat. Orangerotes Licht ist ausgeströmt, als sie durch die Öffnung gesprungen ist. Als sie dann weg war, haben Lucien und ich das Loch versiegelt und sie effektiv aus dem Club ausgesperrt ... für den Moment."

Ich nickte. Wenn sie so leicht ein Loch in unsere Dimension reißen konnte, gab es nichts, was sie davon abhalten würde, es noch einmal zu tun. Sie hatten recht. Sie könnte jeden Moment zurückkommen. „Danke."

Rosalee, eine der mächtigeren Hexen in unserem Zirkel, zuckte mit den Schultern. Sie hatte vor nicht allzu langer Zeit das College abgeschlossen und leitete derzeit einen Wicca-Buchladen. „Es war nichts, was du nicht auch getan hättest."

Ich lächelte sie an. Wir sagten nicht viel mehr, als wir das Büro, die beiden Lagerräume und dann das Café nebenan kontrollierten. Leer. Alle waren gegangen. Ein paar Minuten später trafen wir Lucien und Kane wieder im Club. „Alles okay?", fragte ich.

Kane nickte. „Zoë war nicht da. Ich habe eine Nachricht und meine Handynummer hinterlassen."

„Wir sollten sie anrufen." Ohne zu warten, ging ich zurück ins Büro und fing an, die Aktenschränke zu durchwühlen.

Ich hatte gerade ihre Akte gefunden, als Kane auftauchte. Er nahm meine Hand und sagte: „Zeit zu gehen. Jetzt."

Die Welt verschwamm in gedämpften Farben. Kanes seltsame Energie drückte gegen meine Haut, streichelte mich verführerisch, drang in meine Sinne ein, bis mir vor widerstrebendem Verlangen ganz heiß war. Mein Körper reagierte, doch mein Herz nicht. Es war nichts Einladendes an der Lust, die versuchte, mich zu überwältigen. Eher genau das Gegenteil. Alle meine Instinkte schrien mich an, wegzulaufen.

Die Welt wurde wieder klar, als meine Füße auf den Boden knallten und Schmerz durch meinen Rücken schoss. Verdammt, tat das weh. Ein Lichtstrahl blendete mich und meine Augen tränten. Ich blinzelte schnell und riss meine Hand aus der von Kane.

„Jade?", fragte er.

Ich machte einen weiteren Schritt von ihm weg und brachte mehr Distanz zwischen uns. Seine Kleidung raschelte, als er näherkam, doch ich hob eine Hand. „Bitte, ich brauche Abstand."

„Sicher." Ich hörte die Sorge in seinem Ton, spürte den Schmerz in meinem Magen, aber ich konnte nicht zulassen, dass er mich berührte. Nicht in diesem Moment. Nicht nach dem, was ich in den Schatten erlebt hatte. Sie waren immer noch mit seiner Incubus-Energie verseucht. Doch in ihr war etwas Böses gewesen. Etwas, bei dem mir die Galle in den Hals stieg. Kane war nicht böse. Ich wusste das. Wusste es tief in meiner Seele. Was auch immer oder wer auch immer das getan hatte, hatte seine Energie genutzt und sie infiziert. Doch das änderte nichts daran, dass ich so heftig auf das Gefühl reagierte, dass ich Kanes Energie jetzt mit dem Bösen assoziierte.

Ich blinzelte und registrierte endlich unsere Umgebung. Wir standen in der Einfahrt eines kleinen gelben Kutschenhauses mit leuchtenden Hibiskuspflanzen, die die Veranda säumten. „Das ist neu", sagte ich und zeigte auf die Sicherheitsleuchte, die mich geblendet hatte.

„Ich habe sie vor etwa einem Monat installieren lassen." Bea stand in ihrem Garten und hielt eine große Gießkanne in der Hand, während sie uns ansah. „Im letzten Jahr gab es hier viel mehr unerwünschte Aktivität."

Das war ungefähr so lange, wie ich in der Stadt war. Es war nicht so, als hätte Bea im Laufe der Jahre nicht selbst Ärger gesehen, doch das Böse schien mich zu verfolgen. Mir war gesagt worden, das läge daran, dass ich eine weiße Hexe sei und diejenigen, die nach Macht strebten, zu denen strömten, die sie hatten. Und ich hatte sie in Hülle und Fülle.

„Ich nehme an, die Schließung des Clubs ist nicht gut gelaufen?", sagte Bea im Plauderton, als ob Kane und ich, die aus dem Nichts auftauchten, etwas völlig Normales wäre. Für sie war es das wahrscheinlich.

„Nein. Überhaupt nicht gut." Ich ging auf sie zu. „Können wir bitte reingehen, um das zu besprechen?"

„Natürlich, Liebes." Bea stellte ihre Gießkanne neben den Wasserhahn und winkte uns auf die Veranda. „Geht ihr schonmal rein. Ich komme sofort nach."

Kane folgte mir ins Haus, doch er hielt Abstand, und dafür war ich dankbar. Ich würde ihm sagen müssen, was ich in den Schatten gefühlt hatte und welche Wirkung es auf mich hatte, doch nicht jetzt. Als ich drinnen war, ging ich direkt in die Küche. Wenn es jemals eine Zeit für Hexengebräu gegeben hatte, dann jetzt. Bea hatte die stärkenden Kräuter immer griffbereit.

Ich machte mich an die Arbeit und konzentrierte mich auf meine Aufgabe.

Kane sagte nichts, während er mich vom Esstisch aus beobachtete. Ich konnte fast spüren, wie sich sein Blick in mich bohrte, doch ich blickte nicht auf. Nicht einmal, als ich hörte, wie die Tür leise geöffnet und geschlossen wurde. Ich wusste, dass es Bea sein musste, obwohl ich ihre emotionale Energie nicht spüren konnte. Sie war geschickt darin, ihre Gefühle auf eine Weise für sich zu behalten, wie es die meisten Menschen nicht konnten.

Ich war so damit beschäftigt, die Kräuter zu mahlen, dass ich nicht bemerkte, dass sie neben mir stand, bis sie ihre Hand auf meine legte. Ich zuckte zusammen, erschrocken, dass sie so nah war.

„Setz dich, Jade. Du weißt, dass es hier sicher ist."

Natürlich war es das, und das war wahrscheinlich der Grund, warum Kane uns hierher gebracht hatte. Bea hatte Schichten und Schichten von Schutzzaubern, die andere Übernatürliche fernhielten. Ihr Haus war vor allem, was man sich vorstellen konnte, geschützt. Sogar Dämonen. Das einzige Mal, dass Dämonen jemals auf ihrem Grundstück gewesen waren, war, als sie gerufen worden waren. Es gab wahrscheinlich keinen sichereren Ort in New Orleans als Beas kleines Haus.

„Natürlich. Du hast recht." Ich legte den Stößel weg und setzte mich Kane gegenüber an den Tisch. Sofort bereute ich meine Platzwahl, als sein fragender Blick mich traf. *Meine*

Güte, Jade. Reiß dich zusammen. Das ist Kane. Es ist nicht seine Schuld, dass seine Energie in den Schatten verdorben ist.

„Gute Entscheidung, uns hierher zu bringen", sagte ich zu ihm.

„Ich wollte nicht, dass uns irgendwas folgt." Seine Stimme war kontrolliert, als wäre er sich nicht sicher, was er gerade zu mir sagen sollte.

Verdammt. Das war nicht das, was ich wollte. Ich räusperte mich. „Was ist passiert? Hast du was gespürt? Du hast uns ziemlich schnell da rausgeholt."

Er nickte. „Lucien hat was gespürt. Er und Rosalee sollten bald hier sein. Sie fahren. Doch da wir die Ziele zu sein schienen, habe ich es für das Beste gehalten, eine kürzere Route zu nehmen."

„Ja. Das war gut." Obwohl ich mich fragte, warum ich es nicht gespürt hatte. War ich zu ausgelaugt? Mein Körper war nach dem magischen Duell mit der Göttin immer noch erschöpft. Ich stieß einen müden Seufzer aus und ließ den Kopf in die Hände sinken.

Kanes Instinkt, mich zu trösten, streichelte meine verletzte Psyche, und ich war sofort beruhigt. Das war die Energie, die ich kannte. Erleichterung stieg in mir auf. Seine Energie war normal. Nichts Böses da. Ich streckte eine Hand über den Tisch aus und ergriff seine.

Seine Augen suchten meine nur kurz, und was auch immer er dort sah, veranlasste ihn, sich auf seinem Stuhl zu entspannen, während er mit seinem Daumen über meinen Handrücken streichelte.

Bea setzte sich zu uns und stellte eine frische Tasse Hexengebräu vor jedem von uns auf den Tisch. Sie nickte zu meiner Tasse. „Ich habe deinen Tee mit Heilkräutern versetzt."

„Danke."

„Also, wollt ihr anfangen oder auf Lucien und Rosalee warten?"

Ich trank einen Schluck von dem gesüßten Tee. Die stärkenden Kräuter entfalteten ihre Wirkung sofort und machten mich munter. „Wir können anfangen." Ich nickte Kane zu, damit er berichtete, da ich viel Zeit in meiner persönlichen Hölle verbracht hatte, während ich gegen die Göttin gekämpft hatte.

Kane stellte seine Tasse ab und wandte sich Bea zu. „Wir haben eine neue Tänzerin engagiert. Oder Pyper hat eine neue Tänzerin engagiert und mir nichts davon erzählt."

„Eine Illusionistin", sagte ich.

„Richtig", stimmte Kane zu. „Aber sie war keine. Es stellte sich heraus, dass sie eine niedere Göttin ist, und laut Lucien und Rosalee ist sie wegen meiner Incubus-Energie in meinen Club gekommen." Er fuhr fort zu beschreiben, wie begeistert alle gewesen waren und wie ich gegen sie gekämpft hatte, bis Lucien seine Magie eingesetzt hatte, um mich zu befreien.

„Das ist höchst ungewöhnlich", sagte Bea, als er fertig war. „Niedere Göttinnen drängen sich nicht so in den Vordergrund. Tatsächlich habe ich in meinem Leben nur eine Handvoll Göttinnen getroffen, und das lag daran, dass sie gerufen wurden."

„Diese hier war definitiv voller Dunkelheit", fügte ich hinzu. „Sie hat versucht, mich mit einer Art Energie, die mich an Säure erinnert hat, bei lebendigem Leib zu verbrennen."

Beas durchdringender Blick musterte mich. „Geht's dir gut? Spürst du noch irgendwas?"

„Mir geht's gut. Müde bin ich, ja, und ich könnte einen Energieschub gebrauchen, aber ansonsten denke ich, dass ich überleben werde. Deine Kräuter werden helfen", sagte ich.

Sie konzentrierte sich auf Kane. „Und du?"

„Mir geht's auch gut." Kane ließ meine Hand los und verschränkte die Arme vor der Brust. Es ging ihm nicht gut. Vielleicht war er körperlich in Ordnung. Aber psychisch? Er kämpfte mit den Anschuldigungen gegen ihn und der Tatsache, dass er im Mittelpunkt der Probleme in seinem Club und in den Schatten stand.

„Wir müssen herausfinden, was in den Schatten passiert. Damit hat das alles angefangen, nicht wahr?", fragte Bea.

Ich nickte. „Vaughn stellt auch Nachforschungen an, und ich habe vor, mich morgen Abend mit den Hexen von Coven Pointe zu treffen, um herauszufinden, was sie wissen. Aber ansonsten wissen wir nicht, wo wir anfangen sollen."

„Wo ist diese Göttin?", fragte Bea.

Ich zuckte mit den Schultern. „Sie ist in eine andere Dimension geflohen, und dann hat Lucien die Öffnung versiegelt, um mich zu befreien."

„Ich verstehe." Bea trommelte mit den Fingern auf dem Tisch. „Wir könnten sie in den Kreis rufen."

Ich nickte. „Das scheint der beste Plan zu sein." Ich zog das Handy aus meiner Tasche und wählte Luciens Nummer.

Beim zweiten Klingeln nahm er ab. „Jade. Hey, hast du schon von Kat gehört?"

„Nein. Nicht, seit sie uns von ihrer Serie erzählt hat. Wieso? Kannst du sie nicht finden?"

„Sie geht nicht ans Telefon. Ich habe ihr gesagt, ich würde anrufen, sobald ich mir sicher bin, dass alles in Ordnung ist. Es sieht ihr nicht ähnlich, mich zu ignorieren, wenn ich wegen Zirkelangelegenheiten unterwegs bin. Normalerweise ruft sie mich eine Million Mal an, bevor ich überhaupt die Gelegenheit habe, mich bei ihr zu melden."

Ich unterdrückte ein Kichern. Kat hasste es wirklich, außen vor gelassen zu werden. „Vielleicht ist sie unter der Dusche,

Oder macht ein Nickerchen. Ich bin sicher, sie wird bald anrufen. Wo war sie, als du in den Club gekommen bist?"

„Sie war auf dem Weg, mit einer der anderen Schauspielerinnen an ihrem Text zu arbeiten."

„Je nachdem, wo sie sich getroffen haben, könnte es einfach zu laut sein, um ihr Handy zu hören", vermutete ich.

„Vielleicht."

„Hey, wo seid ihr zwei?"

„Wir fahren gerade in Beas Auffahrt." In dem Moment, als er die Worte sagte, hörte ich das Summen des Motors.

„Okay. Wir sehen uns in einer Minute." Ich wandte mich Bea zu. „Sie sind hier."

Sie schenkte mir ein geduldiges Lächeln, und mir wurde klar, dass sie das wahrscheinlich schon wusste. Ihr Haus strotzte von allen möglichen Schutzzaubern und Triggern. Ich war mir sicher, dass auf ihrem Grundstück nichts passierte, von dem sie nichts wusste.

Es klopfte entschlossen an der Tür.

Bea bewegte ihr Handgelenk, und die Tür schwang auf.

„Angeber", sagte ich mit einem Lächeln.

Sie zwinkerte mir zu, als Lucien und Rosalee hereinkamen. „Willkommen", sagte Bea herzlich. Sie war die Anführerin des Zirkels gewesen, bevor sie mir die Verantwortung übertragen hatte, obwohl ich mir immer noch nicht sicher war, warum sie das getan hatte. Ich wusste, dass es daran lag, dass ich Macht hatte, doch ich war immer noch so unerfahren, dass ich immer zu ihr rannte, um sie um Hilfe zu bitten, wenn wir in einer Krise waren. Sie sagte, sie wollte sich zurückziehen, doch das war nicht passiert. Jedenfalls nicht wirklich. Sie hätte einfach den Titel behalten sollen.

„Wir werden die Göttin in den Hexenzirkel beschwören",

sagte Bea ohne jede Einleitung. „Nur so können wir sie finden, ohne jemanden als Köder zu benutzen."

Köder. Himmel. Daran hatte ich gar nicht gedacht. Wenn die Beschwörung nicht funktionierte, würden wir dann auf ein Opferlamm zurückgreifen? Mir gefiel die Idee gar nicht. Und wenn ja, wen würden wir anbieten? Mich? Kane? Jemanden aus unserem Freundeskreis? Pyper? Oder Kat? Luciens Frage, wo Kat war, löste eine weitere Sorge in meinem Kopf aus. Wohin war Pyper nach dem Angriff gegangen? Und wo war Charlie gewesen?

Ich zog mein Handy wieder aus der Tasche und wählte Pypers Nummer. Während es klingelte, fragte ich Kane: „Wo war Charlie heute Abend?"

Er zuckte mit den Schultern. „Sie hat gesagt, sie hätte was Wichtiges zu tun. Zuerst war ich frustriert, wenn man bedenkt, wie beschäftigt wir waren, aber sie arbeitet so hart und macht ihren Job so gut, dass es sich nicht richtig angefühlt hätte, ihr einen Vorwurf daraus zu machen. Im Nachhinein bin ich froh, dass sie nicht da war. Sie muss wirklich nicht in den Kampf zwischen Gut und Böse und diesen Göttinnen-Bullshit reingezogen werden."

„Ja. Das stimmt." Der Anruf bei Pyper ging auf ihre Mobilbox. Ich runzelte die Stirn. Als ihre Ansage endete und ich den Piepton hörte, sagte ich: „Hey, Pyper. Hey, ich mache das nur ungern per Nachricht, aber der Club ist kompromittiert. Da oder im Café oder in deiner Wohnung ist es nicht sicher. Bis jetzt ist nicht mehr passiert, aber um sicherzugehen, dass es so bleibt, schließt Kane beide Gebäude. Wenn du einen Platz zum Übernachten brauchst, komm einfach zu uns nach Haus. Du hast einen Schlüssel." Ich legte auf und warf Kane einen Blick zu. „Hast du Charlie wissen lassen, dass sie bis auf Weiteres nicht in den Club kommen soll?"

„Das habe ich."

„Dann ist gut." Ich nickte zu Lucien und Rosalee. „Ich denke, das nächste, was wir tun müssen, ist, eine Göttin zu beschwören. Seid ihr dabei?"

„Verdammt, ja", sagte Rosalee. „Es ist schon eine Weile her, seit wir eine gute Beschwörung gemacht haben."

Ich war dankbar für ihre Begeisterung, doch auch ein bisschen irritiert. Wir haben nie jemanden beschworen, es sei denn, es war von großer Wichtigkeit. Das war einfach ein zu großer Eingriff. Natürlich war mir die Privatsphäre dieser Göttin vollkommen egal. Niemand versuchte, Kane sowas in die Schuhe zu schieben, und kam damit durch. Nicht, solange ich an seiner Seite war!

„Bereit?", fragte Bea.

Ich stand auf. „Brauchen wir den Rest des Zirkels? Oder denkst du, wir fünf können damit umgehen?" Technisch gesehen wäre Kane nicht von großem Nutzen. Aufgrund der Tatsache, dass er ein Incubus war, besaß er Magie, doch ohne seinen Dolch war seine Macht nur dazu geeignet, ahnungslose Frauen zu verführen. Es war nicht die tollste aller Kräfte, aber sie hatte ihren Nutzen. Vor allem, wenn wir Informationen von jemandem brauchten.

„Wir schaffen das", sagte Lucien.

Bea nickte zur Bestätigung.

„Alles klar. Dann lasst uns loslegen."

Wir verließen das kleine Haus und machten uns auf den Weg zu den beiden geparkten Autos, Luciens Jeep und Beas Prius. Gerade als ich in Beas Prius steigen wollte, klingelte mein Handy. Die Nummer war mir unbekannt. Normalerweise würde ich nicht einmal rangehen, doch es waren zu viele seltsame Dinge passiert, um den Anruf zu ignorieren.

„Jade?", sagte Lailah mit angespannter Stimme, nachdem ich mich gemeldet hatte.

„Ja. Was ist los? Bist du okay?", fragte ich.

„Nein." Etwas knisterte in der Leitung, dann hörte ich ein Schniefen.

Lailah weinte? Die Welt ging unter.

„Wo bist du?", fragte ich.

„Zu Hause. Jade, ich habe einen neuen Ausdruck bekommen, wessen Seelen in Gefahr sind."

Dieses unheilvolle Gefühl in meinem Bauch kehrte zurück. „Und?"

„Es sind drei neue Namen auf der Liste."

„Drei! Namen, die du kennst?"

„Wir beide kennen sie." Lailah holte tief Luft. „Und wegen der Schatten wurde mir befohlen, nichts zu unternehmen. Ich kann nichts tun. Verstehst du? Gar nichts. Ich brauche dich, Jade. Du musst sie beschützen."

„Natürlich, Lailah. Wer sind die drei, die in Gefahr sind?"

Sie hielt inne und schniefte erneut, dann sagte sie die Namen in einem Atemzug: „Pyper, Kat und Charlie."

KAPITEL DREIZEHN

*N*ach Lailahs Anruf gingen wir zurück ins Haus, um einen Plan zu schmieden. Wir dachten gerade darüber nach, was wir tun könnten, als Lailah vor Beas Haustür auftauchte. Ihr langes blondes Haar war zu einem unordentlichen Knoten zusammengebunden, einzelne Strähnen fielen um ihr fleckiges Gesicht. Sie wischte sich über ihre rot geschwollenen Augen, als sie sich auf das Sonnenblumensofa fallen ließ. „Ich weiß nicht, was ich tun soll. Ich kann nicht einfach nicht nach ihnen suchen. Das ist mein Job. Das, wozu ich ausgebildet wurde. Und sie sind alle meine Freunde." Sie presste ihre Hände in ihrem Schoß zusammen und kämpfte gegen die Tränen an.

Seit ihrem Anruf verbrachte ich meine Zeit zwischen Anrufen und dem Aufschreiben eines Aktionsplans. Ich setzte mich neben sie, den Stift über einem Blatt Papier. „Daran werden wir gemeinsam arbeiten."

Sie nickte, sah mich aber nicht an.

Ich sah Kane in die Augen. Angst ging von ihm aus. Neben mir war Pyper seine einzige wirkliche Familie. Sie waren nicht verwandt, standen sich aber so nahe wie Bruder und Schwester. Seine Eltern waren irgendwo in Europa unterwegs. Seine Großmutter, die ihn großgezogen hatte, war vor ein paar Jahren gestorben. Ich warf ihm ein beruhigendes Lächeln zu, doch ich war mir ziemlich sicher, dass es eher eine Grimasse war.

Lucien ging draußen auf und ab. In dem Moment, als ich es ihm gesagt hatte, hatte er nach Kat suchen wollen, doch er hatte keine Ahnung, wo sie war. Sie hatte nur gesagt, dass sie sich mit einer neuen Bekannten treffen würde.

Kat war seit Ewigkeiten meine beste Freundin, und ich liebte sowohl Charlie als auch Pyper. Mein Herz schmerzte, weil ich wusste, dass sie in Gefahr waren. Ich hätte gerne die Plätze mit ihnen getauscht, wenn ich gekonnt hätte. „Ich werde alles in meiner Macht Stehende tun, um sie zu beschützen", sagte ich zu Lailah. „Sag mir einfach, was ich tun muss."

„Was *wir* tun müssen", korrigierte Kane.

Als ich diesmal zu ihm aufsah, war mein Lächeln echt.

Lailah holte tief Luft. „Ihr müsst ihnen bewusst machen, dass sie verletzlich sind. Doch das bedeutet, dass ihr sie zuerst finden müsst. Die Tatsache, dass keine von ihnen erreichbar ist, sagt mir, dass sie bereits kompromittiert sind."

Ein stechender Schmerz schoss durch mein Herz. *Nein.* Das Wort hallte durch meinen Kopf. *Das passiert nicht.*

„Okay, also rufen wir zuerst sie." Ich schrieb es auf, als ob ich es vergessen könnte.

„Wenn du das tust, riskierst du, auch das zu rufen, was immer hinter ihren Seelen her ist."

Eine eiskalte Entschlossenheit überkam mich. „Gut." Das Wort kam heiser heraus, voller Emotionen. Ich spürte, wie Lailah sich umdrehte und mich anstarrte. Ohne von meinen Notizen aufzublicken, sagte ich: „Wenn irgendjemand unseren

Freunden Schaden zugefügt hat oder plant, ihnen Schaden zuzufügen, wird mich nichts davon abhalten, denjenigen zu töten." Ich blickte auf und begegnete Beas hartem Blick. „Gar nichts."

Sie nickte mir kurz zu.

Das war alles, was ich brauchte. Ich stand auf und sah Lailah an. „Wir gehen jetzt zum Zirkelkreis. Wir rufen dich an, sobald wir was wissen."

Bea nahm eine Vorratstüte voller Kerzen und Kräuter. Sie blieb stehen, als sie an Lailah vorbeiging. „Bleib du hier. Es ist der sicherste Ort für dich."

Lailah nickte. Sie war so fassungslos, dass es mich erschreckte. Der Engel, den ich kennengelernt hatte, war stark und stolz. Sie war nicht bereit, vor irgendetwas klein beizugeben. Nicht, wenn eine Seele auf dem Spiel stand.

„Lasst uns gehen." Bea ging mit steifen Schultern aus der Haustür. Eine Wolke der Entschlossenheit hing an ihr und streifte meine Haut. Doch da war auch ein Hauch von Frustration, gemischt mit Angst, der sie umgab und mich verunsicherte. Es war selten, dass ich ihre Gefühle spüren konnte. Das bedeutete, dass sie genauso aufgewühlt war wie Lailah, doch sie war gut darin, es vor allen anderen zu verbergen. Ihr Kopf war hoch erhoben, und sie strahlte Selbstvertrauen aus, auch wenn es nicht echt war.

Ich straffte meine eigenen Schultern und zwang mich, mich zu beruhigen.

Drei Menschen waren auf Lailahs Liste gefährdeter Seelen aufgetaucht, und alle waren in den letzten Stunden verschwunden. Die möglichen Konsequenzen waren beunruhigend. Das bedeutete, dass wer auch immer für ihre Entführung verantwortlich war, mächtig sein musste. Wir mussten alles geben.

Ich nahm Kanes Hand und einfach, weil ich konnte, zwang ich etwas von meiner Energie in ihn. Er erschauerte, sagte aber nichts, sondern drückte nur meine Finger.

Wir quetschten uns zu fünft in Luciens Jeep. Nur wenige Minuten später waren wir am Ziel und gingen durch die Bäume zu unserem Zirkelkreis.

Bea übernahm die Führung, und ich überließ sie ihr nur allzu gerne. Beschwörungszauber waren bestenfalls knifflig. Es stand zu viel auf dem Spiel, als dass ich mir leisten konnte, es zu vermasseln. Soweit ich wusste, gab es zwei Möglichkeiten, zu tun, was wir vorhatten. Wir konnten sie aus einer bestimmten Entfernung herbeirufen, zum Beispiel aus einem Umkreis von zweihundert Meilen. Das war einfacher und genauer. Der andere Weg war eine allgemeine Beschwörung, wie ich es bisher ein einziges Mal getan hatte, als ich meinen Vater gerufen hatte. Um die Verbindung herzustellen, hatte ich meine Gene aus meinem Blut benutzt. Ich glaubte nicht, dass Blut bei Leuten funktionierte, mit denen wir nicht verwandt waren.

„Welche Art von Beschwörung werden wir durchführen?", fragte ich und stellte die Kerzen am Rand des Zirkelkreises auf.

„Eine allgemeine." Bea trat zurück und betrachtete den Mond. „Wenn Pyper, Charlie und Kat wirklich entführt worden sind, könnten sie inzwischen überall sein. Was wir tun müssen, ist, mit ihnen zu reden. Also rufen wir ihre Geister herbei. Die Bindung von Kane mit Pyper und die von Lucien mit Kat ist tief genug, dass wir zumindest einen von ihnen erreichen sollten. Aber hoffentlich finden wir Charlie auch und schauen, ob eine der drei eine Ahnung hat, wo sie sind. Dann sehen wir weiter."

Ich hatte tatsächlich schon einmal ein paar Engel direkt in

den Kreis gerufen. Sie von A nach B transportiert. Ich wünschte von ganzem Herzen, ich könnte das jetzt tun, aber ich war mir nicht einmal sicher, wie ich es geschafft hatte. Es war ein Unfall gewesen. „Blutopfer?", fragte ich.

„Ja." Bea holte ein paar Zeremonienmesser aus ihrem Beutel und reichte sie mir und Kane.

Lucien und Rosalee hatten ihre bereits. Verdammt. Dadurch fühlte ich mich wie eine nachlässige Hexe. Meins war zu Hause in meinem Hexenkram.

„Das wird funktionieren?", fragte ich.

„Um ihren Geist zu beschwören, ja. Aber wir werden sie nicht transportieren können."

Das hatte ich befürchtet.

„Nehmt eure Plätze auf dem Kreis ein", befahl Bea.

Ich zögerte und wusste nicht, ob ich den nördlichsten Punkt, den Platz des Anführers, einnehmen sollte. Bea war die bessere Wahl, doch sie reichte mir eine Tüte mit Kräutern und bedeutete mir, zu übernehmen.

„Hier bitte, Liebes."

Mit dem kleinen Beutel in der einen und dem Messer in der anderen Hand wartete ich darauf, dass Lucien seinen Platz mir gegenüber einnahm und Bea und Rosalee die Plätze im Osten und Westen.

„Kane", sagte Bea, „stell dich neben Jade. Wir brauchen dich dafür."

Er gehorchte, und sein Ellbogen streifte mich. Seine solide Präsenz stärkte mich auf eine Weise, die ich nicht erklären konnte. Magie durchströmte mich, und mein Kopf wurde klar. Ich hatte nur eines im Kopf – Kat, Pyper und Charlie zu finden.

Bea streckte ihre Arme zu beiden Seiten aus. „Das wird ein bisschen anders sein als die Beschwörung in der

Vergangenheit. Ich habe das Gefühl, dass, was auch immer passiert, allen dreien gleichzeitig passiert. Das bedeutet, dass ihre Energie verbunden sein wird. Es wird also nützlicher sein, sie gleichzeitig zu beschwören, als jeden einzeln."

„Okay", sagte ich. „Muss jeder von uns an eine andere denken, damit sie alle in den Zauber einbezogen werden?"

„Ja", sagte Bea. „Kane sollte sich auf Pyper konzentrieren. Lucien auf Kat. Und sowohl Rosalee als auch ich werden uns auf Charlie konzentrieren, da keiner von uns eine starke persönliche Verbindung zu ihr hat."

„Ich habe eine Verbindung zu Charlie", sagte ich. Wir hatten im letzten Jahr ziemlich viel zusammengearbeitet und waren gute Freundinnen.

„Aber du wirst den Zauber leiten. Du musst dich zu unterschiedlichen Zeiten auf jede von ihnen konzentrieren, aber wir erledigen die schwere Arbeit." Sie sah sich zu uns um. „Wenn Jade das Wort ,Opfer' sagt, muss jeder von euch seine Hand oder seinen Finger aufschneiden und die Erde mit einem Tropfen seines Blutes füttern. Konzentriert euch dabei auf die Person, die ihr rufen wollt."

Alle nickten, und als Bea mich demonstrativ ansah, hob ich die Hände hoch in die Luft. „Von Norden nach Süden, von Osten nach Westen, folgt meinem Ruf. Wir, der Zirkel von New Orleans, suchen die Gegenwart unserer Lieben."

Alle Kerzen auf dem Kreis entzündeten sich. Luciens Blick begegnete meinem, und Magie sickerte von mir zu Bea und Rosalee und weiter zu Lucien. Der Strom floss, vermischte unsere Magie und Stärke, bis das Licht den Kreis mit unserer vereinten Energie erleuchtete.

Ich legte meinen Kopf in den Nacken und rief: „Von Norden nach Süden nach Osten nach Westen bieten wir ein

Blutopfer im Austausch für Wissen an. Um zu denen zu sprechen, die wir suchen."

Aus dem Augenwinkel sah ich, wie Kane seine Handfläche aufschlitzte. Der Energieschub im Kollektiv des Zirkels sagte mir, dass die anderen dasselbe getan hatten. Ich hob meine Arme höher und konzentrierte mich auf Kane und Pyper. Dann Bea und Charlie. Lucien und Kat. Und schließlich Rosalee und Charlie. Mit Entschlossenheit und Willen stellte ich mir vor, dass die drei in unserem Kreis standen.

Der Wind frischte auf, und das Geräusch von Magie, das durch die Luft knisterte, ließ meine Haare zu Berge stehen. Ein Blick sagte mir, dass alle anderen es genauso bemerkt hatten. Wenn uns jemand anschließen würde, hätten wir wahrscheinlich die ganze Stadt mit Strom versorgen können.

„Jetzt, Jade", sagte Bea über das Rauschen in der Luft hinweg.

„Kommt her. Zeigt euch. Zeig uns diejenigen, die wir suchen."

Die Luft wurde plötzlich still, und alles, was ich hörte, war das Prasseln magischer Funken in der Luft. Ich schaute mich um und sah nichts als den erleuchteten Kreis und meine Mithexen. Dann frischte der Wind wieder auf und alle Kerzen erloschen. Die Magie erstarb, und wir fünf standen im blassen Schein des Mondlichts da.

„Was ist passiert?", fragte Rosalee mit deutlicher Verwirrung in ihrer Stimme.

„Gar nichts. Es scheint nicht –" Ein weiteres lautes Knistern von Magie unterbrach Lucien, gefolgt von einem donnernden Knall.

Ich hielt meine Arme in der Luft, Magie pulsierte an meinen Fingerspitzen. Dann sah ich sie. Die vagen Umrisse einer Person, gefolgt von einem weiteren Schatten.

„Da ist sie", sagte Lucien, seine Stimme voller Emotionen.

Ich folgte seinem Blick und erkannte die Umrisse von Kat. Sie stand aufrecht, ihre Hände umklammerten ein Geländer. Ihr Gesicht begeistert, als sie redete und redete und redete. Nur konnten wir sie nicht hören, und ich hatte den Eindruck, dass sie eine Art Monolog hielt.

Zu ihrer Linken war Pyper. Sie saß an einem Schreibtisch und tippte mit unglaublicher Geschwindigkeit. Ihre Finger flogen so schnell, dass ich die Bewegung kaum sehen konnte.

„Wo ist Charlie?", flüsterte ich Kane zu.

Er deutete auf Rosalee. Direkt zu ihren Füßen war der Umriss von jemandem zu sehen, der zusammengekauert am Boden hockte. Sie schaukelte hin und her wie in Trance.

Ich warf Bea einen Blick zu. „Warum können wir nicht mit ihnen reden?"

Die Verwirrung in ihrem Gesicht macht Wut Platz, als sie ihre Lippen verzog und sich ihre Augen vor Hass trübten. „Zeig dich!", verlangte sie.

Gelächter hallte durch den Kreis.

Jemand anderes war da. Die Magie, die in meiner Brust pulsierte, verstärkte sich, als ich mich auf das Lachen konzentrierte. Ein weiteres schrilles Kichern ertönte aus der Nähe von Bea. Ich verengte die Augen, hob eine Machtkugel und sagte: „Der Anführer dieses Zirkels bittet respektvoll um die Ehre Ihrer Anwesenheit. Bitte zeigen Sie uns, wer hinter dem Schleier steckt. Zeige dich."

Die große, blonde Göttin aus dem Club materialisierte sich vor Bea. Sie hatte ihre Hand ausgestreckt, ihre Finger gekrümmt, als wollte sie Bea etwas entlocken.

„Tritt zurück", forderte Bea sie auf.

Und zu meiner Überraschung gehorchte die Göttin. „Ich habe nur deine beeindruckende Magie studiert." Ihr Ton war unbeschwert, ihr Lächeln freundlich. Ein Schimmer überzog ihren Körper, und da wurde mir klar, dass sie sich nicht materialisiert hatte. Wir hatten ihre Essenz im Kreis gefangen, nicht ihren physischen Körper. Das bedeutete, dass wir nichts tun konnten, um sie zu bekämpfen, doch wir konnten sie dort festhalten.

„Du kannst niemanden täuschen, du ... Geistdiebin!", schrie ich. Ich war mir nicht sicher, wie sie das geschafft hatte, doch sie konnte nur in unseren Kreis gelangt sein, indem sie die Kontrolle über die Geister unserer Freundinnen hatte.

„Oh, dann hast du es herausgefunden." Sie warf ihr Haar zur Seite. „Sie sind nicht wirklich, was ich wollte, aber sie werden zur Not reichen." Die Göttin schlenderte zu Kane und mir hinüber. Sie blieb direkt vor ihm stehen und streckte einen Finger aus, als wolle sie ihn über seine Brust streichen. Nur die Barriere des Kreises hielt sie davon ab, und ein magischer Blitz schockte sie. Sie riss ihre Hand zurück und sah mich finster an. „Ich wollte einen Austausch anbieten, aber jetzt denke ich, dass ich es nicht tun werde."

„Wogegen willst du tauschen?", fragte ich und ignorierte ihren unverhohlenen Spott.

„Deinen Incubus natürlich. Er ist so –" Sie leckte sich über ihre Lippen. „Köstlich. Schade, dass du gestern Nacht in seinem Traum aufgetaucht bist. Ich hatte Pläne."

Diese Schlampe. Sie hatte sich als Pyper ausgegeben, um an Kane heranzukommen.

„Lass sie gehen!", befahl Kane. „Sie haben nichts, was du willst."

Ihre Augen tanzten amüsiert, als sie ihn betrachtete. „Da irrst du dich, mein Hübscher. Sie sind vielleicht nicht du, und sie werden mir nicht bei meinem ultimativen Ziel helfen, aber sie haben einen Wert."

„Was willst du?" Sein Ton war kalt, voller Ungeduld.

Sie trat zwei Schritte zurück und gestikulierte zu ihnen. „Diese drei gegen dich tauschen." Sie sah mich an und schüttelte den Kopf. „Aber ich kann sehen, dass ihr beide viel zu verbunden seid. Die Hexe hat deine Incubus-Magie verdorben. Zu schade."

„Du hast einen Deal", sagte Kane.

„Nein, hast du nicht!" Ich legte meine Hand um sein Handgelenk, als würde ihn das aufhalten.

„Jade", warnte er.

„Du darfst das nicht tun." Es war nicht so, dass ich Angst um ihn hatte, obwohl ich die ehrlich gesagt hatte. Doch das größere Problem war, dass wir keine Ahnung hatten, wozu dieses Wesen fähig war oder warum sie ihn wollte. Kanes Energie war irgendwie mit der Schattenwelt verbunden. Seltsame, unnatürliche Energie, die nicht ihm allein gehörte. Ihn für unsere Freundinnen einzutauschen, könnte und würde wahrscheinlich ein noch größeres Desaster auslösen.

„Genug." Bea ließ ihre Arme sinken und starrte die Göttin an. „Wer bist du, und was willst du?"

Sie lachte und flatterte zu Rosalee. Sie betrachtete die zierliche Hexe, neigte ihren Kopf zur Seite und zwinkerte ihr zu. „Du bist süß."

„Und du hast nicht alle Tassen im Schrank." Energie pulsierte um Rosalee herum. Sie würde sich von der Göttin nichts gefallen lassen. Gut für sie.

„Ich weiß, wer sie ist", sagte Lucien mit hasserfüllter Stimme.

Die Göttin bewegte sich in die Mitte des Kreises und ließ sich im Schneidersitz nieder, während sie amüsiert darauf wartete, dass er fortfuhr. „Oh, das sollte wirklich interessant werden."

„Du bist Genesis, die jüngere Schwester der Göttin des Geistes. Du bist alles, was sie nicht ist."

Jegliches Amüsement verließ das Gesicht der Göttin, und sie stand auf, ihre Hände in die Hüften gestützt. „Woher weißt du das?"

Lucien kniff die Augen zusammen und sah sie finster an.

„Sag es mir, Hexenmeister. Oder ich nehme ihr jetzt den Geist." Sie deutete auf Kat. Anscheinend wusste sie genau, wie viel Kat ihm bedeutete.

Hass ging von Lucien in Form einer roten Rauchwolke aus. „Mythologie ist eines meiner Hobbys. Du siehst genauso aus wie deine Schwester. Nur, dass sie gütig ist und über die Menschen wacht. Sie hilft ihnen zu wachsen und sich zu verbessern. Du bist das Gegenteil. Du ernährst dich vom Geist der Menschen, um jung zu bleiben."

Die Göttin erhob sich in die Luft und wirbelte wütend herum.

Doch sie konnte nicht weg. Unser Kreis hielt sie gefangen. Wir standen da und würden sie nicht gehen lassen. Sie überschlug sich und tauchte ab, schoss empor und kam wieder herunter geschossen.

„Netter Tobsuchtsanfall", murmelte Rosalee.

Ich warf meinen Zirkelgefährten einen warnenden Blick zu. Das Letzte, was wir tun sollten, war, sie noch wütender zu machen.

„Lasst mich gehen!", verlangte Genesis.

„Lass unsere Freundinnen frei, und wir werden darüber nachdenken", sagte ich ruhig und mir wurde klar, dass wir nichts erreichen würden, solange sie so wütend war.

„Nein!" Sie stolzierte auf mich zu und zeigte mit dem Finger auf mich. *„Ich* habe hier das Sagen."

Ich sah mich zu den anderen um. „Da bin ich mir nicht so sicher."

„Nein? Ich schon." Sie winkte mit einer Hand in Pypers Richtung und zwang sie, noch schneller zu tippen. „Lass mich gehen, oder ich werde sie alle dazu bringen, sich zu Tode zu arbeiten."

„Tu es nicht, Jade", warnte Bea. „Dafür ist sie nicht stark genug."

Ich begegnete dem Blick meiner Mentorin und suchte nach der Wahrheit. Bea war viel erfahrener als ich, und ich hatte keinen Grund, an ihr zu zweifeln, doch unsere Freundinnen litten bereits.

Genesis funkelte Bea an. „Du bist ein Unruhestifter."

Bea lächelte sie an, und ich wusste sofort, dass Bea recht hatte. Genesis redete nur viel. Ich würde sie nicht aus diesem Kreis herauslassen, ohne einen Deal zu machen.

„Lass unsere Freundinnen frei und du kannst gehen", sagte ich noch einmal.

Genesis knurrte. Tatsächlich fletschte sie ihre Zähne und knurrte mich an, als sie zu Charlie hinüberstolzierte, die am Boden zusammengerollt lag. „Sie kannst du haben. Die anderen gehören mir."

Mein Herz setzte einen Moment lang aus. Fortschritt. „Alle drei. Du kannst sie nicht gebrauchen. Sie besitzen keine Magie."

„Oh, da irrst du dich. Sie haben Geist." Ihre Augen weiteten sich, und ihre Lippen verzogen sich zu einem manischen Grinsen. „Jede Menge davon." Sie gestikulierte in Charlies Richtung. „Nimm den Deal an, oder ich sauge sie gleich hier und jetzt aus."

„Was –"

Die Göttin streckte beide Hände nach Charlie aus. Eine

Kraft bewegte sich in der Luft, und Energie floss von Charlie zur Göttin. Genesis' Teint hellte sich auf, und ein Leuchten begann, ihren Körper einzuhüllen.

„Hör' auf!", schrie ich. „Hör auf! Deal. Ich lasse dich gehen, wenn du Charlie freilässt."

Lucien und Bea schnappten gleichzeitig nach Luft. Aber das war mir egal. Ich würde nicht dastehen und zusehen, wie sie Charlie vor meinen Augen tötete. Und ich konnte sie nicht daran hindern. Nicht, wenn nur ihr Geist im Kreis gefangen war.

Die Göttin senkte ihre Hände und wich von Charlie zurück, bis sie vor mir stehen blieb. „Woher weiß ich, dass du dich daran halten wirst?"

„Du wirst mir einfach vertrauen müssen."

„Das denke ich nicht." Genesis ging dorthin, wo Kat immer noch lautlos ins Leere sprach. „Ich werde die, die du Charlie nennst, gehen lassen, doch wenn du mich nicht freilässt, werde ich diese hier aussaugen."

Luciens Wut traf mich von der anderen Seite des Kreises. Ich konnte mich in diesem Moment nicht mit ihm befassen. Nichts auf diesem Planeten würde mich davon abhalten, Kat zu beschützen. „Also gut. Lass Charlie gehen."

Die Göttin ging zurück zu Charlie, beugte sich hinunter und blies ihr ins Gesicht.

Lichtfunken zuckten über Charlies Haut, als eine silberne Wolke in Form einer Frau von ihr aufstieg und verdunstete. Ein paar Augenblicke später streckte sie sich und sah uns alle an. „Jade? Kane?", sagte sie, ihre Augen voller Angst und Verwirrung.

„Charlie. Geht's dir gut?", fragte ich.

Sie schlang ihre Arme um sich und sah sich wieder um. „Ja. Ich denke schon."

Ich griff in den Kreis, meine Hand durchbrach die Barriere. „Halt dich fest."

Charlie streckte langsam die Hand aus, und ich hätte fast geweint, als sie meine ergriff. Sie war hier. Die Göttin hatte sie freigelassen und sie damit in meinen Kreis gelassen.

„Halt dich fest, okay? Egal, was passiert."

Charlie nickte und verflocht ihre Finger mit meinen.

„Lass uns frei, Hexe!", verlangte Genesis. „Jetzt."

So wie sie Kat ansah, hatte ich keinen Zweifel, dass sie sie aussaugen würde. Wenn sie Kats Geist aussaugte, konnten wir nichts tun. Mein Herz schmerzte bei der Erkenntnis, was ich tun musste, und ein ersticktes Schluchzen blieb in meiner Kehle stecken. Ich konnte nicht alle drei retten. Nicht in diesem Moment. Und wenn ich es versuchen würde, würde ich meine beste Freundin verlieren.

Ein stechender Schmerz brannte in meiner Brust, als ich meine Entscheidung traf. Es gab keine andere Wahl. Ich musste es tun. Tränen rannen mir übers Gesicht, ich warf meinen freien Arm in die Luft und rief: *Libero!*"

Genesis lächelte, als ihr Körper begann, sich in die Nacht zu erheben. Einen Moment später folgte ein magischer Blitz, als sie verschwand und Pyper und Kat mit sich nahm.

KAPITEL VIERZEHN

*A*lle schwiegen, als wir auf den leeren Kreis starrten. Ich presste meine Hand an meine Brust und versuchte, mein Herz davon abzuhalten, in eine Million Stücke zu zerspringen. Meine beiden besten Freundinnen waren wieder fort, entführt von einer geistfressenden Göttin. Und Lucien, mein Stellvertreter, starrte mich vorwurfsvoll an.

„Charlie", sagte Kane, als er sie in seine Arme zog.

Sie klammerte sich an ihn und vergrub ihr Gesicht an seiner Schulter, zitternd vor Schock. „Ich weiß nicht, was passiert ist."

Er schüttelte den Kopf. „Ich auch nicht, aber du bist jetzt in Sicherheit."

„Aber Pyper ... und Kat." Ihre Namen waren kaum hörbar, als die Realität dessen, was sie durchgemacht hatte, sie hart traf. „Sie brauchen Hilfe."

„Ich weiß", beruhigte Kane. „Wir arbeiten daran."

Lucien kam zu mir herüber. „Tun wir das? Daran arbeiten? Wie konntest du sie gehen und sie mitnehmen lassen?"

Ich presste meine Finger auf meine müden Augen. „Was

hätte ich tun sollen, Lucien? Sie wollte jemanden töten. Ich habe getan, was ich konnte. Jetzt müssen wir herausfinden, was wir als Nächstes tun werden."

„Aber Kat –"

„Schluss damit!", sagte ich. „Mach es nicht schwieriger, als es ohnehin schon ist. Ich liebe sie auch!"

Lucien presste die Lippen aufeinander, entweder zu angepisst, um weiter mit mir zu diskutieren, oder zu angewidert. Es war mir egal. Ich brauchte Zeit zum Nachdenken.

Bea kam neben mich und berührte meine Hand.

Ich begegnete ihrem besorgten Blick. „Willst du mir auch Vorwürfe machen?"

Sie schüttelte traurig den Kopf. „Nein, Jade. Du hast getan, was du für nötig gehalten hast."

Ich nickte. „Ja, das habe ich. Du musst wissen, dass ich nie –"

„Ich weiß." Ihre Stimme war voller Mitleid, was mich wütend machte. Es hätte nicht sein sollen, aber es war so. Ich schloss meine Augen und atmete tief durch.

„Jade?" Kane legte seine Hand auf meinen unteren Rücken.

Ich sah in seine besorgten Augen.

„Ich würde Charlie heute Abend gerne mit zu uns nach Hause nehmen. Ist das okay für dich?"

Ich weinte fast angesichts der Zärtlichkeit in seinem Ton. „Ja. Bitte. Ich will sicher sein, dass es ihr gut geht, und es wäre schön, wenn wir mit ihr über das sprechen könnten, was sie durchgemacht hat."

Er nickte und legte seinen Arm um meine Hüfte. „Dann lass uns von hier verschwinden. Sie braucht wirklich einen ruhigen Ort, an dem sie sich erholen kann."

Ich sah Charlie abseits von Bea, Lucien und Rosalee stehen.

Sie war blass und sah aus, als könnte sie jeden Moment ohnmächtig werden. Verletzte Wut und Hilflosigkeit kämpften in meiner Brust um Vorherrschaft angesichts dessen, was sie durchgemacht hatte. Charlie arbeitete für Kane und wusste von einigen unserer übernatürlichen Abenteuer, doch sie war selten Zeuge davon und war noch nie zuvor in die Schusslinie geraten. Warum hatte Genesis ausgerechnet sie ins Visier genommen? Einfach nur, weil sie im richtigen Moment am falschen Ort war?

„Lass uns gehen." Ich ging in Charlies Richtung und legte meine Hand in ihre. „Hey du. Lass uns dich nach Hause bringen."

Ihr Kopf schnellte hoch, und sie starrte mich mit großen, panischen Augen an. „Kane hat gesagt, dass ich mit euch nach Hause kommen soll."

Ich nickte langsam, verzweifelt bemüht, etwas beruhigende Energie in sie zu schicken, doch in meinem Geist war nichts Beruhigendes, und ich hatte ihr nichts zu geben. „Ist das okay für dich?"

Die Panik verflog, und die Anspannung in ihren Schultern ließ nach. „Ja. Ich will nur nicht –" Sie starrte in die Bäume und zuckte mit den Schultern.

„Ich verstehe." Ich zog an ihrer Hand, und wir machten uns zu dritt auf den Weg zurück zu Luciens Jeep. Bea, Rosalee und Lucien folgten kurz darauf. Wir waren jetzt zu sechst anstatt zu fünft, also saß ich auf Kanes Schoß, und niemand sagte ein Wort auf dem Weg zurück zu Bea.

Lucien hielt vor ihrem Haus an, stellte den Motor aber nicht ab. „Ich fahre nach Hause, um zu recherchieren."

„Okay. Danke", sagte ich.

Er nickte mir kurz zu, und sobald wir ausgestiegen waren, fuhr er mit Rosalee auf dem Beifahrersitz davon.

„Ich rufe uns ein Taxi", sagte Kane.

„Kommt rein, während ihr wartet", sagte Bea.

Charlie und ich folgten ihr, während Kane telefonierte.

„Es ist okay. Hier ist es sicher", sagte ich zu Charlie und führte sie ins Haus.

Lailah sprang vom Sofa auf, sobald die Tür aufging. „Was ist passiert?" Dann sah sie Charlie, rannte auf uns zu und umarmte sie. „Gott sei Dank. Wo warst du?"

Charlie starrte mich über Lailahs Schulter hinweg an und schüttelte den Kopf.

„Lailah", sagte ich sanft und zog sie von Charlie weg. „Lass uns uns an den Tisch setzen, okay? Bea?"

Meine Mentorin warf uns einen Blick zu.

„Hast du noch ein bisschen Tee und einen Snack für Charlie?"

„Natürlich."

Ich führte Charlie zum Tisch. Sie setzte sich und starrte geradeaus.

„Was ist passiert?", fragte Lailah ruhig, ihr normales professionelles Verhalten wieder fest etabliert.

Ich berichtete von der Beschwörung, und als ich zu dem Teil über Genesis kam, hob sie die Hand.

„Du meinst, eine niedere Göttin hat es auf sie abgesehen?"

Ich nickte. „Ja. Lucien wusste, wer sie war, und sie hat es nicht geleugnet." Ich senkte meine Stimme und beugte mich vor. „Sie ernährt sich vom Geist eines Menschen, um jung und schön zu bleiben."

„Verdammtes Mist–" Lailah sprang auf und begann auf- und abzulaufen. „Nicht einmal ein Dämon! Aber wie passt das zu den Schatten?"

Ich zuckte mit den Schultern. „Keine Ahnung. Aber gerade

jetzt, wo Pyper und Kat in Gefahr sind, hat der Kampf gegen sie offensichtlich Priorität."

„Ganz meine Meinung." Sie klopfte mit den Fingern auf den Tisch. „Lass mich ein bisschen recherchieren, und ich rufe dich morgen früh an."

„Lucien macht das auch."

„Gut." Lailah legte sanft eine Hand auf Charlies Arm. „Ich werde nicht zulassen, dass das noch einmal passiert."

Charlie schüttelte den Kopf und sah dann Lailah an. „Warum machst *du* dir Sorgen um mich?"

Lailah beugte sich vor. „Weil ich deine Seelenhüterin bin."

„Was?" Charlie sprang so schnell auf, dass ihr Stuhl zu Boden fiel.

Der Engel schenkte ihr ein geduldiges Lächeln. „Vielleicht sollten wir uns unterhalten?"

Charlie verspannte sich, als sie von Lailah zu mir blickte.

Ich lächelte. „Sie ist auch meine Seelenhüterin."

„Wirklich?"

„Wirklich. Und sie ist gut darin."

Charlie atmete langsam aus. Dann nickte sie und folgte Lailah ins Wohnzimmer.

Bea setzte sich neben mich. Sie schob mir einen Becher ihres Hexengebräus zu, und wir saßen beide da und sagten kein Wort. Und dafür war ich dankbar. Es gab nichts zu sagen. Ich hatte eine Entscheidung getroffen, und nun musste ich damit leben.

Lailah und Charlie unterhielten sich leise, bis Kane zurückkam.

„Das Taxi ist da", sagte er.

Als ich aufstand, legte Bea ihre Hand auf meine. Ich starrte darauf und sah ihr dann in die Augen.

„Du hast das Einzige getan, was du tun konntest." Ihre

Worte waren sanft, doch in ihrem Ausdruck lag Entschlossenheit.

Ich schluckte den Kloß in meinem Hals herunter. „Danke."

CHARLIE WAR auf dem Weg zurück zu unserem Haus still. Ich auch. Kane versuchte ein paarmal, ein Gespräch anzufangen, doch keine von uns reagierte wirklich, und er gab auf.

Als wir wieder zu Hause waren, führte ich Charlie in unser Gästezimmer. „Das ist dein Zimmer für heute Nacht."

Zögernd blieb sie in der Tür stehen.

„Stimmt was nicht?"

Sie schüttelte den Kopf. „Nichts. Ich … Das ist alles nur ein bisschen viel."

„Ja, das kann ich mir vorstellen." Ich betrat das Zimmer und setzte mich in den Sessel in der Ecke. „Aber die Sache ist die. Wir – Kane, Pyper und ich – wir werden dich das niemals allein durchstehen lassen. Es war nicht fair, und es ist einfach scheiße. Aber wir sind für dich da."

Sie sagte zunächst nichts und beobachtete mich nur. Dann lächelte sie. „Ich denke, mit Kane und seiner wunderschönen Frau abzuhängen ist nicht so schlimm."

Ich lachte und schüttelte den Kopf, mehr als erleichtert, dass sie sich wieder mehr wie sie selbst anhörte. „Tu mir bitte einen Gefallen und ändere dich nie."

„Nie im Leben."

Dann, als wir uns der Realität dessen bewusst wurden, was vorhin beinahe passiert wäre, wurden wir beide ernst.

Charlie setzte sich ans Fußende des Bettes, ihre Hände verschränkt. „Wir müssen Pyper und Kat vor dieser bösen Schlampe retten."

„Das werden wir." In meinem Ton lag Überzeugung. Ich wünschte nur, ich hätte nicht diese Zweifel, die an meinem Herzen nagten.

„Das werden wir", wiederholte Charlie.

„Hey", sagte Kane von der Tür aus.

„Hey Boss", sagte Charlie. „Danke, dass ich heute hier übernachten darf."

Er schüttelte den Kopf, eine dunkle Haarsträhne fiel ihm in die Augen. „Du hast keine Wahl. Nach heute werden wir dich nicht mehr aus den Augen lassen."

„Danke."

„Ich bestelle Essen. Irgendwelche Wünsche?" Er hielt die Speisekarte des Po'boy-Ladens um die Ecke hoch.

„Austern", sagte ich.

„Shrimps", sagte Charlie.

„Geht klar." Kane zog sich zurück, und wenig später hörten wir, wie die Haustür ins Schloss fiel.

Ich stand auf und ging zur Tür, blieb dann aber stehen. „Charlie?"

„Ja?"

„Hast du wirklich ein Date mit einem Mann gehabt?"

Sie biss sich auf die Unterlippe, während sie eine Grimasse schnitt.

„Das hast du, nicht wahr?"

Sie stöhnte und nickte.

Ich setzte mich wieder hin. „Darf ich fragen, warum?"

Sie stöhnte erneut und ließ sich zurück aufs Bett fallen.

„Tut mir leid. Ich … na ja, ich glaube, ich bin ein bisschen verwirrt. Du weißt, es ist mir egal, mit wem du ausgehst. Es scheint einfach so untypisch für dich, und bei all dem verrückten Zeug, das vor sich geht, wollte ich dich fragen, um sicherzugehen, dass nichts … seltsam ist."

Sie brach in schallendes Gelächter aus und setzte sich dann auf. „Seltsam. Ich denke, das ist das entscheidende Wort."

Ich beugte mich vor. „Und?"

Sie schüttelte den Kopf. „Ich weiß nicht wirklich, was passiert ist. Eines Tages habe ich Drinks an der Bar gemixt und am nächsten flirtete ich mit einem der Stammgäste. Und als er mich um ein Date gebeten hat, habe ich ja gesagt."

Meine Augenbrauen hoben sich überrascht. „Aber warum?"

Sie schüttelte den Kopf. „Ich weiß nicht. Es war furchtbar. Ich meine, ich date keine Jungs. Damit hast du vollkommen recht. Ich fühle mich einfach nicht zu Männern hingezogen. Das Seltsame daran ist also nicht, dass der Typ schrecklich war. Er war oft genug im Club, dass ich ihn irgendwie kenne, und ich mag ihn schon. Das Schlimme daran war, dass ich diese seltsamen, wirklich überwältigenden, widersprüchlichen Gefühle wegen der ganzen Sache hatte."

„Das ist neu, oder?" Etwas sagte mir, dass das alles mit der Göttin und der Energie im Club zusammenhing. Ich wusste nur nicht wie.

Sie fuhr sich mit der Hand durch ihr kurzes rotes Haar. „Ich hatte das Gefühl, eine gespaltene Persönlichkeit zu haben. Ich wollte überhaupt nicht dort sein. Mir ist wirklich übel geworden, als er versucht hat, mich zu küssen. Aber dann war da noch dieser ganz andere Teil von mir, der sich darauf gefreut hat, auf dieses Date zu gehen." Sie wandte den Blick ab und senkte die Stimme. „Ich *wollte*, dass er mich berührt. Weißt du, dass er meine Hand hält."

Ich saß da und wusste nicht, was ich sagen sollte. Dann räusperte ich mich. „Charlie, es ist nichts falsch daran zu daten, um zu sehen, zu wem du dich hingezogen fühlst."

„Das ist es ja. Ich habe mich nicht zu ihm hingezogen gefühlt." Sie stand wieder auf und griff nach einem der Kissen.

„Der ganze Wunsch, mit diesem Typen zusammen zu sein, war fremd, als käme er nicht aus mir."

„Hm, das ist wirklich seltsam. Wann haben diese Gefühle angefangen?"

„Vor ein paar Tagen."

Ein Prickeln des Misstrauens kitzelte mich. „Bevor oder nachdem sich die Atmosphäre im Club verändert hat?"

„Danach. Genau genommen in der ersten Nacht. Das war die Nacht, in der er mich um ein Date gebeten hat, und bevor ich schlagfertig ablehnen konnte, habe ich ja gesagt. Und war glücklich darüber, während eine Stimme in meinem Kopf *Was zum Teufel tust du da?* geschrien hat."

Ich lachte über ihren Gesichtsausdruck. „Tut mir leid. Ich konnte nicht anders, weil ich mir das total vorstellen kann und ehrlich gesagt macht es mir ein bisschen Angst."

„Es macht dir Angst? Ich verliere den Verstand! Ich weiß, dass ich lesbisch bin, seit ich acht Jahre alt war!"

„Nun, ich weiß nicht, ob dich das beruhigt, aber ich glaube nicht, dass du plötzlich eine sexuelle Identitätskrise hattest."

„Nein? Wie würdest du es sonst nennen?" Sie sah mich misstrauisch an.

„Ich würde es eine Invasion nennen. Oder einen Zauber. Oder ein anderes übernatürliches Phänomen. Denk darüber nach. Das alles hat in der Nacht angefangen, als es im Club zum ersten Mal drunter und drüber gegangen ist. Die seltsame Energie im Club hatte eine Wirkung auf dich und dich zu jemanden gemacht, der du nicht bist."

Sie lehnte sich gegen die geschlossene Tür und musterte mich. Dann kniff sie ihre Augen zusammen. „Was, wenn es nicht der Club war? Was, wenn ich irgendwie kaputt bin? Oder wirklich eine Art Krise habe?"

Ich warf ihr einen Blick zu. „Wie stehst du gerade zu Männern?"

Sie rümpfte die Nase.

„Sprechen dich nicht an?"

„Nein. Gar nicht."

„Nicht einmal dein Boss?"

„Oh, Gott im Himmel. Das hast du nicht gerade gesagt."

Ich grinste. „Ist das dann ein Ja?"

„Heilige Scheiße, nein. Denk sowas nicht mal."

„Na dann. Wenn du dich nicht für den sexysten Mann der Welt interessierst, denke ich, dass sich das erledigt hat. Du stehst nicht auf Männer."

Ihre Augen funkelten, als sie lachte. „Na, Gott sei Dank."

KAPITEL FÜNFZEHN

*N*ach dem Abendessen entschuldigte sich Charlie und zog sich ins Gästezimmer zurück.

Kane und ich saßen am Tisch und teilten uns ein Guinness. Kane trank einen großen Schluck Bier und reichte es mir dann. „Ich werde heute Nacht versuchen, zu Pyper traumzuwandeln", sagte er.

„Glaubst du, du kannst das?" Ich hob die Flasche an meine Lippen.

„Ich kann's versuchen." Er hatte eine todernste Entschlossenheit an sich, die ich selten sah. Kane war selbstbewusst und ein ausgezeichneter Dämonenjäger, aber das war persönlich. Die Göttin hatte Pyper entführt, und nichts würde ihn davon abhalten, sie zu finden.

„Ich gehe mit dir."

Kane musterte mich lange.

„Ich werde in deinem Traum sein. Du kannst mich nicht aufhalten." Seit Monaten glitt ich jede Nacht, wenn wir einschliefen, direkt in Kanes Träume. Ich war zwar kein Traumwandler, aber wir hatten eine tiefe Verbindung, und ich bezweifelte, dass er mich ausschließen konnte, selbst wenn er es versuchte.

„Gut." Kane legte seine Hand auf meine. „Wir werden sie finden."

„Das hoffe ich."

KANE und ich lagen in unserem Bett. Mein Herz ging auf und verschloss meine Kehle. Die Entscheidung, Genesis Kat und Pyper behalten zu lassen, lastete schwer auf meiner Seele. Ich stieß einen langen Seufzer aus und schmiegte meine Wange gegen seine Brust.

Seine Arme schlossen sich fester um mich, als er mich auf den Kopf küsste. „Ich werde auf dich warten."

Bilder von Pyper und Kat spielten in meinem Kopf, und eine Träne lief meine Schläfe hinunter.

Kane strich mir mit den Fingern durchs Haar und sagte nichts. Er musste nicht. Das Einzige, was ich brauchte, war, dass er mich hielt.

Es dauerte nicht lange, bis sich seine Brust ruhig hob und senkte, und ich wusste, dass er bereits schlief. Ich wünschte von ganzem Herzen, ich könnte all den Aufruhr, der in mir tobte, lange genug loslassen, um mich zu entspannen, in den Traumzustand zu fallen, der es mir erlauben würde, Kane zu begleiten, um unsere Freunde zu finden. Traumwandeln war im Moment unsere einzige Hoffnung.

Ich beruhigte mich und konzentrierte mich auf Kanes Atmung. Ein. Aus. Ein. Aus. Schon bald begann sich mein Körper zu entspannen, und ich spürte, wie ich einschlief. Dunkelheit schloss mich ein, gefolgt von den Anfängen schwachen Lichts. Mein Magen zog sich unangenehm zusammen, als ich Kane nicht sofort sah, wie ich es normalerweise tat.

Ich stand im dunstigen Nebel einer alternativen Realität. Wo war ich? „Kane?"

„Ich bin hier." Er tauchte aus dem Nichts auf und legte seine Hand in meine. „Komm. Ich habe sie gefunden."

Im nächsten Moment veränderte sich unsere Umgebung, und wir standen mitten in Kanes Club. Ich blinzelte und versuchte, mich zu konzentrieren. Alles war verzerrt, als würden wir den Raum durch einen Filter sehen. „Du hast sie gesehen?"

Er schüttelte den Kopf. „Nein. Ich höre sie."

Wir standen schweigend auf der Bühne.

Dann hörte ich es. Kats Stimme. Sie rezitierte Passagen von Shakespeares *Ein Sommernachtstraum*. „Das ist Kat", sagte ich.

„Pyper ist auch da. Ich kann sie mit irgendjemandem sprechen hören."

Wir schwiegen für einen weiteren Moment, und obwohl ich nicht genau sagen konnte, ob ich Pyper hören konnte oder nicht, hatte ich etwas Besseres. Ich spürte sie. Und Kat auch. „Sie sind da lang."

Ich umklammerte Kanes Hand und zog ihn in den hinteren Teil des Clubs. Mit jedem Schritt wurden die Energien meiner Freundinnen stärker.

„Ich habe mich hier schon umgesehen. Ich habe niemanden gesehen."

„Sie sind nicht hier unten." Ich deutete auf die Treppe. „Sie sind da oben."

Kane neigte den Kopf, um zu lauschen.

„Vertrau mir."

Als wir die Treppe erreichten, die in den ersten Stock führte, hielt er inne.

„Stimmt was nicht?"

Er schüttelte den Kopf. „Ich weiß nicht. Die Energie ist –"

„Unheimlich?", schlug ich vor.

„Ja. Alles fühlt sich einfach falsch an."

„Kannst du laut sagen. Wir haben es mit einer geistfressenden Göttin zu tun."

„Richtig." Er straffte die Schultern und rannte zwei Stufen auf einmal nehmend die Treppe hinauf.

Verdammt. Ich hatte nicht erwartet, dass er *so* konzentriert war. Ich wappnete mich und ging nach oben, auf das Schlimmste vorbereitet.

Kane blieb am oberen Ende des Treppenabsatzes im ersten Stock stehen und streckte den Arm aus, um mich davon abzuhalten, ihm vorauszugehen. „Sie ist da. Die Göttin."

Ich spähte über seine Schulter in die Dunkelheit und öffnete mich. Ein Schauer kroch in Form von Verzweiflung über meine Glieder, doch das Gefühl kam nicht von der Göttin. Ich schüttelte den Kopf. „Es ist jemand anderes. Wir müssen da rein."

„Wer?"

„Keine Ahnung. Aber wer auch immer da drin ist, steckt in Schwierigkeiten."

Das war alles, was Kane hören musste. Er ging zu der Wohnungstür und drückte, ohne anzuklopfen, die Klinke herunter. Abgeschlossen. Doch das war ein Traum. Kane konnte uns bringen, wohin er wollte. Er legte seine Hand auf meine, und im nächsten Moment standen wir mitten in der spärlich möblierten Wohnung.

Ich stieß ein lautes Keuchen aus. An der gegenüberliegenden Wand war ein großes Pentagramm gezeichnet. Zoë, unsere neue Mieterin, hing mittendrin, ihre Hand- und Fußgelenke an große Dornen gefesselt. Ihre Augen waren wild vor Angst, und sie schrie eindeutig, doch ich konnte sie nicht hören. Es war, als hätte sie ihre Stimme verloren.

„Zoë!" Ich rannte zu ihr. Aber als ich einen Schritt von ihr entfernt war, stieß ich gegen eine unsichtbare Barriere und stolperte zurück, wobei ich vor Schmerz aufschrie. Kein Wunder, dass ich sie nicht hören konnte. Sie war hinter einer unsichtbaren Kraft gefangen. Meine Haut brannte überall, wo ich die Barriere berührt hatte. „Verdammt!" Ich streckte meine Arme aus und inspizierte die Verbrennungen. Wir waren in einem Traum, und obwohl ich wusste, dass ich beim Aufwachen die Spuren nicht sehen würde, würde der Schmerz immer noch da sein, bis alles verheilt war.

„Was ist passiert?", fragte Kane.

„Elektrische Barriere, glaube ich." Ich trat zurück und rief meine Magie. Ich war stinkwütend, und meine Magie erwachte mit sehr wenig Anstrengung meinerseits. Ich zielte direkt links von Zoë und entfesselte einen Strom roher Magie. Sie kollidierte mit der Barriere, beide funkelten, und dann schoss meine Magie hindurch und krachte etwa einen halben Meter von Zoë entfernt in die Wand.

Sie riss ihren Mund zu einem lautlosen Schrei auf, als die Wand bröckelte.

„Verdammt nochmal ... Das war nicht genug." Die Barriere war immer noch intakt, mit einem nahezu perfekten Loch, wo meine Magie sie durchdrungen hatte.

Kane griff nach seinem Dolch. Er runzelte die Stirn und fluchte leise, als er wieder ins Leere griff.

„Ich mach das schon", sagte ich und entfesselte rechts von Zoë einen weiteren Blitz. Meine Magie schoss hindurch und schuf ein ähnliches Loch auf der gegenüberliegenden Seite. Noch mehr Putz fiel von der Wand zu Boden.

Kane sah mich an. „Was jetzt?"

Die Barriere hatte sich nicht bewegt. Ich ging darauf zu, positionierte beide Hände am Rand der Löcher und löste viel kleinere magische Explosionen aus, die ich mit meinem Verstand in die Mitte dazwischen schob. Winzige Risse bildeten sich und verliefen in chaotischen Linien, bis die Barriere einstürzte und vor unseren Füßen zerbrach.

Zoë starrte uns an, ihr Gesichtsausdruck verzerrt vor Schmerz, als sich ihr Mund bewegte, doch sie war nicht in der Lage, Worte zu bilden.

„Was ist mit ihr passiert? Warum kann sie nicht sprechen?", fragte ich Kane.

Doch bevor er antworten konnte, ertönte von oben ein Grollen, gefolgt von einem donnernden Knall.

Ich sprang zurück und packte Kanes Arm. Und dann verschwanden direkt vor unseren Augen die Fesseln von Zoës Gliedern. Sie erhob sich über uns, und ihre Haut begann sich zu kräuseln, ihre Gestalt dehnte sich und veränderte sich von der gefangenen Frau zur Göttin Genesis.

„Du!" Sie zeigte mit dem Finger auf mich, ihre Augen wild vor Wut. „Wie kannst du es wagen, in mein Heiligtum einzudringen?"

Ihre Worte machten mich einfach wütend. „Du weißt, dass dieses Gebäude Kane gehört, nicht wahr? Du bist es, die in unseren Besitz eindringt."

„So naiv." Sie erhob sich über uns und breitete ihre Arme aus. „Nichts gehört dir, wenn du es mit den Anderswelten zu tun hast." Mit einer großen ausladenden Geste senkte sie ihre Arme, und der Raum verwandelte sich von einer kleinen Wohnung in eine riesige Steinhöhle, komplett mit Fackeln an den Wänden. „Das ist mein Zuhause. Und das –" Ihre Lippen verzogen sich unheimlich, „... sind meine Haustiere." Ein unsichtbarer Schleier lüftete sich und enthüllte Pyper und Kat.

Ein gutturaler Schrei brach aus mir heraus, als ich auf sie zu rannte und sie verzweifelt von den Ketten befreien wollte, die sie an den Steinboden fesselten.

„Jade!" Kane packte mich am Arm. „Warte."

Er hielt mich auf, kurz bevor ich sie erreichte. „Was?"

„Schau."

Ich blickte auf meine beiden Freundinnen hinunter. Ein magischer Schein hüllte sie ein. Derselbe, der Zoë beschützt hatte. Frustration überwältigte mich, als mir klar wurde, dass ich ihn diesmal nicht sprengen könnte. Nicht, wenn ich Pyper oder Kat nicht wehtun wollte. „Lass sie gehen!", verlangte ich und wirbelte zur Göttin herum.

Genesis schwebte mit amüsiertem Gesicht zu Boden. „Wieso? Sie sind vollkommen glücklich in ihren alternativen Realitäten und leben das Leben, von dem sie immer geträumt haben." Sie schnippte mit den Fingern, und eine Art großer Bildschirm erschien, der Pyper in einem Hochhausbüro zeigte, wo er ein wichtiges Meeting abhielt. Sie trug einen sexy Business-Anzug und hatte ihre Haare hochgesteckt, während sie einen Laserpointer benutzte, um kritische Punkte ihrer Präsentation hervorzuheben.

Das Bild wechselte. Jetzt war Kat in einer Fernsehproduktion zu sehen und las den Text mit dem Ensemble. Sie hielt ein Drehbuch in der Hand, und obwohl sie die Kat war, die ich kannte, wirkte sie gepflegter. Ihre Haare und ihr Make-up waren professionell gemacht und sie trug High Heels zu Jeans und Bluse.

„Davon haben die beiden nie geträumt", sagte ich, als ob das überhaupt eine Rolle spielte. Sie waren am Boden festgekettet.

Sie lachte. „Glaub mir. Sie sind zufrieden."

Ihr selbstgefälliges Lächeln ließ die Wut in mir hochkochen. Meine Hände waren zu Fäusten geballt, und wenn Kane nicht eine Hand an meinem Handgelenk gehabt hätte, wäre ich sicher schon auf die Göttin losgegangen.

Sie stieß ein leises Lachen aus und stieg wieder auf, sodass sie auf uns herabblickte. „Du kannst nicht gewinnen. Nicht gegen mich, eine Göttin."

„Was willst du?", fragte Kane mit absolut ruhiger Stimme.

Sie neigte den Kopf und betrachtete ihn. „Ich habe schon, was ich will. Jugend und Macht. Und dank deines Clubs habe ich jetzt auch Anbetung. Und eine lange Reihe bereitwilliger Teilnehmer, die ... meine Bedürfnisse erfüllen."

„Warum mein Club?", fragte Kane.

Ich war zu sehr damit beschäftigt, mir den Kopf darüber zu zerbrechen, wie ich Kat und Pyper retten könnte, um mich darum zu kümmern, warum sie irgendetwas von dem tat, was sie tat. Es spielte keine Rolle. Ich würde sie viel lieber schnell zerstören, als mich um das zu sorgen, was sie brauchte.

Ich schloss meine Augen und konzentrierte mich auf Kats Energie. Ihre lebendige, unbeschwerte Art existierte kaum noch, ersetzt durch jemand anderen, der voller Entschlossenheit, Ehrgeiz und einem Erfolgsdrang war, den Kat nie zuvor gehabt hatte. Kat war Schmuckdesignerin. Ein Freigeist, der für sich selbst arbeitete. Sie war gut darin, liebte es sogar, aber karriereorientiert war kein Begriff, mit dem ich sie jemals beschrieben hätte. Und das war es, was ich in diesem Moment in großen Dosen von ihr empfing.

Dann spürte ich sie. Die deutliche Energiesignatur von jemandem, der nicht Kat war. Nur dass ihre auch da war. Verdammte ...

Ich verlagerte meinen Fokus auf Pyper. Wut gemischt mit Zufriedenheit traf mich mit voller Wucht, doch ich ignorierte diese Emotionen und konzentrierte mich schnell auf ihre Signatur. Ihre schlagfertige, selbstbewusste Energie pulsierte kaum in ihr, verdrängt von etwas Dunklerem und Intensiverem. Es gab wieder zwei Signaturen.

Meine Gedanken wanderten zurück zu Charlie und dass sie Gefühle gehabt hatte, die sie nicht kannte, die sich ihr fremd angefühlt hatten, und plötzlich wusste ich, was passiert war.

„Kane!" Ich wirbelte herum und konzentrierte mich auf ihn.

Er starrte Genesis an, als sie etwas darüber sagte, dass die Lage des Clubs perfekt für ihre Bedürfnisse sei. Da Kanes Energie den Raum mit mächtiger Sexmagie erfüllt hatte, hatte sie ihren idealen Ort gefunden.

„Ich weiß, was los ist", sagte ich langsam, während ich auf Genesis zu ging.

„Ach, wirklich?" Sie lachte. „Das bezweifle ich sehr."

Ich funkelte sie an. Im nächsten Moment verschmolz ich meine mentale Energie mit Kats, als würde ich sie beschützen, und drückte dann mit allem, was ich hatte, auf die fremde Seele, die in ihren Körper eingedrungen war. Fast sofort spürte ich, wie die eindringende Seele sie losließ.

„Was bist du …? Nein!" Die Göttin flog an Kats Seite, packte sie und schüttelte ihren schlaffen Körper. „Wie machst du das?"

Der Teint der Göttin wurde aschfahl, als sich kleine Fältchen um ihre Augen bildeten. Ihr Körper veränderte sich von durchtrainiert und perfekt geformt zu leicht pummelig. Sie alterte in Sekunden direkt vor unseren Augen.

Die Magie, die Kat eingehüllt hatte, verflog, und sie setzte sich auf. Ihre Augen weiteten sich, als sie die Fesseln betrachtete, die sie festhielten. „Lass mich gehen!", schrie sie und schlug wild um sich. Dann fiel ihr Blick auf mich, und sie presste die Lippen aufeinander, während sie sich umsah.

„Ich gehe nicht ohne dich oder Pyper", sagte ich zu ihr. „Verlass' dich darauf."

Kane rannte zu ihr und zerrte an den Ketten. Wenn er seinen Dolch gehabt hätte, hätte er sie sofort befreien können. Doch den hatte er nicht. Stattdessen packte er die Ketten und zerrte daran. Ein lautes Knarren erfüllte den Raum.

„Fass das nicht an!" Genesis flog auf Kane zu, doch sie war zittrig vor Anstrengung, und bevor sie ihn erreichte, schoss ich einen magischen Blitz auf sie. Der Körper der Göttin schwebte in der Luft und zuckte von dem elektrischen Strom, der durch sie floss. Dann stürzte sie und krachte zu Boden.

„Befrei sie!", rief ich Kane zu, als ich nach Pypers emotionaler Signatur griff. Ihr sympathischer Geist war direkt unter der kraftvollen Entschlossenheit des fremden Geistes. Ich packte und zog. Doch bevor ich Pyper von dem anderen Geist trennen konnte, verschwand der Körper von Genesis in einer grauen Rauchwolke und tauchte direkt über Kat wieder auf. Ihr Aussehen war wieder das von Zoë, nur zerzaust und mindestens ein Jahrzehnt älter.

Seile aus grauem Nebel wanden sich um Kats Arme und Beine und wickelten sich dann um ihren Hals.

Kat rang nach Luft und hustete und kratzte an den magischen Seilen.

„Lass mir die Dunkle", befahl Genesis. „Oder diese hier stirbt."

Ohne zu zögern, entfesselte ich meine Magie auf die Göttin.

„Verdammt!" Ich runzelte die Stirn, als meine Glieder sofort schwer wurden. Anstatt von meinem Angriff geschwächt zu werden, saugte sie den Kraftstrom ein und wurde mit jeder Explosion, die sie traf, stärker. Sie tankte ihre Reserven buchstäblich mit meiner Magie auf. Nein, meiner Seele.

„Jade!" Kane sprang vor mich und meine Magie, sein Körper versteifte sich beim Aufprall.

„Kane!" Ich sprang auf ihn zu und legte meine zitternden Hände auf seinen regungslosen Körper.

„Er gehört jetzt mir, weiße Hexe", knurrte die Göttin und trat mich aus dem Weg. Sie wirbelte herum, und mit einer Hand an Kanes Handgelenk und der anderen an einer von Pypers Ketten verschwanden alle drei.

Die Höhle verblasste und ließ mich und Kat in der kargen Wohnung zurück. Sie lag ausgestreckt auf dem Boden. Ich kroch an ihre Seite, und als ich sie berührte, erhob sich ein silberner Schatten in Form einer jungen Frau von ihrem Körper und löste sich in Luft auf. Genauso wie es mit Charlie im Hexenzirkel passiert war.

„Oh mein Gott. Kat?" Ein Schluchzen blieb in meiner Kehle stecken, als ich durch meine aufwallenden Tränen auf sie herabstarrte.

„Jade?"

„Du bist okay. Du bist okay", sagte ich immer wieder und versuchte, uns beide zu beruhigen.

Sie blinzelte zu mir auf, Verwirrung in ihren haselnussbraunen Augen. „Ist sie weg?"

„Ja", presste ich heraus und bemühte mich verzweifelt, mich zusammenzureißen. Nicht daran zu denken, dass Kane weg ist. Obwohl wir Kat und Pyper im Traum aufgesucht hatten, wusste ich irgendwie, dass der Umgang mit der Göttin die Regeln geändert hatte. Wir waren nicht mehr in einem Traum. Kat und ich waren in der Wohnung über dem *Wicked* hellwach. „Die Göttin ist weg."

„Göttin?"

„Ja. Die dich entführt hat." Vielleicht wusste sie nicht, wer Genesis war.

Kat schüttelte langsam den Kopf. „Nein. Sie hat mich nicht entführt. Die verlorene Seele war das."

„Verlorene Seele?" Wovon sprach sie?

„Die, die aus der Hölle entkommen ist."

KAPITEL SECHZEHN

„Komm." Ich half Kat auf die Beine. „Wir müssen dich nach Hause bringen." Ich war mir nicht sicher, ob sie mir wichtige Informationen gab oder ob sie nach ihrer Tortur nur verwirrt war.

Sie sah sich um, ihre Stirn gerunzelt. „Was mache ich hier?"

Ich war hin- und hergerissen, ein Teil von mir wollte verzweifelt nach Kane und Pyper suchen, während die andere Hälfte wusste, dass ich Kat an einen sicheren Ort bringen musste. Wenn Genesis wieder auftauchte, wäre es zu leicht für sie, Kat in ihrem geschwächten Zustand zu packen.

„Jade?" Kat klammerte sich an meinen Arm.

Ich schlang meine Arme um sie und umarmte sie fest. „Ich bin so froh, dass es dir gut geht."

Als sie die Umarmung erwiderte, zitterte ihr Körper.

„Du bist jetzt in Sicherheit. Ich werde mich um dich kümmern."

Sie nickte und ließ sich von mir aus der Wohnung führen. Wir gingen schweigend die Treppe hinunter. Doch anstatt

DEANNA CHASE

durch die Seitentür zu gehen, rannte ich in den Club, nur um sicherzugehen, dass weder Kane noch Pyper da waren.

Sie waren es nicht. Mein Herz zog sich zusammen, und Tränen brannten in meinen Augen.

„Jade?", sagte Kat noch einmal. „Sag mir, was los ist." Ihre Stimme war jetzt stärker.

Ich sah sie an und bemerkte die Entschlossenheit in ihrem Gesichtsausdruck. „Lass uns nach draußen gehen." Kanes Incubus-Energie kroch über mich hinweg, und ich konnte mich auf nichts anderes konzentrieren. Das vertraute Gefühl brachte mich dazu, im Club bleiben zu wollen und zu suchen, obwohl ich wusste, dass er nicht da war. Nur seine Energie war so, wie sie die letzten Tage gewesen war.

Sie folgte mir, und als wir in die schwüle Nachtluft hinaustraten, hielt sie mich erneut am Arm fest. „Ich muss wissen, was passiert ist."

„Ich bin mir nicht ganz sicher", wehrte ich ab.

Empörung strömte in Wellen von ihr aus.

„Ich meine es ernst." Ich sah sie an, damit sie meinen aufrichtigen Gesichtsausdruck sehen konnte. „Du hast gesagt, eine verlorene Seele hat dich entführt, aber davon weiß ich nichts. Ich weiß nur, dass eine niedere Göttin dich in einer anderen Dimension gefangen gehalten hat, während sie dich benutzt hat, um ihre Macht zu speisen. Sie hatte auch Charlie, aber sie ist schon bei mir zu Hause in Sicherheit."

Kat schwieg einen Moment. „Und Pyper? Diese Göttin hat sie auch, nicht wahr?"

„Ja." Das Wort kam angespannt heraus. „Und jetzt auch Kane."

Ein Keuchen entglitt ihren Lippen. „Wir müssen sie finden!"

Traurigkeit lastete auf mir, und ich blinzelte die Tränen

zurück. „Im Moment muss ich dich aus der Gefahrenzone bringen. Dann hole ich sie zurück." Ich ging schneller und bog um die Ecke zu dem Haus, das ich mir mit Kane teilte. Hoffnung erwachte und überwältigte mich fast. War er da? Wir waren in einem Traum gewesen. Ich war zusammen mit Kat aus dem Traum geworfen worden. Doch er war der Traumwandler. Er könnte immer noch in unserem Bett liegen.

„Beeil dich", sagte ich zu Kat, als ich losrannte. Er musste da sein.

Wir stürmten durch die Haustür und erschreckten Charlie. Sie sprang mit erhobenen Fäusten aus dem Sessel auf.

„Charlie!", rief ich und rannte an ihr vorbei. „Ist Kane hier?" Ich blieb nicht stehen, um auf eine Antwort zu warten. Ich ging um die Ecke in den Flur und riss die Tür zu unserem Schlafzimmer auf.

„Nein", sagte Charlie hinter mir, als mein Blick auf das leere Bett fiel.

„Fuck!" Ich wirbelte herum und eilte zum Telefon. Ich wusste, dass es ein Schuss ins Blaue war. Ich hatte nicht wirklich erwartet, dass er da sein würde, aber diese verdammte Hoffnung hatte sich in meinem Herzen festgesetzt.

Ich schnappte mir das Telefon und tippte Luciens Nummer, während ich beobachtete, wie Charlie und Kat einander umarmten.

„Jade?", sagte Lucien, als er antwortete. „Was ist passiert?"

„Kat ist hier. Du musst kommen. Sofort."

Am anderen Ende der Leitung raschelte es, dann hörte ich, wie eine Tür zugeschlagen wurde. „Kat ist bei dir? Geht's ihr gut? Was ist passiert?"

Ich setzte mich an den Küchentisch und hielt mir mit einer Hand die Stirn, während ich die Ereignisse der Nacht zusammenfasste.

„Aber Kat geht's gut?", fragte er noch einmal, als ich fertig war.

„Ja. Sie scheint in Ordnung zu sein. Warte." Ich hielt Kat das Telefon hin. „Es ist Lucien."

Sie schnappte sich das Mobilteil und eilte in das andere Zimmer, während Charlie sich neben mich setzte.

„Ich kann nicht glauben, dass das passiert", sagte sie.

Ich begegnete ihrem niedergeschlagenen Blick und wandte dann meinen Blick ab. „Ich hole sie zurück." Mein Ton war stark, voller Überzeugung, meine Worte ein Versprechen. „Du kannst dich darauf verlassen."

Die Tür flog auf, und ich hörte, wie Kat nach Luft schnappte, dann hörte ich Luciens Stimme. „Den Göttern sei Dank, es geht dir gut!"

„Bleib hier bei Lucien", sagte ich zu Charlie. „Ich hole Pyper und Kane."

„Aber Jade –"

Ich hob eine Hand, Entschlossenheit wirbelte in mir auf. „Ich kann das jetzt nicht."

Sie nickte mir zu und ließ sich auf ihren Stuhl zurückfallen.

Auf dem Weg ins Wohnzimmer holte ich eine Tüte Kräuter aus der Speisekammer. Ich hatte keine Zeit, spezielle Tränke herzustellen, doch die Grundlagen waren besser als nichts.

„Jade?", sagte Lucien über Kats Schulter, als ich ins Wohnzimmer eilte.

„Lucien." Ich nickte ihm zu und ging weiter.

„Warte. Ich habe Informationen."

„Das muss warten. Ich muss Kane und Pyper finden." Ich schloss die Hand um die Türklinke und schloss die Augen, als mich eine Welle von Gefühlen zu überwältigen drohte.

„Es geht um die Göttin. Ich habe sie in einem meiner Bücher gefunden."

Als ich meine Augen öffnete, hatte er Kat losgelassen und stand direkt vor mir.

„Du willst diese Informationen haben, wenn wir gegen sie kämpfen." Seine Augen waren konzentriert, sachlich.

„Wenn *ich* gegen sie kämpfe", sagte ich. „Du bleibst hier, um sie zu beschützen."

Seine ohnehin schon ängstliche Energie sträubte sich gegen meine Haut. „Du kannst nicht allein gehen."

„Und du kannst nicht mit mir gehen. Ich gehe in die Schatten. Ich kann dich nicht mitnehmen, selbst wenn ich wollte."

„Scheiße." Er nahm ein Buch von der Ablage am Eingang, das vorher nicht dort gewesen war. „Du musst dir das ansehen, bevor du gehst." Er schlug das Buch an einer Markierung auf. „Dies ist ein Buch über die Geschichte der Götter und Göttinnen. Erinnerst du dich, als ich gesagt habe, dass ich sie studiert habe? Also ich habe Genesis gefunden." Er hielt mir das Buch entgegen. Und als ich es nahm, fuhr er fort. „Da drin steht, dass Genesis als junge Göttin als extrem eitel bekannt war. Für sie waren Jugend und Schönheit alles, zumal sie im Schatten ihrer viel verehrten Schwester, der Göttin des Geistes, stand. Als Genesis fünfundzwanzig wurde, hat sie einen mächtigen Dämon aufgesucht. Einen, der als Günstling des Teufels bekannt war. Er hat ihr gesagt, er habe die Macht, ihr ewige Jugend zu schenken, doch das hätte einen Preis."

„Natürlich", sagte ich trocken.

„Ja, dieser Preis waren Seelen. Er gab ihr die Kraft, jung zu bleiben, doch sie hielt nur hundert Jahre an. Die Bezahlung für jedes weitere Jahrhundert danach waren drei Seelen und ein Engel. Der Geist ihrer Opfer würde sie für weitere hundert Jahre jung halten, doch sie musste die Seelen und den Engel als Bezahlung dem Dämon liefern."

Drei Seelen und ein Engel. Sie hatte die drei Seelen gehabt. Eigentlich vier, wenn wir Zoë mitzählten. Hatte sie auch den Engel? Den, der verschwunden war? Ich warf einen Blick auf die Passage, auf die Lucien hingewiesen hatte, und bemerkte eine Notiz am Rand. *Findet jedes Jahr zur Sommersonnenwende statt.*

„Das ist in zwei Tagen", sagte ich.

Er nickte. „Dann wird das Opfer dargebracht."

„Also hat sie ihre Opfer eingesammelt? Kat, Pyper und Charlie?"

„Ja. Und sie hat versklavte Seelen benutzt, um sie zu kontrollieren." Er biss irritiert die Zähne zusammen. „Deshalb war Kat so besessen von der Schauspielerei. Das war nicht sie. Es war eine andere Seele."

Ich sah Kat an. Sie hatte gesagt, eine Seele habe sie mitgenommen. Genesis hatte Seelendiener, die ihre Drecksarbeit erledigten. Ich hatte sie ihren Körper verlassen gesehen, nachdem Kat aus Genesis' Fängen befreit worden war. Genau wie bei Charlie.

Wow. Das war der Grund, warum Charlie mit einem Mann hatte ausgehen wollen. Das war nicht sie gewesen. Es war eine andere Seele.

„Dieser Fall hat sich gerade ziemlich abrupt geändert", sagte ich. „Das alles passt zu dem, was bisher passiert ist, doch was hat Kane damit zu tun? Und was denkst du, wie die verdorbene Kraft in den Schatten damit zusammenhängt?

Lucien zuckte mit den Schultern und nahm mir das Buch ab. „Auf beide Fragen habe ich keine Antwort. Vielleicht will Genesis stattdessen ihn. Weil er ein Incubus ist, ist sein Geist viel verlockender, da bin ich mir sicher."

„Ugh." Ich schluckte die Galle, die in meiner Kehle aufstieg.

„Ich muss los. Ich kann nicht hierbleiben und warten." Ich riss die Tür auf.

„Gehst du zurück in den Club?", fragte Lucien.

„Ja. Er ist das Zentrum von allem."

„Ich will mit dir kommen."

„Nein!" Ich wirbelte herum. „Du musst auf Kat und Charlie aufpassen. Mit dir hier sind sie sicher. Ich kann mir nicht noch Sorgen um sie machen."

Resignation legte sich auf seine Züge, als er einen Schritt zurück zu Kat trat. Er legte seine Hand um ihre Taille und sagte: „Ich rufe den Rest des Zirkels. Sie müssen wissen, was passiert."

„Ja." Ich holte tief Luft und versuchte, mich zu beruhigen. „Es ist besser, sie wissen es." Und ohne eine Antwort abzuwarten, stürmte ich zur Tür hinaus. Der Club war nur ein paar Blocks entfernt, doch ich rannte den ganzen Weg dorthin, und als ich vor dem Eingang stehen blieb, war ich außer Atem.

„Reiß dich zusammen, Jade", sagte ich zu mir selbst.

Ich griff nach der Türklinke, und erst dann wurde mir klar, dass ich nicht daran gedacht hatte, die Schlüssel mitzubringen. „Verdammt." Meine Handfläche erwärmte sich vor Magie, und als ich mich auf das Schloss konzentrierte, hörte ich ein leises Klicken. Dann strich ich mit der Hand über den oberen Teil der Tür, bis das unverkennbare Klicken eines Riegels meine Sinne erfüllte.

Manchmal war es praktisch, eine Hexe zu sein, auch wenn es mich irgendwie zu einer Kriminellen machte. Das Gebäude gehörte Kane, also brach ich technisch gesehen nicht ein, aber wenn jemand zusah, sah es so aus, als ob ich es tat.

Die Tür schwang auf, und mit einer Welle der Entschlossenheit betrat ich das Gebäude. Es war genauso, wie ich es vor einer halben Stunde verlassen hatte: menschenleer, doch randvoll mit Kanes Incubus-Signatur und mit etwas Bösem befleckt.

Ich stellte mich rechts neben die Bühne und trat einen Schritt in den Schatten. Die Energie traf mich hart und riss mich fast von den Füßen. Und dieses Mal, obwohl es sich immer noch schwach wie Kanes Energie anfühlte, war sie viel dunkler. Unbehagen kroch mein Rückgrat hinauf, als ich spürte, wie der Schleier der Dimension vor Angst und Verzweiflung pulsierte. Der Wunsch, mich am Boden zusammenzurollen, so wie Charlie es zuvor getan hatte, überwältigte mich fast.

Doch Kanes Gesicht blitzte in meinem Kopf auf, und tief in mir materialisierte sich eine Woge der Stärke. Ich würde nicht zulassen, dass die Göttin Kane oder Pyper behielt. Wo auch immer sie waren. Ich wusste, es war zu einfach zu glauben, ich könnte in die Schatten gehen und sie würden genau hier auf mich warten. Genesis könnte sie überall festhalten.

Ich musste Genesis finden, dann würde ich sie finden.

Das Einzige, was ich zu tun wusste, war, nach ihrer Energie zu suchen. Abgesehen davon, dass die einzigen Gefühle, die ich empfand, Hoffnungslosigkeit und Verlangen waren, die von jenseits der Schatten kamen. Auf keinen Fall würde ich in der Lage sein, mich mit Kanes oder Pypers Energiesignaturen zu verbinden. Ich musste etwas anderes versuchen.

Verzweifelt, aus den Schatten des Untergangs herauszukommen, durchwühlte ich meinen Beutel mit den Kräutern und stieß auf Löwenzahnblätter. Es war einen Versuch wert. Löwenzahn wurde als Beschwörungsmittel für Geister verwendet. Ich könnte die der Schatten um Hilfe bitten, um Kane und Pyper zu finden.

Ich streute eilig einen Kreis mit den zerbröselten Löwenzahnblättern und trat in die Mitte, um meine Kraft zu rufen. Elektrische Magie durchzuckte mich, und nicht nur der Kreis leuchtete auf, sondern auch ich. Licht schimmerte über meine Haut.

Wow. Das war nicht der Plan gewesen. Sofort erschien eine Handvoll Geister, die um meinen Kreis schwebten. Zwei waren so alt und verfallen, dass ich kaum die Züge ihrer entstellten Gesichter erkennen konnte. Ein anderer hüpfte hin und her und schien von dem Licht hypnotisiert zu sein. Doch der Vierte, eine Frau, stand aufrecht da und betrachtete mich interessiert. Ihr Gesicht war vom Alter runzlig, und ihre Augen strahlten Weisheit aus. Sie war später im Leben gestorben, höchstwahrscheinlich eines natürlichen Todes, nach der schimmernden Wolke des Friedens zu urteilen, die an ihr klebte.

„Hallo", sagte ich.

„In den Schatten ist es nicht sicher", sagte sie, und ihre Stimme verklang in der Nacht.

„Darum bin ich hier. Ich brauche deine Hilfe."

Sie schüttelte den Kopf. „Das ist nicht dein Platz. Es ist jetzt niemandes Platz." Ihr Blick wanderte von mir zu einem dunklen Ort gleich hinter meinem Kreis. „Je länger sie hier ist, desto weiter reicht sein Zorn."

„Wer? Die Göttin? Ich bin hier, um sie zu besiegen."

Der Geist schwebte zu mir, ihre Augen voller Mitleid. „Niemand besiegt die Niederträchtigen."

„Ich schon", sagte ich überzeugt. „Sie hat meine Lieben, und ich werde nicht gehen, bis ich sie gefunden habe."

Sie erstarrte. Dann wurden ihre Augen wild. „Er kommt."

„Wer?", fragte ich und sah mich schnell um. Ich sah nichts als den verfallenen Club der Schattenwelt.

Ihr Körper begann zu verblassen und kurz bevor sie verschwand, flüsterte sie: „Das Böse selbst."

KAPITEL SIEBZEHN

„Hör nicht auf sie", sagte eine männliche Stimme hinter mir.

Ich wirbelte herum und erwartete, das personifizierte Böse zu sehen. Nur fühlte er sich nicht böse an, und er sah ganz bestimmt nicht so aus. Der Geist war ein junger Mann, der Boardshorts, ein T-Shirt und Flip-Flops trug, und an einer Schnur um seinen Hals baumelte ein Anhänger aus Metall in der Form eines Blatts. „Das Böse kommt nicht?"

Er zuckte mit den Schultern. „Schon möglich, aber das sagt sie schon seit Tagen. Es ist noch nicht passiert."

„Du fühlst nichts?"

„Ich bin tot. Was soll ich fühlen?" Sein Grinsen war schief, und ich konnte das Lächeln nicht unterdrücken, trotz des Ernstes der Situation. „Ah, endlich jemand, der nicht von Tod und Macht besessen ist."

Ich hob meine Augenbrauen. „Wovon sprichst du? Wer war in letzter Zeit noch hier?"

Er warf mir einen ungeduldigen Blick zu. „Wer war nicht

hier? Die Dämonenjäger sind andauernd hier. Und dann neuerdings die Geistfresserin."

„Genesis? Hast du sie gesehen?"

Er nickte.

Mein Herz raste. Wenn ich sie finden könnte, würde ich Kane und Pyper finden. „Wo?"

Seine entspannte Haltung verschwand, als er zurückwich und mich finster ansah. „Sie ist wirklich böse. Ein Geisterfresser. Die schlimmste Art von Göttin."

Die Art, wie er die Worte sagte, ließ mich glauben, dass er einen Verlust durch ihre Hände erlitten hatte. „Verzehrt sie auch die Geister in den Schatten?" Lucien hatte gesagt, sie brauche Geister, um jung zu bleiben. Kam sie hierher, um zu essen?

Er schüttelte den Kopf. „Sie braucht frische Opfergaben."

Frische Opfergaben. Er meinte Geister, die von lebenden Wesen kamen. „Richtig. Das dachte ich mir, und genau das versuche ich zu verhindern. Wenn du eine Ahnung hast, wie ich sie finden kann, wäre ich für jede Information dankbar."

Seine Augen verdunkelten sich und blitzten dann vor feuriger Wut auf. „Niemand kann sie aufhalten. Dafür sorgt der Dämon."

Ein Feuerblitz kam aus dem Nichts und hüllte den Geist des Surfer-Boys ein. Die Flammen züngelten und funkelten und verschwanden wieder, ohne etwas zurückzulassen.

„Scheiße!" Ich runzelte die Stirn, war frustriert und besorgt, dass der Geist an einen schrecklichen Ort gebracht worden war … wie in die Hölle.

Ich hörte Klatschen außerhalb meines Sichtfeldes, gefolgt von einem vertrauten klirrenden Lachen.

„Genesis!", rief ich. „Zeig dich."

Die Göttin schlenderte zu meinem Kreis. Ihre Haut war

immer noch vom Alter schlaff, obwohl sie dünner und straffer wirkte als das letzte Mal, dass ich sie gesehen hatte. „Bist du hier, um dich zu ergeben, weiße Hexe?"

„Sicher nicht." Ich griff in meinen Kräuterbeutel und legte meine Finger um ein Fläschchen. „Ich bin wegen Kane und Pyper hier."

Sie starrte mich mit ungläubigem Gesichtsausdruck an. „Glaubst du, ich werde sie dir einfach übergeben? Diese beiden köstlichen Wesen? Ich hatte gehört, dass du naiv bist, aber ich hatte nicht erwartet, dass du dumm bist."

Ich starrte sie verständnislos an. „Du bist die Naive, wenn du glaubst, ich lasse dich einen von beiden nehmen."

„Nehmen?" Ihr Lachen erfüllte die Luft und ließ meine Ohren klingeln. „Ich habe sie schon." Sie schnippte mit den Fingern ‚und Licht erhellte den Bereich um sie herum und enthüllte Pyper und Kane, die zusammen in einem weiteren schimmernden Käfig eingeschlossen waren.

Pyper klammerte sich an Kane, ihren Kopf an seine Schulter gepresst. Doch Kane starrte mich direkt an, seine Augen bohrten sich in mich, als ob er versuchte, telepathisch mit mir zu kommunizieren. Ich schüttelte den Kopf und deutete damit an, dass ich nicht verstehen konnte, was er mir sagen wollte.

„Nein?", spottete die Göttin und interpretierte meine Kommunikation mit Kane fälschlicherweise als Leugnung ihrer Aussage. „Sie gehören mir, und du wirst sie nie wieder bekommen."

Kanes Blick wanderte von mir zu Genesis und wieder zurück zu mir. Dann formte er mit den Lippen: *Greif an.*

Das war alles, was ich sehen musste. Wenn er wollte, dass ich gegen sie kämpfe, dann würde ich es tun. Immer noch das kleine Fläschchen in der Hand, ließ ich den Lichtkreis verblassen und mit ihm die Barriere zwischen mir und der Göttin.

Ihre Augen weiteten sich vor Lust. „Jetzt gehörst du mir!" Sie flog mit voller Wucht auf mich zu, doch bevor sie mich erreichen konnte, streckte ich meinen Arm aus und ließ den Inhalt der Phiole frei.

Flüssiger Maiglöckchenextrakt spritzte über sie, während ich rief: *„Pello pepulli pulsum!"*

Sie warf abwehrend die Hände hoch und zischte, Rauch quoll aus ihrer Haut, als hätte ich sie mit Säure übergossen. Schreiend streckte sie die Hand aus und versuchte, nach mir zu greifen, doch es half nichts. Ihr Körper wurde mit hoher Geschwindigkeit rückwärts von mir weggeschleudert.

Jade!, hörte ich in meinem Kopf und erschrak, als mir klar wurde, dass es Kane war, der nach mir rief. Ich drehte mich um und begegnete seinem entschlossenen Blick. Er drückte seine Hände gegen die schimmernde Barriere und zuckte kaum zusammen, als er davon geschockt wurde. Dann zeigte er von der Barriere zu mir und wieder zurück.

Zerbrich sie, formte er mit den Lippen.

Die Magie durchströmte mich, als hätte er sie gerufen. Ein elektrischer Kraftstrom schoss aus meinen Fingern. Doch bevor er das schimmernde Gefängnis traf, hob ich meine Hand und hielt ihn auf. Dann stellte ich mir vor, wie sich die Magie zu einer großen, flachen Oberfläche sammelte. Anstelle eines mächtigen dünnen Bolzens war es jetzt ein großer Umfang, der dazu gedacht war, zu zertrümmern, anstatt zu durchbohren.

Ich ließ all meine Energie wieder in die Magie fließen, ließ sie los, und sie krachte in die schimmernde Kiste, gerade als Kane Pyper schützend an sich zog und sie vor den Splittern des Zaubers schützte.

Der Boden grollte unter meinen Füßen, und ein Rauschen von Energie erfüllte meine Ohren, doch alles, was ich sah, waren die wütenden Schnitte in Kanes Haut.

„Kane!" Mein Herz hämmerte fast aus meiner Brust, als ich auf ihn zu rannte. Er lag schlaff über Pypers Körper, während sie sich abmühte, unter ihm hervorzukommen.

„Jade?", rief Pyper. „Hilf mir."

„Ich komme." Ich fiel auf meine Knie und blendete das ständig wachsende bedrohliche Gefühl aus, dass etwas ernsthaft nicht stimmte. Etwas Schlimmeres als die Verletzung von Kane. Es war mir egal. Ich konnte mich nur auf Kane konzentrieren.

Ich zog ihn gerade weit genug von Pyper herunter, dass sie sich unter ihm hervorrollen konnte. Sie rappelte sich sofort auf die Knie auf und half mir, Kane auf den Bauch zu legen. Ich musste mich um seine vielen Wunden kümmern.

„Oh mein Gott", flüsterte ich und strich mit meinen Händen über seinen Rücken, zwang Teile meiner Magie in ihn. Ich konnte seine Wunden nicht heilen. Alles, was ich tun konnte, war, genug Energie in ihn zu übertragen, um ihn zu wecken, damit wir hier raus konnten.

„Er wird aufwachen. Er muss." Pypers Stimme wurde schrill vor Panik.

„Ja, das wird er, wenn ich etwas dazu zu sagen habe", sagte ich entschlossen und hoffte, dass meine Zuversicht sie beruhigen würde. Abgesehen davon, dass Kane noch atmete, hatte er jedoch noch nicht reagiert.

Um uns herum baute sich Druck auf, als würden die Mauern auf uns zukommen. Ich musste mich konzentrieren. Musste alles tun, um Kane zu wecken.

„Jade", flüsterte Pyper mit heiserer Stimme.

„Was?" Ich drehte Kane auf den Rücken und zuckte bei dem

Gedanken an all seine Wunden zusammen, die den schmutzigen Boden berührten.

„Wir müssen hier weg. Jetzt."

Ich blickte auf und konnte meinen Schreckensschrei kaum unterdrücken. Der Schleier der Schatten zerriss direkt vor unseren Augen. Lange in rotes Leder gehüllte Krallen ragten aus dem Riss, glitten tiefer und schnitten eine lange Wunde. Ein schwarzes Auge starrte mich an, gefolgt von einem unheilvollen Lachen, das so böse war, dass es mich tief in meiner Seele zu berühren schien.

Mein Körper zuckte zurück, Schmerzen packten meinen Bauch, doch ich konnte meine Aufmerksamkeit nicht von ihm losreißen. Der Dämon, der versuchte, in die Schatten zu kriechen, fühlte sich … vertraut an. Ich konzentrierte mich auf Kane und legte meine Hand auf sein Herz. Seine Energie strömte in mich hinein, vermischte sich mit der des Dämons, und plötzlich wusste ich, warum mir die Energie des Dämons vertraut war.

Das schreckliche, herzzerreißende Böse, das von dem Dämon ausströmte, hatte auch einen winzigen Hauch von Kanes Incubus-Energie. Eine unbestreitbare Anziehungskraft, die wahrscheinlich dazu diente, Seelen in die Hölle zu locken. Mein Magen drehte sich bei dem Gedanken.

„Kane, wach auf", flehte ich und zwang meine Magie direkt in sein Herz.

Er wachte mit einem Keuchen auf, seine Augen erschrocken aufgerissen.

„Wir müssen gehen", sagte ich zu ihm und versuchte, ihn auf die Füße zu ziehen.

Pyper packte seinen anderen Arm, und wir beide richteten ihn auf.

„Warte", sagte ich zu Pyper und sah dann Kane in die

Augen. „Das müssen wir gemeinsam tun. Wir gehen nach Hause."

Er schien zu verstehen, und als ich nickte, machten wir beide einen Schritt.

Die Welt kippte, und eine Sekunde später landeten wir in einem Gewirr von Gliedmaßen mitten im Club, nicht zu Hause. Auch gut. Wenigstens waren wir aus den Schatten raus. Ich rappelte mich auf die Knie auf und sah mich schnell um. Pyper saß aufrecht und hielt sich den Kopf, und Kane lag auf seinem Rücken und starrte an die Decke.

Bei ihrem Anblick stiegen mir heiße Tränen in die Augen. Ich hatte nicht wirklich geglaubt, dass ich sie in den Schatten finden würde. Oder dass ich in der Lage wäre, sie selbst da herauszuholen.

„Das hast du gut gemacht", hörte ich Bea von irgendwo in der Nähe sagen.

Ich zuckte zusammen und drehte mich um.

Meine Mentorin stand neben Rosalee und zwei der jüngeren Hexen des Zirkels. Sie hielten spitz zulaufende Kerzen, und der Duft von Salbei erfüllte die Luft. Sie waren in den Club gekommen, um eine Art Reinigung durchzuführen. „Lucien hat dich angerufen."

Bea reichte Rosalee ihre Kerze und nickte, als sie auf mich zukam. „Wir wollten hier sein, falls wir irgendetwas tun könnten, um zu helfen." Sie blickte auf Kane hinunter und runzelte die Stirn. „Er ist verletzt."

„Das war ich", zwang ich heraus. „Um sie zu befreien, musste ich –" Ich brachte die restlichen Worte nicht heraus. Emotionen nahmen mir die Luft.

Bea tätschelte mitfühlend meinen Arm. „Wir alle tun, was wir tun müssen. Lasst uns euch drei nach Hause bringen, und dann machen wir uns daran, die Wunden aller zu heilen."

„Danke", sagte ich, froh, dass sie hier war und das Kommando übernahm.

ICH SAß neben dem Bett und hielt Kanes Hand, während Bea Kanes Wunden mit einer Kräutersalbe behandelte. Rosalee und die anderen Zirkelhexen waren nach Hause gegangen, während Bea uns drei zu unserem Haus begleitet hatte. Jetzt hatte sie es zu ihrer Mission gemacht, Kane wieder gesund zu machen.

„Die werden in kürzester Zeit heilen, Jade", sagte sie und strich heilende Salbe über einen von Kanes Schnitten.

„Es sieht schrecklich aus", sagte ich und beäugte eine der hässlichen Wunden.

„Nur das erste bisschen, wenn sie die Salbe aufträgt, ist schmerzhaft", sagte Kane und öffnete seine Augen, um meinem Blick zu begegnen. „Danach wird der Bereich taub."

„Na, das ist zumindest was."

„Wie geht's Pyper?", fragte er und zuckte wieder zusammen.

„Sie ruht sich mit Charlie nebenan aus." Ich umklammerte die Wasserflasche, die ich hielt.

Sein durchdringender Blick bohrte sich in mich. „Das habe ich nicht gefragt."

Ich verzog das Gesicht. „Nicht so toll. Ihr ist übel, und sie hat Kopfschmerzen. Ich kann Ian nicht erreichen, obwohl ihr das nichts auszumachen scheint."

Kane runzelte die Stirn. Er war nie ein Fan von Ian gewesen, besonders, seit ich einmal mit ihm ausgegangen war, bevor Kane und ich zusammengekommen sind. Aber er hatte sich bemüht, da Pyper mit ihm zusammen war. „Wo ist er?

Wieder Geister jagen? Während sein Mädchen gegen narzisstische Göttinnen und Dämonen kämpft?"

„Er wurde eingeladen, in dieser Geister-Reality-Show zu arbeiten. Er ist seit einer Woche weg."

„Er sollte hier sein."

„Wieso? Damit er seine Ausrüstung aufbauen und das Übernatürliche studieren kann?" Ich lehnte mich in meinem Stuhl zurück. „Das ist nicht das, was sie gerade braucht."

Alle Überzeugung verschwand aus Kanes Gesicht, als er die Augen schloss. „Nein. Das ist es nicht."

Bea beendete ihre Behandlung und bedeutete mir, mit ihr in den anderen Raum zu kommen.

„Bin gleich wieder da", sagte ich zu Kane. „Ich muss mit Bea reden, und dann schaue ich nach Pyper."

„Worüber?" Er rollte sich auf die Seite und warf Bea einen Blick zu.

Sie blickte nicht auf, als sie ihre Kräuterheilmittel sammelte.

„Hexenkram, da bin ich mir sicher." Ich lächelte ihn an. „Ich werde danach nach Pyper sehen."

Er sah nicht begeistert aus, dass wir uns in einem anderen Raum unterhalten würden, doch er nickte trotzdem. Zweifellos konnte er einen Moment gebrauchen, um sich zu sammeln.

Ich drückte seine Hand, bevor ich sie losließ, und folgte Bea dann aus dem Zimmer.

Lailah saß am Küchentisch, beide Hände um eine Tasse Tee geschlungen. Bea setzte sich neben sie, während ich in den Schränken herumwühlte, bis ich eine Packung Zuckerkekse fand. Ich riss die Packung auf, setzte mich zu ihnen an den Tisch und verschlang dann zwei Kekse, bevor ich sie herumreichte.

Bea schüttelte den Kopf, doch Lailah machte sich wie ich über die Kekse her.

„Wir haben eine Situation", sagte Bea.

„Geht es dabei um die Tatsache, dass wir einen Dämon in den Schatten zurückgelassen haben und dass eine niedere Göttin versucht, die Geister von Menschen zu fressen?" Ich biss in einen weiteren Keks.

„Ja und nein." Bea goss sich eine Tasse Tee ein, machte aber keine Anstalten, sie zu trinken.

Ich warf Lailah einen Blick zu. Sie betrachtete ihren Keks, als wäre es das letzte Essen auf dem Planeten. „Was ist los?"

„Es ist Pyper", sagte Lailah leise.

„Was ist mit ihr?" Ich stellte meine Tasse ab und schluckte schwer. „Ist sie verletzt?"

Lailah schüttelte den Kopf. „Nein. Nicht körperlich. Zumindest noch nicht." Sie runzelte die Stirn. „Lucien hat uns über die Göttin aufgeklärt und darüber, was sie hier tut."

„Okay." Mir stieg das Blut in den Kopf, als meine Geduld zu schwinden begann. „Sag mir einfach, was los ist."

Lailah stieß sich vom Tisch ab und atmete tief durch. „Charlie und Kat sind ohne Einfluss von Genesis zu uns zurückgekommen. Pyper nicht."

Mein Magen verkrampfte sich, als mir klar wurde, was sie mir sagen wollten. „Pyper ist immer noch mit der zusätzlichen Seele kompromittiert, nicht wahr?" Ich hatte die Seele nicht gehen sehen. Ich hatte den Halt, den Genesis um sie hatte, nicht gebrochen. Ich hatte der Göttin nur in den Hintern getreten und Pyper und Kane nach Hause gebracht.

Lailah nickte. „Und das bedeutet, dass Genesis Pyper kontrollieren kann, egal wo sie ist. Wir können sie nicht beschützen."

Ein Schauer kroch über meinen Körper. „Überhaupt nicht?"

Der Engel schüttelte langsam den Kopf. „Wir können es versuchen, aber Genesis muss nur die Seele zu ihr zurückrufen. Und wenn das passiert, könnte Pyper direkt vor unseren Augen verschwinden."

KAPITEL ACHTZEHN

*I*ch sprang von meinem Stuhl auf. „Dann vertreibe ich einfach die zusätzliche Seele. Ich habe es mit Kat gemacht. Ich kann das auch mit Pyper."

Lailah schüttelte traurig den Kopf. „Ich wünschte, es wäre so einfach. Die Seele, die Pyper besetzt, ist magisch. Wem auch immer sie vorher gehört hat, war wahrscheinlich eine Hexe. Sie hat angefangen, mit ihrer zu verschmelzen."

Ich sank zurück auf den Stuhl und fühlte mich, als hätte sie mir gerade in die Magengrube getreten. „Verdammt! Wir brauchen Schutzzauber oder sowas. Irgendwas, bis wir die Göttin besiegen können."

„Das werden wir tun", sagte Bea sanft. „Aber das dauert alles zu lange. Komplexe Schutzzauber brauchen Zeit, um ihre Wirkung zu entfalten. Es wird einige Zeit in Anspruch nehmen."

„Und wenn schon! Sollen wir einfach hier rumsitzen und darauf warten, dass Genesis sie mitnimmt?" Ich konnte nicht glauben, wie ruhig sie mit der Situation umgingen. Wenn das eine der Zirkelhexen gewesen wäre, war ich mir sicher, dass sie sofort etwas tun würden. „Ich kann nicht –"

„Jade." Bea hob ihre Hand, um meine Tirade im Keim zu ersticken. „Lailah hat einen Plan. Wir müssen ihn nur zuerst genehmigen lassen."

Ich holte tief Luft und versuchte, mich zu beruhigen. „Von wem?"

„Vom Hohen Engel."

„Chessandra?", fragte ich ungläubig. „Sie interessiert sich nicht für normale Menschen. Sie interessiert sich nur für Seelen."

„Genau", sagte Lailah. „Wenn diese fremde Seele in Pyper bleibt, werden sie entweder ganz verschmelzen, oder eine von ihnen übernimmt. Da die fremde Seele mit Energie aus der Hölle verdorben ist, ist es wahrscheinlich, dass sie Pypers reiner Seele Schaden zufügt. Das Einzige, was wir zu diesem Zeitpunkt tun können, ist, Chessandra zu bitten, sie in das Reich der Engel zu bringen, wo sie sie im Auge behalten können, um sicherzustellen, dass sie in keiner Weise verletzt wird."

„Ist das wirklich die einzige Möglichkeit?", fragte Kane hinter mir.

Ich erschrak und drehte mich um, um zu ihm aufzublicken. „Verdammt. Ich hatte keine Ahnung, dass du da bist."

Er legte seine Hand auf meine Schulter. „Werden sie sich um sie kümmern?" Offensichtlich hatte er den größten Teil des Gesprächs mitgehört.

„Ich denke schon." Lailah spielte mit einem weiteren Keks, aß ihn aber nicht. „Zumindest bis wir es mit der geringeren Göttin aufnehmen können."

„Dann bitten wir um ein Treffen mit Chessandra." Kane blickte auf mich herab. „Bist du damit einverstanden?"

„Ich –" Ich schloss die Augen und schüttelte leicht den Kopf. „Ich weiß nicht. Wir müssen Pyper fragen."

„Ich glaube wirklich nicht, dass sie eine Wahl hat", sagte Lailah, all ihre mitfühlende Nervosität war verschwunden. Jetzt, da Kane an Bord war, schien sie zuversichtlich zu sein, dass ihr Plan der richtige Weg war.

„Lass uns zuerst mit ihr reden." Ich stand auf und funkelte alle an. Ich wusste, dass ihnen Pypers bestes Interesse am Herzen lag, doch ich konnte sie nicht einfach zu den Engeln schicken, ohne es vorher mit ihr zu klären. Obwohl sie nicht böse waren, scherten sie sich auch nicht wirklich um einen einzelnen Menschen. Und wenn etwas mit Pypers Seele passierte, war nicht abzusehen, was sie tun würden.

„Natürlich sprechen wir zuerst mit ihr", sagte Kane und legte seine Hand auf meinen unteren Rücken. „Wir werden gleich nach ihr sehen."

Lailah lächelte ihn erleichtert an, als wir den Raum verließen.

„Das gefällt mir nicht", sagte ich und blieb vor der Tür des Gästezimmers stehen.

„Mir auch nicht, aber ich kann nicht zulassen, dass dieses böse Ding Pyper nochmal in die Hände bekommt. Sie kann sich nicht dagegen verteidigen. Solange sie im Reich der Engel ist, kann die Göttin sie nicht erreichen."

Er hatte recht. Niemand konnte die Grenzen des Engelreichs überschreiten, außer Engeln und denjenigen, die sie einluden. Ihre Magie konnte es auch nicht. Körperlich wäre Pyper in Sicherheit … solange wir Chessandra zwingen konnten, uns ihr Wort zu geben, würden sie Pyper und ihre Seele beschützen.

„Bereit?", fragte Kane und deutete auf die Tür.

„Bereit."

Er klopfte an.

Ein leises „Herein" kam aus dem Gästezimmer.

Wir fanden Kat und Charlie drinnen mit Pyper. Die drei saßen im Schneidersitz auf dem Bett, in der Mitte eine Tüte mit roter Lakritze.

„Hey", sagte ich leise.

Alle winkten und schenkten uns ein müdes Lächeln.

„Habt ihr eine Party ohne uns?", neckte Kane.

„Ja, eine mit roter Lakritze und Wein." Kat hielt ihr Glas Cabernet hoch.

Ich lachte. „Klingt nach der besten Art von Party."

Charlie stand auf. „Hier, setzt euch. Ich suche nach was mit ein bisschen mehr Substanz." Sie zwinkerte mir zu, als sie an uns vorbeiging.

„Ich auch", sagte Kat, als sie aufstand und ein bisschen schwankte. Sie kicherte. „Huch! Schätze, der Wein ist mir zu Kopf gestiegen."

„Ich bin mir ziemlich sicher, dass ich ein Nudelgericht im Kühlschrank gesehen habe", sagte ich und beobachtete, wie sie hinter Charlie her stolperte.

„Milchtrinker!", rief Pyper ihr nach.

Kat zeigte ihr, ohne sich umzusehen, den Mittelfinger und ging.

Pyper lachte nur, ihr Gesicht hellte sich auf.

Es trieb mir Tränen in die Augen. Ich wollte sie nicht ins Engelreich verfrachten.

„Also jetzt setzt euch schon und sagt mir, was immer ihr zu sagen habt!", befahl sie und klopfte auf das Bett.

Kane lachte und setzte sich ans Ende des Bettes, während ich mir ein Lakritz nahm und mich gegen das Kopfteil lehnte.

„Hat dir jemand erzählt, was passiert ist?", fragte Kane.

Pyper nickte. „Lailah und Kat, ja."

„Hast du immer noch den seltsamen Wunsch, in einem Unternehmen zu arbeiten?", fragte ich und verzog das Gesicht.

Pyper stieß einen langen Seufzer aus und nickte. „Es ist wirklich seltsam."

„Dafür gibt es einen Grund." Ich begegnete Kanes Blick und bedeutete ihm fortzufahren.

Doch bevor er etwas sagen konnte, sagte Pyper: „Ich habe immer noch diese zusätzliche Seele in mir, nicht wahr?"

Kane nickte. „Ja. Und Lailah sagt, du bist in Gefahr, wenn du hierbleibst. Die niedere Göttin hat die Kontrolle über diese Seele. Sie denkt, du solltest ins Reich der Engel gehen, bis wir uns um die Göttin kümmern können."

Pyper atmete scharf ein.

„Lailah sagt, das ist der einzige Ort, an dem du sicher bist", fügte ich hinzu und versuchte, meinen Ton neutral zu halten. Ich wollte nicht, dass sie ging. Die bloße Vorstellung war mir unangenehm. Doch ich hatte keinen besseren Plan.

Sie zog ihr Haar aus dem lose gebundenen Pferdeschwanz und machte sich an die Arbeit, einen Zopf zu flechten. Ein sicheres Zeichen dafür, dass sie nervös war. Ich konnte es ihr nicht verdenken. Dann blitzten ihre blauen Augen auf, als sie Kanes Blick begegnete. „Ich werde es tun, aber ihr müsst versprechen, diese Schlampe zu erledigen."

Er stand auf und setzte sich neben sie, zog sie an sich. „Darauf kannst du dich verlassen."

Ich rutschte vom Bett und wollte ihnen ein paar Minuten allein geben, doch Pyper streckte die Hand aus und hielt mich am Handgelenk fest. „Warte."

„Was ist?", fragte ich.

„Ich wollte nur –" Ihre Augen weiteten sich, und ihr Gesicht wurde blass, als sie an mir vorbei in die Nähe der Tür starrte.

„Pyper?", fragte Kane, seine Stimme eine Mischung aus Panik und Sorge.

Ich blickte von ihr zu der Stelle neben der Tür. Da war nichts. Jedenfalls konnte ich nichts sehen. Doch Ehrfurcht und Staunen, gemischt mit Schock, gingen von Pyper aus. Ihre Energie strahlte eine Leichtigkeit aus, die ich normalerweise mit Freude assoziierte.

„Pyper?" Kane stieß sie sanft an, um ihre Aufmerksamkeit zu erregen.

„Was siehst du?", fragte ich sie leise.

„Nicht was. Wen." Sie drehte sich zu mir um, Tränen standen in ihren leuchtenden Augen. Dann legte sich ihre andere Hand um Kanes, als sie anfing zu zittern.

„Wer ist da, Pyps?", flüsterte Kane.

„Es ist Mom." Sie ließ uns beide los und kletterte mit ausgestreckter Hand vom Bett.

Kane warf mir einen besorgten Blick zu. „Spürst du irgendwas Außergewöhnliches? Irgendeine böse oder dunkle Magie oder sowas?"

Ich schüttelte den Kopf, gebannt von der Freude auf Pypers Gesicht. „Nein. Gar nichts. Ist ihre Mutter tot?", fragte ich in gedämpftem Ton.

Er nickte. „Ja."

„Ich glaube, sie ist hier."

Wir sahen Tränen über Pypers Gesicht strömen, als sie herauspresste: „Wo bist du die ganze Zeit gewesen? Wie kommt es, dass ich dich noch nie gesehen habe?" Ihre Hand bewegte sich, als würde sie jemandes Hand ergreifen. Rohe Emotionen leuchteten in ihren feuchten Augen, und dann verzogen sich ihre Lippen zu einem kleinen Lächeln. Sie begegnete Kanes Blick. „Mom sagt, sie war die ganze Zeit hier, aber ich konnte sie nicht sehen. Es scheint, dass dic Zeit, die ich meinen Körper mit einem Geist teilen musste, meine Sehersinne geweckt hat."

„Das ist wunderbar", sagte Kane, und Freude für sie strahlte von ihm aus.

„Ja." Pyper nickte, und dann lachte sie. „Mom sagt auch, sie hat dich beobachtet, Kane."

Kane stieß ein erschrockenes Stöhnen aus. „Ernsthaft? Sag ihr, dass mir alles, was sie gesehen hat, zutiefst leidtut."

Pyper lachte und schüttelte den Kopf, schien immer noch ihrer Mutter zuzuhören. „Sie kann dich gut hören und sagt, dass sie stolz auf dich ist, und dass sie dankbar ist, dass du –" sie unterdrückte ein leises Schluchzen, „– all die Jahre auf mich aufgepasst hast." Sie schniefte und nickte.

„Das ist das Mindeste, was ich tun kann, nachdem sie dich zu einer so großzügigen und unterstützenden Tochter gemacht hat", sagte Kane, als er sich vom Bett erhob und sich neben Pyper stellte.

Mein Herz sang vor Freude, dass Pyper einen Moment mit ihrer Mutter hatte, doch ich fühlte mich wie ein Eindringling. Pyper liebte mich, und ich liebte sie, doch Kane war ihre Familie. Ihr bester Freund. Und das war keine Beziehung, in die ich mich einmischen wollte. Ich drückte mich gegen das Kopfteil und verschränkte meine Hände in dem Versuch, in den Hintergrund zu treten.

„Mom lacht dich aus", sagte Pyper und fuhr sich mit der Hand über die Wange. Dann wurde sie ernst und richtete sich auf, als schien sie zu lauschen. Nach ein paar Augenblicken nickte sie, umklammerte Kanes Arm und lehnte sich an ihn. „Oh mein Gott."

„Ist sie weg?", vermutete Kane.

„Ja ... sie hat mir gesagt, ich soll mit den Engeln gehen. Dass sie sich um mich kümmern würden, egal was passiert."

Sie sah mich an. „Und dass meine Seele wichtig ist. Sie werden damit keine Spielchen spielen wollen."

Ich hob neugierig eine Augenbraue. „Wow. Ich frage mich, was das bedeutet."

Pyper schüttelte den Kopf. „Keine Ahnung. Aber sie schien ziemlich sicher zu sein."

„Nun, alle Seelen sind den Engeln wichtig. Das wissen wir schon. Wir müssen nur dafür sorgen, dass sie nicht versuchen, sie dir wegzunehmen." Die körperliche Erinnerung daran, dass mir meine Seele entrissen worden war, reichte immer noch aus, um mich auf die Knie zu zwingen, wenn ich es zuließ.

Angst breitete sich in Pyper aus, und ich hätte mir am liebsten selbst in den Hintern getreten, weil ich sie erschreckt hatte.

„Tut mir leid", sagte ich. „Mir wurde gesagt, dass das, was mir passiert ist, höchst ungewöhnlich war. Ich bin sicher, es ist nichts, worüber du dir Sorgen machen müsstest."

„Nein. Es muss dir nicht leidtun. Es ist wichtig, sich daran zu erinnern, dass sie nicht rundum vertrauenswürdig sind." Sie schlang ihre Arme um sich und schauderte. „Ich fühle mich seltsam."

Kane schmunzelte und zog sie dann in eine mitfühlende Umarmung. „Tun wir das nicht alle?"

Sie schluchzte leise, während sie ihr Gesicht an seiner Brust vergrub. „Hör auf zu versuchen, mich zum Lachen zu bringen."

„Das habe ich nicht. Nicht wirklich." Er küsste sie auf den Kopf und begegnete meinem Blick.

Es war an der Zeit.

KAPITEL NEUNZEHN

*K*ane, Pyper und ich standen zusammen im Wohnzimmer, als Lailah ihre Arme hob und das Licht rief.

Eine Sekunde später erschienen Chessandra und mein Vater Drake.

„Jade", sagte mein Vater. „Es ist schön zu sehen, dass es dir gut geht."

„Gut" war relativ. Und ich hatte nicht unbedingt ihn sehen wollen. Ich hatte erst kürzlich herausgefunden, dass er mein Vater war, und ich kannte ihn kaum. Er hatte meine Mutter wegen seiner Gefährtin Chessandra verlassen, bevor ich zur Welt gekommen war. Jeder Engel hatte eine – Gefährten, meine ich. Es war nur eine Frage der Zeit, bis sie einander fanden. Es war eine Verbindung, die Menschen nicht kannten. Ich zwang mich zu einem angespannten Lächeln. „Hallo."

„Welche Informationen habt ihr?", fragte Chessandra. Sie machte sich nichts aus Höflichkeitsfloskeln.

„Wir haben deinen vermissten Engel nicht gesehen. Aber

wir glauben, dass wir dem, was in den Schatten vor sich geht, näherkommen."

„Und?"

„Noch nichts Endgültiges", wehrte ich ab. Ich hatte niemandem erzählt, was ich gespürt hatte, als der Dämon versucht hatte, durch den Schleier der Schatten zu reißen. Ich musste zuerst mit Kane darüber sprechen. Und möglicherweise Maximus, obwohl wieder zur Bruderschaft zu gehen so ziemlich das letzte war, was ich tun wollte.

Chessandra kniff die Augen zusammen, Misstrauen starrte mich an.

Ich unterdrückte einen Seufzer und wandte mich dem zu, was wir wussten. Ich erzählte ihr alles, was wir über Genesis erfahren hatten. „Sie frisst Geister, um ihre Jugend zu erhalten. Es ist also möglich, dass sie diejenige ist, die die Engel ausgelaugt hat. Laut Luciens Recherchen muss sie auch einen Engel zu dem Dämon bringen, mit dem sie diese Vereinbarung getroffen hat … und auch wenn ich nicht einmal darüber nachdenken will, es ist wahrscheinlich, dass sie deinen vermissten Engel hat."

Chessandras ballte ihre Fäuste. „Wir müssen wissen, was in den Schatten los ist."

„Du wirst es erfahren, sobald wir es wissen", sagte ich ruhig.

„Wir haben einen Engel verloren." Ihr Ton war kalt und verurteilend.

Die Realität dessen, was sie gesagt hatte, traf mich hart. Keiner von uns war so egoistisch, dass wir einfach eine Unschuldige bei der Göttin zurücklassen würden. Oh, heilige Scheiße. Das hatten wir. Zoë. Ich hatte keine Ahnung, wer sie wirklich war oder wo sie sein könnte. Doch ich hatte Pyper und Kane aus den Schatten nach Hause geholt, ohne auch nur einen Gedanken an sie zu verschwenden.

„Wir werden sie finden", versprach ich. Kane bewegte sich neben mir, doch ich wagte es nicht, ihn anzusehen. Ich wollte nicht wissen, ob es ihm gefiel oder nicht.

Die Wut verschwand aus Chessandras Miene, und sie schien sich an Drake zu lehnen. Er legte unterstützend einen Arm um sie. Ich konnte nicht anders, als sie anzustarren. Ich hatte Chessandra noch nie zuvor Schwäche zeigen sehen. Nicht einmal, als ihre Schwester Mati vor nicht allzu langer Zeit im Nichts gefangen gewesen war. Der Stress, nicht zu wissen, wie sie ihre Leute beschützen konnte, musste sie ziemlich mitgenommen haben.

„Wir haben eine Bitte", sagte ich.

Chessandra sah von mir zu Kane und wieder zurück. „Ja?"

Ich legte meine Hände auf Pypers Schultern und sah Lailah an. Sie nickte ermutigend, und ich zwang die Worte heraus. „Die Göttin hat Pyper mit einer zweiten Seele infiziert. Einer Seele, die sie kontrolliert. Wir glauben, dass Pyper ihr ausgeliefert sein wird, sollte die Göttin diese andere Seele zu sich rufen. Wir bitten respektvoll darum, dass Pyper Schutz im Reich der Engel gewährt wird, bis wir in der Lage sind, die Situation mit der niederen Göttin zu lösen."

Chessandra starrte mich mit ausdruckslosem Gesicht an. Drake musterte Pyper, seine grünen Augen schienen sie zu durchbohren.

„Ist das wahr?", fragte Chessandra Drake.

Er nickte. „Ja, sie ist ein Gefäß für zwei Seelen."

Ich fragte mich vage, warum Chessandra nicht in der Lage gewesen war, die Seelen selbst zu spüren, doch ich bekam keine Gelegenheit zu fragen.

„Wir werden eurer Bitte nachkommen." Chessandra hob

ihre Hand, und das helle weiße Licht schien wieder in unser Wohnzimmer.

Drake streckte Pyper die Hand entgegen.

Sie blickte zu uns zurück, und ich spürte die Angst, die über sie kroch.

„Alles wird gut", beruhigte Kane sie. „Da bist du in Sicherheit. Und ehe du dich versiehst, holen wir dich wieder ab." Er trat auf sie zu und küsste sie auf den Kopf. „Bis bald."

Pyper starrte ihn an, und dann verschwand das Licht und nahm sie, Drake und Chessandra mit sich.

Der Schmerz des Verlustes traf mich hart. Ich hasste es, sie gehen zu sehen. Gleichzeitig nahm es eine Last von meinem verletzten Herzen. Sie war jetzt in Sicherheit.

„Jade." Kane ließ seine Hand über meinen Nacken gleiten.

„Ja?" Ich blickte auf und sah seine Augen, die genauso müde waren, wie meine sich anfühlten.

„Vielleicht sollten wir uns ein bisschen ausruhen."

Ich nickte. „Das hört sich gut an."

Wir fanden Lailah und Bea mit Kat und Lucien in der Küche. „Wo ist Charlie?", fragte ich.

„Im Gästezimmer. Sie versucht zu schlafen", sagte Kat.

Ich gähnte, und meine Augen tränten.

Bea stand abrupt auf. „Wir sollten gehen."

„Das müsst ihr nicht", sagte Kane. „Wir werden nur versuchen, ein bisschen zu schlafen, aber wenn ihr vier ein Brainstorming machen wollt braucht ihr nicht zu gehen."

„Nein. Es ist mitten in der Nacht. Es ist Zeit."

Ich warf einen Blick auf die Uhr und bemerkte, dass die Sonne in etwa zwei Stunden aufgehen würde. „Genau genommen ist es Morgen."

„Umso mehr Grund." Bea fing Lailahs Blick auf. „Ich nehme dich mit."

Der Engel erhob sich, ihre Wimperntusche war unter ihren Augen verschmiert. „Danke."

Die beiden gingen und nahmen uns das Versprechen ab, sie anzurufen, falls es neue Entwicklungen gab. Kat und Lucien folgten ihnen.

„Pass auf sie auf", sagte ich und umarmte Lucien.

„Darauf kannst du dich verlassen." Er schüttelte Kane die Hand, und einen Moment später waren Kane und ich endlich allein.

Er sagte nichts, als er meine Hand nahm und mich zurück in unser Schlafzimmer führte. Doch anstatt am Bett anzuhalten, führte er mich ins Bad und drehte die Dusche auf. Ich war viel zu erschöpft, um etwas anderes zu tun, als mich von ihm ausziehen und unter den warmen Wasserstrahl schieben zu lassen.

Die Duschtür schloss sich mit einem Klicken, und dann trat Kane hinter mich, legte seine Hände um meine Taille, während wir dort standen, und ließ das Wasser den Schrecken der letzten vierundzwanzig Stunden wegspülen.

„Lass uns das nicht noch einmal tun, okay?", sagte ich.

„Welchen Teil? Das Traumwandeln? Den Kampf gegen eine böse Göttin? Oder –"

„Den Teil, wo wir geträumt haben und dann nicht mehr. Das ist nicht richtig."

Er lachte und schnupperte an meinem Hals. „Ganz meine Meinung."

Kane nahm sich Zeit, mich langsam zu waschen. Ich genoss seine zärtlichen Berührungen und blendete alle Ereignisse der letzten Tage aus. Als er fertig war, trocknete er mich ab und trug mich zurück ins Bett. Und diesmal, als wir in den Armen des anderen einschliefen, gab es nur süßes Vergessen.

～

WIR SCHLIEFEN FAST den ganzen Tag und wachten erst am frühen Nachmittag auf. Charlie war schon im Wohnzimmer und sah sich Wiederholungen von *The Walking Dead* an.

„Ernsthaft?" Ich warf ihr eine Grimasse zu. „Zombies? Nach allem, was passiert ist?"

Sie trank einen Schluck Kaffee aus einem überdimensionierten Humpen. „Kein Urteil bitte. Es hilft mir, mich abzulenken."

„Wenn du meinst." Ich ging in die Küche und machte mich daran, eine Ladung Schokoladen-Frischkäse-Cupcakes zu backen. Die Köstlichkeiten waren mein Lieblingsessen Numero Uno. Es sei denn, es gab Käsekuchen, aber Cupcakes waren leichter zuzubereiten.

Kane kam frisch aus der Dusche. Sein Haar war feucht, und er roch wie frischer Regen. „Cupcakes?"

Ich lächelte, als ich seinen amüsierten Blick sah. „Ja. Ich weiß, ich sollte recherchieren oder ein Brainstorming oder sowas machen, aber nichts davon wird passieren, bis ich was habe, das mich glücklich macht. Und diese Cupcakes sind das einzige, das das tut."

Eine seiner dunklen Brauen hob sich fragend. „Das einzige?" Die Hitze in seinen Augen hätte mich fast dazu gebracht, den reichhaltigen Schokoladenteig aufzugeben.

„Vielleicht nicht das einzige." Ich packte die Vorderseite seines weißen Hemds und zog ihn an mich heran. Ich lächelte ihn an, senkte meine Wimpern und sagte: „Zeig mir, was du draufhast."

Er neigte seinen Kopf und strich mit seinen Lippen über meine, dann streichelte seine Zunge meine, während er ein zufriedenes Stöhnen ausstieß. Als er sich zurückzog, starrte er hungrig auf meinen Mund. „Du schmeckst wirklich, wirklich gut. Ich denke, angesichts meiner Verkostung solltest du die Cupcakes weiter backen."

„Was?", fragte ich atemlos, denn mir war das Backen zwischenzeitlich völlig egal.

Er lachte und berührte mit einem Finger meinen Mundwinkel, dann schob er ihn in meinen Mund.

Reichhaltige, süße Schokolade schmolz auf meiner Zunge.

„Du hast währenddessen probiert, und verdammt, wenn mir nicht das Wasser im Mund zusammenläuft, jetzt, wo ich dich gekostet habe."

„Oooh." Hitze stieg in meine Wangen, als ich an all die alternativen Möglichkeiten dachte, wie wir den Cupcake-Teig verwenden könnten. Schmatzend ließ ich meinen Blick über seinen Körper wandern.

Kane tauchte seinen Finger in den Teig und hob dann seine Hand an meinen Hals. Er strich seine Fingerspitze über meinen Puls und verschmierte die Schokolade auf meiner Haut.

Mit glühenden Augen beugte er seinen Kopf, und seine Lippen schlossen sich über dem Bereich, sanft saugend.

Ich stieß ein leises Keuchen aus und schmolz an ihn.

„Oh Gott", sagte Charlie und räusperte sich dann.

Ich sprang zurück, doch Kane richtete sich nur auf und lächelte auf mich herab.

„Sorry", sagte sie und ging an uns vorbei zum Kühlschrank. „Sieht so aus, als hättet ihr heute noch nicht genug Zeit im Bett verbracht." Sie grinste und nahm sich ein Glas für ihre Limonade.

„Äh –"

„Jade hat gesagt, sie braucht Cupcakes", sagte Kane lachend.

Charlies Lippen zuckten. „Das sehe ich."

„Um Himmels willen." Ich schlug Kane auf die Schulter. „Lasst mich alle in Ruhe, oder ich teile nicht mit euch, wenn sie fertig sind."

„Wenn das so ist –" Charlie goss schnell ihr Getränk ein und eilte dann ins Esszimmer. „Das können wir nicht riskieren." Mit einem Augenzwinkern verschwand sie.

Kane starrte mich nur an, seine Augen tanzten.

„Was denkst du gerade?"

Er strich mir eine Haarsträhne hinters Ohr und warf mir einen zärtlichen Blick zu. In diesem Moment hätte ich weinen können.

„Was?", fragte ich leise.

„Ich habe gerade darüber nachgedacht, wie erfüllt mein Leben ist, seit du da bist."

Ich runzelte die Stirn. „Aber wir kämpfen immer gegen Dämonen oder Geister oder schwarze Magie. Du kannst mir nicht sagen, dass du dich nicht nach ein bisschen Frieden sehnst."

Er lachte, schüttelte dann aber den Kopf. „Frieden war nicht Teil der Abmachung, und das wusste ich, als ich mich auf dich eingelassen habe." Er strich mit seinen Fingern zärtlich über mein Gesicht und fügte hinzu: „Ich denke, du weißt, wonach ich mich sehne."

Ich starrte auf seine Lippen, mein Mund suchte plötzlich verzweifelt nach seinem. „Schokolade?"

„Ja, Schokolade. Die geschmolzene Art. Überall auf deinem nackten –"

Der Timer am Herd summte und unterbrach ihn.

„Oops!" Ich schob ihn zurück und grinste. „Die Cupcakes rufen."

„Verdammt." Kane warf mir einen gespielt-betretenen Blick

zu, holte sich noch eine Tasse Kaffee und verschwand, um mit Charlie zu reden.

Ich ersetzte das Blech im Ofen durch ein frisches und dann, zu ungeduldig, um zu warten, nahm ich einen der Cupcakes aus der Form und schnitt ihn auf. Heißer Frischkäse und geschmolzene Schokoladenstückchen sickerten aus der Mitte des kleinen Kuchens.

Perfektion.

Ich schloss meine Augen, biss in den Cupcake und tat einen Moment lang so, als würde der dekadente kleine Kuchen ausreichen, um alles besser zu machen.

KAPITEL ZWANZIG

Zwei Stunden später, als Kane Maximus ein Update gegeben hatte, stand ich auf zehn Zentimeter hohen silbernen Absätzen vor Matis Haus. Sie waren höher als das, was ich normalerweise trug. Viel höher, aber sie hatte gesagt, lässig-elegant für den Mädelsabend, und die Schuhe machten den Großteil der Arbeit. Ich strich meine schwarze hauchdünne Bluse glatt, trotzte dem unebenen Pfad und stieg dann die Treppe hinauf. Als ich oben ankam, schrie meine kleine Zehe an meinem rechten Fuß vor Protest.

„Mist", murmelte ich und zog meinen Fuß aus den Mörderschuhen. Ich würde die nächsten paar Stunden nicht überleben, wenn das so weiterging.

„Warum betäubst du ihn nicht einfach?", fragte Mati von ihrer Tür aus. Ihr glattes, dunkles Haar war scheinbar mühelos auf ihrem Kopf aufgetürmt, und sie trug ein schlichtes, kurzes Etuikleid, das viel Bein zeigte. Eine lange silberne Halskette, die mit einem Lebensbaumanhänger geschmückt war, vervollständigte ihr Outfit.

„Womit?", fragte ich und wackelte mit den Zehen.

„Äh, Magie?" Sie trat in ihr Haus zurück und hielt die Tür auf. „Komm kurz rein, bevor wir gehen."

Ich humpelte hinein und sagte: „Ich bin keine Heilerin. Ich bin besser darin, jemandem einen Energieschub zu geben. Weißt du, was, um jemanden aufzuwecken oder Kraft zu geben. Nichts betäuben."

„Ich verstehe." Sie schürzte die Lippen. „Ich bin auch keine Heilerin, aber ich kann Körperteile manipulieren." Ihre Lippen verzogen sich zu einem verführerischen Lächeln.

Natürlich konnte sie das. Sie war eine Sexhexe.

„Nimm Platz. Lass mich sehen, was ich machen kann." Mati deutete auf ihr makellos weißes Sofa.

Ich gehorchte und stützte meinen Fuß auf ihren Sofatisch.

Sie ging in die Hocke und strich mit ihren Fingern über die Seite meines Fußes und meinen kleinen Zeh. Magie prickelte auf meiner Haut, wurde warm und dann kühl, bis ich meinen halben Fuß nicht mehr spüren konnte.

„Hey." Ich grinste. „Es funktioniert."

„Gut. Ich bin gleich wieder da." Sie verschwand in ihrem Schlafzimmer und tauchte nach ein paar Minuten wieder auf, trug High Heels mit einer Schnürung, die sich auf halber Höhe ihrer Waden kreuzte. Sie war geradezu unverschämt sexy. Selbst wenn sie keine Sexhexe gewesen wäre, hätte sie kein Problem damit, Verehrer zu finden. „Bereit?"

„Klar." Ich schob meinen Fuß wieder in meinen silbernen Schuh und stand unsicher auf, während ich versuchte, meine Balance auf meinem taub gewordenen Fuß zu finden. Ich packte die Lehne ihrer Couch, bevor ich umkippte. „Huch."

„Was ist? Ist der Zauber schiefgegangen oder so?"

Ich schüttelte den Kopf. „Nein. Ich bin nur unkoordiniert. Geht gleich wieder."

„Wenn du das sagst." Sie warf mir einen zweifelnden Blick zu, als sie nach ihrer kleinen Handtasche griff.

„Ganz ehrlich. Alles ist gut." Ich folgte ihr nach draußen, und als ich die Treppe hinunter stolperte, klammerte ich mich gerade noch rechtzeitig am Geländer fest. *Heilige Kuhglocken.* Wann war ich denn so vollkommen lächerlich geworden?

Mati lachte. „So überlebst du den Abend nicht."

„Natürlich. Das Auto ist gleich da." Ich zeigte auf Kanes Lexus, den ich vor ihrem Haus geparkt hatte.

„Wir wollten zu Fuß gehen."

Ich stöhnte. Ich war an guten Tagen nicht die koordinierteste Frau auf dem Planeten, doch mit meinem halb tauben Fuß und Bürgersteigen, die genauso uneben wie die Straßen waren, würde ich mich wahrscheinlich umbringen. „Gibt es in der Nähe der Bar keine Parkplätze?"

„Das schon. Aber denkst du, das Fahren wird dadurch besser?" Sie warf einen Blick auf meinen Fuß. Meinen rechten Fuß.

Ich stieß einen langen Seufzer aus. „Nein. Lass uns gehen. Ich werde einfach hinken."

Sie rümpfte mitfühlend die Nase. „Tut mir leid. Ich habe nur versucht zu helfen."

„Keine Sorge. Geh einfach vor. Ich freu mich auf einen Mädelsabend."

Mati führte mich die sechs Blocks die Straße runter und zwei rüber, und als sie stehen blieb, deutete sie auf den Eingang. „Siehst du, du hast es geschafft."

Ich blickte auf und bemerkte die rustikale Open-Air-Bar mit einer Musikterrasse. „Sieht cool aus."

„Warte nur."

„Hm?" Ich machte einen weiteren Schritt und stolperte

prompt, fiel nach vorne in einen Blumenkübel, der teilweise den Bürgersteig blockierte.

„Heilige Scheiße, Jade. Bist du in Ordnung?" Mati nahm meine Hand und stützte mich, als ich mich wieder aufrappelte.

Ich warf einen Blick auf meine weiße Hose und verzog das Gesicht. „Mist!" Mein rechtes Hosenbein war voller Dreck. „Ganz toll."

„Ach Jade." Mati legte eine Hand auf ihren Mund, um nicht zu lachen. „Tut mir wirklich leid. Das ist scheiße."

Ich holte tief Luft. „So viel zum Thema lässig-elegant. Es ist sowieso nicht so, dass der Laden wirklich elegant ist." Es war nur eine Open-Air-Bar. Sobald ich saß, würde es niemand bemerken.

Sie verzog das Gesicht. „Von hier aus sieht es nicht nach viel aus, aber wenn wir reingehen ... nun, du wirst sehen."

Unglaublich frustriert und schmollend betrat ich hinter Mati die Coven Pointe Bar. Meine Augen weiteten sich, als wir den Laden betraten. Es war überhaupt keine Bar. Wir standen in einem privaten Eingang, der vom Rest des Hauses abgetrennt war. Die Wände waren mit hochwertiger Wicca-Kunst verziert, und an einem hohen Tisch wartete eine Platzanweiserin darauf, uns zu unserem Tisch zu führen.

Sie lächelte Mati an. „Hallo Matisse. Du siehst heute Abend besonders hübsch aus."

„Danke, Dara. Das ist meine Freundin Jade. Sie begleitet mich heute Abend."

Dara musterte mich, und ihr Lächeln verschwand, als sie mein zerzaustes Äußeres betrachtete. Hitze stieg mir in die Wangen, und meine Körpertemperatur schien um mindestens zehn Grad zu steigen. Ich knirschte mit den Zähnen und wandte meinen Blick ab.

„Kurz bevor wir reingekommen sind, hatten wir einen kleinen Unfall", sagte Mati und schob ihren Arm unter meinen.

„Ich verstehe. Nun ja." Dara klemmte sich ein paar Speisekarten unter den Arm und drehte sich um. „Folgt mir. Die anderen warten schon."

Sie führte uns durch zwei Räume, von denen jeder reich mit einem Hexenthema dekoriert war. Der eine war Zaubertränke, der andere astrologisch. Der dritte Raum war voller brennender Kerzen und einer Sammlung von handgefertigten Pentagrammen. In der Mitte stand ein großer runder Tisch, an dem Dayla, Fiona und zwei andere Frauen saßen und mich anstarrten.

Ich war dankbar für das sanfte Kerzenlicht, obwohl ich mir sicher war, dass man den Fleck auf meiner weißen Hose gut sehen konnte.

„Matisse", Dayla erhob sich und umarmte ihre Nichte. „Du siehst wie immer bezaubernd aus."

Mati lächelte. „Du auch, Tante."

Dayla trug eine hauchdünne weiße Bluse mit Cut-outs an den Schultern, um ihre durchtrainierten Arme zu zeigen, und eine elegante schwarze Hose. Ihr blondes Haar war zu einer komplizierten Frisur hochgesteckt, und an ihrem Choker war ein Pentagramm-Anhänger befestigt. Alles an ihr schrie Eleganz und Geld. Die anderen Frauen waren genauso schön zurechtgemacht, und ich wollte in die Schatten schlüpfen, nur um ihren wertenden Blicken zu entkommen.

Ich entschied mich dafür, so zu tun, als würde ich nicht wie die Betrunkene aussehen, die sich auf dem roten Teppich blamiert hatte, und streckte der Anführerin der Coven Pointe-Hexen meine Hand entgegen. „Schön, dich zu sehen, Dayla. Danke, dass ihr mich an einem so schönen Abend teilnehmen lasst."

„Jade Calhoun", sagte sie mit einem Hauch von Förmlichkeit, während sie meinen Körper der Länge nach musterte. „Es sieht so aus, als könntest du ein wenig Hilfe gebrauchen."

Ich schüttelte den Kopf. „Nein ich –"

Sie streckte die Hand aus und nahm meine Hand in ihre. Fremde Magie stach in meine Handfläche und tanzte dann über meine Haut, bis ich in rötlichem Licht glühte. Die Magie grub sich ein, kniff in meine Haut, und ich schrie auf und griff verspätet nach meiner eigenen Kraft. Doch bevor ich auch nur daran denken konnte, mich zu verteidigen, verließ Daylas Magie meinen Körper und konzentrierte sich auf den Stoff meiner Kleidung.

„Was ...?" Ich beobachtete, wie sich die Magie kräuselte und dann in ein kleines magisches Feuerwerk ausbrach.

„Na bitte. Viel besser." Dayla lächelte heiter und lehnte sich in ihrem Stuhl zurück.

Ich blickte an mir herab. Mein Mund blieb offenstehen, als mir klar wurde, dass sie die Farbe meiner Kleidung geändert und sie auf magische Weise gereinigt hatte. Meine schmutzige weiße Hose war jetzt schwarz und meine weiße Lieblingsbluse war jetzt sonnengelb. Ich hasste Gelb. Es ließ mein rotes Haar orange aussehen.

Dayla warf mir einen Blick zu und forderte mich heraus, etwas zu sagen. Ich hatte das Gefühl, dass sie sicherstellen wollte, dass ich wusste, wer hier die Macht hatte. Nachricht erhalten.

Ich tat mein Bestes, um sie nicht finster anzustarren, doch nur, weil ich Informationen von diesen Hexen wollte. Es galt als sehr schlechter Stil, ungefragt einen Zauber an jemandem zu wirken. Das letzte Mal, als Dayla so etwas getan hatte, hatte sie Kane in einen Incubus verwandelt. Meine Garderobe war im Vergleich dazu ein kleiner Verstoß, doch es ärgerte mich trotzdem.

„Setz dich, Jade", sagte Mati und musterte mich aufmerksam.

„Natürlich." Ich saß zwischen Mati und Fiona, Matis Cousine.

Dayla erhob sich wieder und sah mich an. „Jade, diese Damen sind alle Teil des Coven Pointe-Zirkels. Du kennst Fiona. Das zu meiner Rechten ist Maven. Sie ist die Mutter von Matisse."

Ich nickte der Hexe mit den freundlichen blauen Augen zu.

Sie lächelte mich an. „Schön, Sie endlich kennenzulernen, Miss Calhoun. Danke für Ihre Hilfe im letzten Frühjahr, als Mati in einer anderen Welt gefangen war."

„Sie müssen sich nicht bedanken. Ich bin nur froh, dass Mati sicher zu Hause ist."

„Und das ist Jocelyn." Dayla gestikulierte zu einer zierlichen Elfe von einer Hexe, die Ringe an jedem Finger hatte. Sie trug einen großen Smaragd an einer silbernen Kette, die ihn direkt unter ihre Brüste fallen ließ. Ihr rechtes Ohr zierten mehrere Ohrringe, und sie hatte kleine Piercings in ihren Wangen, genau dort, wo ihre Grübchen wären. Ich hatte den Eindruck, dass sie normalerweise eher Leggings und Kampfstiefel trug als das seidene Neckholder-Top-Kleid, das sie heute Abend angezogen hatte. Sie strich ihr langes, pechschwarzes Haar glatt und lächelte wissend. Sie wollte auch nicht wirklich hier sein, und das Wissen machte sie mir sofort sympathisch.

„Hallo Jocelyn."

„Jade." Sie nickte in meine Richtung.

Dayla setzte sich wieder und trank einen Schluck aus ihrem Martiniglas. „Warum kommen wir nicht einfach zur Sache, ja?"

Die anderen Hexen nickten und drehten wie aufs Stichwort alle ihre Köpfe in meine Richtung.

Meine Handflächen begannen zu schwitzen. Alles, was ich tun wollte, war Dayla nach den Schatten zu fragen und was sie darüber wissen könnten, dass sie mit Kanes Energie verseucht waren, doch ich war mir nicht sicher, ob ich das mit allen besprechen wollte.

„Nun –" Ich trank einen Schluck Wasser. „Ich glaube –"

„Warte, Jade braucht zuerst einen Drink." Mati nahm eine gepolsterte Speisekarte und hielt sie mir entgegen. „Was möchtest du?"

„Den Cabernet", sagte ich automatisch. Ich wollte wirklich ein Bier, aber es fühlte sich nicht nach einem Bier-Etablissement an. Und ein Cocktail schien zu gefährlich.

„Kommt sofort." Mati ließ ihren Finger über meine Wahl gleiten, und ein Weinglas materialisierte sich aus dem Nichts, zusammen mit einer Flasche meiner Lieblingsweinmarke. Ich griff danach, doch die Flasche wich aus und schenkte mir von allein ein Glas ein.

„Wow", sagte ich und starrte auf das Glas, das jetzt vor mir stand.

„Das ist Teil des Charmes." Mati legte die Karte wieder auf den Tisch. „Okay, jetzt kannst du uns dein Geheimnis verraten."

Ich verschluckte mich fast an meinem Wein. „Geheimnis?"

„Ja. Das ist der Preis für den Mädelsabend. Jeden Monat kommen wir zusammen und teilen etwas, das wir dem Rest der Welt nicht sagen können. Weißt du, Hexenkram."

„Oh, äh, gib mir einen Moment Zeit, um darüber nachzudenken", wich ich aus und stellte das Glas ab. Ich würde ihnen nichts sagen, solange nicht eine von ihnen zuerst sprach. Was, wenn sie mich reinlegen wollten? Dayla und Fiona hatten sich bei unserer letzten Begegnung mit ihnen nicht gerade als vertrauenswürdig erwiesen.

„Wir wollen Incubus-Geschichten", sagte Jocelyn, als sie sich vorbeugte, ihre Augen voller Schalk.

Mati verdrehte die Augen. „Du willst immer Incubus-Geschichten."

„Ich lebe durch andere, okay? Gönn' einer Hexe ein bisschen Klatsch." Jocelyns Blick landete auf mir. „Also?"

Heiliges Kanonenrohr … Sie schienen es ernst zu meinen. Ich war nicht darauf vorbereitet gewesen, dass das ein richtiger Mädelsabend werden würde. Wie einer, den ich mit Pyper und Kat hatte. Ich war nicht gerade begeistert, diesen Hexen auch nur die banalsten Details meines Lebens mitzuteilen. Ich kannte sie kaum.

„Ich fang an", sagte Mati plötzlich.

Ich warf ihr ein dankbares Lächeln zu.

„Vor ein paar Nächten war ich mit Vaughn in einem Club, und wir haben getanzt. Du weißt, dass es zwischen einer Sexhexe und einem Incubus heiß hergeht." Sie wackelte mit den Augenbrauen, um ihre Worte zu unterstreichen.

„Yeah, Baby", kicherte Jocelyn.

Die drei älteren Hexen lächelten nur wissend.

„Also, da war dieses andere Paar, das uns angebaggert hat. Wisst ihr, Vaughn und ich machen es nicht wirklich mit anderen. Als sie also Nein als Antwort nicht akzeptieren wollten, haben wir wirklich unseren Charme spielen lassen, und als wir mit ihnen fertig waren, hatten sie praktisch mitten im Club Sex."

„Mati." Maven schüttelte missbilligend den Kopf. „Das war nicht nett."

„War es nett, dass der Typ meinen Hintern begrapscht und

mir gesagt hat, dass er mich gegen die Wand ficken will?" Ihre Augen blitzten vor Ungeduld.

„Nun, nein, aber –"

„Sag mir nicht einmal, dass ich hier eine Verantwortung habe. Ich stehe nur auf Vaughn und habe versuchte, einen netten Abend mit ihm zu verbringen. Ich hätte nichts getan, wenn er mich in Ruhe gelassen hätte, als ich ihn darum gebeten habe."

„Und was ist mit ihr?", fragte Dayla nachdenklich.

„Sie hat ihre Zunge in Vaughns Ohr gesteckt und versucht, ihre Hand in seine Hose zu schieben. Es war nicht schön."

Dayla lachte. „Dann haben sie bekommen, was sie verdient haben."

„Also, was ist passiert, nachdem sie auf der Tanzfläche die Kontrolle verloren haben?", fragte ich fasziniert. Kane und ich hatten dieses Problem nicht. Na ja, jedenfalls nicht oft. Aber andererseits war ich keine Sexhexe.

„Sie wurden gefilmt und die Bilder live übertragen. Ich habe gehört, dass sie beide andere Partner hatten … die vielleicht zufällig den Link in ihren E-Mail-Postfächern gefunden haben. Oops."

„Das ist langweilig", sagte Jocelyn und trank einen großen Schluck von ihrem Drink. „Ich dachte, du wolltest sagen, dass sie eine Orgie oder sowas angefangen haben."

„Fast hätten sie das geschafft, aber das Management hat sie rausgeschmissen."

„Immer noch langweilig."

„Also, was ist dein Ding?", fragte Mati Jocelyn.

„Ich habe einen Mann aus einem Kaninchen gemacht." Ihre Augen glänzten. „Das war die beste Sexnacht, die ich je hatte."

„Heilige Scheiße", sagte ich.

„Kannst du laut sagen." Jocelyn prostete mir zu.

„Du lügst", sagte Mati lachend. Die anderen Hexen stimmten zu.

„Ha. Das wirst du wohl nie wissen."

Ich beobachtete sie und spürte einen Anflug von Empörung. Sie hatte nicht gelogen. Das Bild eines Mannes, der sie rammelte wie ein Kaninchen, ließ mich fast mein Getränk ausspucken.

„Jade? Bist du okay?", fragte Mati.

„Oh, ähm … ja, alles gut." Ich presste meine Serviette an mein Kinn und wischte den Wein weg.

„Du bist dran. Was ist dir in letzter Zeit Seltsames passiert?"

Wenn ich bleiben und sie dazu bringen wollte, mir zu vertrauen, musste ich ihnen etwas geben. Aber es würde nichts mit Sex zu tun haben. Das ging zu weit. „Mal sehen … Kane hat mich letzte Nacht in eine Traumwanderung gezogen, doch anstatt in unserem Bett aufzuwachen, wurden wir getrennt. Er wurde in der Schattenwelt festgehalten, und ich bin in seinem Club aufgewacht."

Alle wirkten ernüchtert, als sie mich anstarrten.

„Äh ... falsche Art von Geschichte?" Ich machte ein Gesicht. „Tut mir leid, ich –"

„Schon gut, Jade. Wir sind alle nur ein wenig angespannt wegen der Schatten. Chessandra hat uns gesagt, wir sollen uns fernhalten", sagte Mati.

Dayla beobachtete mich mit Argusaugen. Schließlich stellte sie ihr Glas ab. „Du bist eindeutig nicht zum Mädelsabend hier. Du fühlst dich unbehaglicher als in Spanx, die drei Nummern zu klein sind. Warum sagst du uns nicht einfach, was du willst?"

Die Anspannung löste sich von meinen Schultern. Das war alles, was ich von Anfang an hatte tun wollen. „Die Sache ist die. Die Schatten sind mit giftiger Energie verseucht. Aber die Energie in dieser Welt fühlt sich an wie die von Kane … fast, aber nicht ganz. Aus diesem Grund hat Maximus ihm seinen Dolch weggenommen, während die Bruderschaft ermittelt."

„Und was willst du von uns?" Dayla sah mich mit zusammengekniffenen Augen an.

„Gar nichts. Nur Informationen. Wenn ihr mehr über Incubi wisst oder wie ihre Energie ohne ihr Wissen gestohlen werden kann."

„Ohne ihr Wissen gestohlen?", fragte Mati. „Ist das überhaupt möglich?"

Dayla schüttelte den Kopf. „Nein. Incubi können jedoch manipuliert werden, um Dinge zu tun, die sie nicht tun wollen."

„Kane hat das nicht getan", sagte ich überzeugt. „Ich weiß das."

„Empathin", murmelte Maven.

Mati nickte. „Ja. Sie würde es wissen."

„Wenn er es wirklich nicht war", sagte Dayla, „dann ist es jemand oder etwas, das mit ihm verwandt ist."

Ich runzelte die Stirn und spielte mit der Serviette. „Keiner seiner Verwandten lebt in der Nähe."

„Sie müssen nicht leben. Genau genommen müssen sie nicht einmal auf dieser Welt sein." Plötzlich wurde sie ganz still, als würde sie einer weit entfernten Stimme lauschen, und dann fuhr sie leiser fort, während sie mich anstarrte, ihre Augen tiefschwarz. „Du solltest seinen Stammbaum recherchieren. Sobald du herausgefunden hast, woher er kommt, wirst du deine Antwort finden."

KAPITEL EINUNDZWANZIG

*J*ch war mir nicht sicher, ob Dayla in Trance gefallen war, als sie mir gesagt hatte, ich solle Kanes Familiengeschichte recherchieren, doch danach wurden alle sehr still und weigerten sich, länger darüber zu sprechen. Dayla selbst wirkte plötzlich erschöpft, und der Mädelsabend endete etwa zwanzig Minuten später.

Auf dem Weg zurück zu ihrem Haus blieb Mati meist für sich. Ich ging hinter ihr her und entschied mich dafür, barfuß zu gehen, weil die Taubheit nach dem Zauber von Dayla nachgelassen hatte. Meine Zehen brachten mich um.

Wir blieben neben Kanes Auto stehen.

Mati berührte meinen Arm. „Pass auf dich auf, okay?"

„Ich werd's versuchen." Ich zwang mich zu einem Lächeln.

Sie nickte und zog mich dann in eine Umarmung, während sie flüsterte: „Vaughn versucht zu helfen. Du solltest wissen, dass Kane einen Freund in ihm hat, wenn er ihn braucht."

Etwas verblüfft zog ich mich zurück. „Wirklich?"

Sie nickte. „Ihm gefällt nicht sonderlich, wie die Bruderschaft gewisse Dinge handhabt."

Das konnte ich verstehen. „Danke –" Ich hielt inne. „Ist Dayla eine Seherin?"

Mati versteifte sich.

„Hey, wenn es ein Geheimnis ist, vergiss, dass ich gefragt habe. Meine Tante ist eine, und sie spricht nie darüber."

Mati stieß einen übertriebenen Seufzer aus. „Es ist nicht gerade ein Geheimnis. Wir reden nur nicht viel darüber, weil sie sich mit dieser Fähigkeit unwohl fühlt. Also ja, sie ist eine Seherin, aber sie behält ihre Visionen wegen eines Vorfalls, der vor Jahren passiert ist, für sich. Jedes Mal, wenn sie eine hat, verkriecht sie sich monatelang. Deshalb ist die Stimmung so plötzlich umgeschlagen."

„Ich verstehe." Und das tat ich wirklich. Ich wusste, dass Gwen aufgrund ihrer Visionen noch nie einen tragischen Vorfall erlitten hatte. So etwas hätte sie umgebracht. Sie war keine Hexe, doch wenn sie eine gewesen wäre und ihre Macht eingesetzt hätte, um jemandem zu helfen, und es nach hinten losgegangen wäre, wäre sie nie darüber hinweggekommen. „Ich hoffe, Dayla erholt sich eher früher als später wieder", sagte ich, als ich ins Auto stieg.

„Danke, Jade. Sie wird schon wieder, da bin ich mir sicher. Lass mich wissen, wenn wir irgendwas tun können, um zu helfen."

„Das werde ich. Danke." Ich fuhr die Straße hinunter, als die hinreißende Sexhexe die Treppe zu ihrer Wohnung hinaufstieg.

Auf der Rückfahrt zu meiner Seite der Stadt rief ich Kane an.

„Hey, hübsche Hexe", sagte er beim ersten Klingeln.

„He, du. Irgendwas Neues?"

„Nein. Sie waren alle unterwegs und haben angeblich

Dämonen gejagt", sagte er bitter. „Was ist mit dir? Irgendwelche Hinweise?"

„Ich glaube schon. Wir treffen uns bei Bea zu Hause."

„Sicher, aber ich muss ein Taxi nehmen."

Ich umklammerte sein Lenkrad fester. „Oh ja. Ich habe dein Auto."

Er lachte. „Kein Problem. Bis später."

Die Leitung war tot, und das Unbehagen, das sich in meinem Bauch gebildet hatte, begann nachzulassen. Daylas Worte, während sie in Trance gewesen war, hatten bei mir Anklang gefunden. Ich hatte eine Ahnung, aber ich musste zuerst mit Bea und Lucien darüber reden.

ICH STAND IN BEAS KÜCHE, lehnte an der Theke und aß gerade ein Truthahnsandwich, als Lucien kam. Ich hatte ihn angerufen und gebeten, zu kommen, sobald ich in Beas Auffahrt gefahren war. Wenn meine Theorie richtig war, würden wir seinen Input brauchen.

„Bereit?", fragte er.

Ich nickte und nahm mir eine Tasse Kaffee. Bea und Kane warteten bereits am Tisch auf uns.

Kane zog mir den Stuhl heran, doch ich schüttelte den Kopf. „Ich würde lieber stehen, wenn es dir nichts ausmacht."

Er zuckte unverbindlich mit den Schultern und schob den Stuhl zurück.

Ich stellte meine Tasse ab und ging ein paar Schritte. „Heute Abend war interessant." Ich hielt inne und begegnete Beas Blick. „Diese Information darf diesen Raum nicht verlassen, doch es scheint, dass Dayla eine Seherin ist."

Bea nickte. „Ja, das wusste ich."

Natürlich war sie es. „Okay, heute Abend ist sie also in Trance gefallen, während wir darüber gesprochen haben, dass Kanes Energie die Schatten verseucht. Sie sagte, ich soll seine Herkunft recherchieren. Seine Familie untersuchen. Und vor ein paar Tagen hat Gwen angerufen und mir gesagt, ich solle die Geschichte recherchieren. Hier gibt es also eindeutig ein Muster."

Die drei nickten.

Dann sagte Kane: „Willst du damit sagen, dass jemand, mit dem ich verwandt bin, die Schatten verseucht hat?"

„Ja. Ich glaube schon. Aber ich glaube nicht, dass wir nach einem direkten Verwandten suchen. Eher wie ein entfernter Verwandter, der deine Art von Energie teilt."

Bea runzelte die Stirn. „Noch ein Incubus? Oder eine Hexe?"

Kane hatte nur ein Incubus werden können, wenn er eine Sexhexe in seinem Stammbaum gehabt hätte. Incubi wurden von Sexhexen geboren, wenn Dämonen sie versklavten. Ihre Frage war also berechtigt. „So ähnlich, aber ich glaube nicht, dass wir hier über eine Hexe reden."

„Was dann? Ein anderer Incubus?" fragte Kane.

Ich schüttelte den Kopf. „Ein Dämon."

„Glaubst du, ein Dämon hat das getan?" Kane stand auf und lehnte sich gegen die Theke. „Aber wie? Seit ich Dämonenjäger geworden bin, wird das Gebiet in der Nähe und um den Club herum auf Dämonen überwacht. Wenn jemand zu nahe kommt, geht der Alarm los. Es ist nur einmal passiert, und wir waren innerhalb von Minuten da, um ihn zu erledigen."

„Weil er noch nicht in die Schatten eingedrungen ist. Obwohl er es gestern versucht hat, bevor wir entkommen sind." Ich nahm mir meine Kaffeetasse und trank einen

Schluck. „Er benutzt seine Göttin, um die Arbeit für ihn zu erledigen."

„Okay", sagte Lucien. „Lass mich sehen, ob ich das richtig verstanden habe. Es gibt einen Dämon, der vielleicht der Patriarch von Kanes Linie sein könnte, der die Schatten vergiftet hat, um den Engeln das Leben auszusaugen, und er hat die Göttin, die seine Sklavin ist, benutzt, um seine Drecksarbeit zu erledigen?"

„Ja, das ist meine Theorie. Ich habe ihn gestern gesehen und mehr noch, ich habe ihn gespürt. Die Energie war entsetzlich, aber unter all dem gab es eine Spur von etwas, das mich an Kane erinnert hat. Wie auch immer, ich habe das Gefühl, wenn wir diesen Dämon erledigen, lösen wir mindestens ein Problem. Die Göttin wird ihre Macht verlieren. Und wenn er derjenige ist, der die Schatten verseucht hat, dann wäre auch das Problem gelöst."

„Das würde einiges erklären", sagte Bea und schaltete sich schließlich in das Gespräch ein. „Wenn er Blut mit Kane teilt und irgendwann Kanes Anwesenheit gespürt hat, könnte er sich festgebissen haben und hätte im Grunde etwas von Kanes Incubus-Energie stehlen können, und sie miteinander verbunden. Nur diejenigen, die Kane am besten kennen, würden bemerken, dass die Energiesignatur in den Schatten nicht von ihm stammt."

„Also bin ich nicht verrückt!", sagte ich und sah mich um. „Vielleicht haben wir eine Antwort gefunden?"

„Das ist gut möglich", sagte Bea.

„Angenommen, alles, was Jade gerade gesagt hat, ist wahr, was würden wir dann tun?", fragte Lucien.

„Dann würden wir den Dämon beschwören und ihn töten." Beas Augen waren hart vor Entschlossenheit.

Kane sah mich an. „Ich möchte das zuerst mit der

Bruderschaft besprechen. Sehen, ob das überhaupt plausibel ist."

Ich spürte, wie mein Blutdruck vor Frustration stieg. Jetzt, da ich eine solide Ahnung hatte, wollte ich es durchziehen. War bereit, den Dämon zu beschwören und diese Katastrophe so schnell wie möglich zu beenden.

"Jade, bitte. Wenn wir einen Dämon beschwören wollen, ist es sinnvoll, die Jäger dabei zu haben."

Ich konnte dieser Logik nicht widersprechen. "Gut. Aber wir machen das, egal was Maximus sagt."

"Etwas anderes würde ich nicht erwarten." Kane holte sein Handy hervor und wählte. Ein paar Minuten später warf er sein Handy mit zu viel Wucht auf den Tisch und fluchte.

"Was ist?", fragte ich.

"Sie gehen nicht ran. Es ist, als wären sie verschwunden."

Mann, ich hasste machthungrige Anführer. Ich habe mir geschworen, niemals diese Person zu werden.

"Ruf Vaughn an", schlug ich vor. "Er hat gesagt, er würde tun, was er könnte für dich. Vielleicht kann er ihnen eine Nachricht zukommen lassen."

Kane holte tief Luft und beruhigte sich sichtlich. Dann nahm er das Handy und ging nach draußen.

"Das machen wir, oder? Den Dämon beschwören?", fragte ich Bea und Lucien.

Sie tauschten einen Blick aus. Dann hob Lucien die Hände, als wollte er sagen: *Was sollten wir sonst tun?*

"Ich weiß, dass ich dir nicht sagen muss, wie gefährlich das ist", sagte Bea, während sie eines ihrer Zauberbücher umklammerte.

"Aber?"

"Wenn ein Dämon Deals mit Göttinnen schließt und Energie aus einer Welt saugen kann, in der er sich nicht einmal befindet, bedeutet das, dass er mächtiger ist als jeder Dämon, den du dir vorstellen kannst. Dies ist ein großer Kampf, und wir müssen uns darauf vorbereiten."

Ihre Warnung wirkte ernüchternd auf mich. „Okay. Wie bereiten wir uns vor?"

Sie stand auf und winkte mich in ihre Küche. „Tränke. Mächtige Tränke." Sie reichte mir Stößel und Mörser und ließ mich frische Kräuter mahlen.

„Was machen wir?", fragte ich.

„Alles."

Es WAR KURZ nach Einbruch der Dunkelheit am drauffolgenden Tag, als sich Bea, Lucien, Kane und der Rest meines Zirkels im Zirkelkreis trafen. Kane hatte nichts von der Bruderschaft gehört, obwohl er mit Vaughn gesprochen hatte. Der jüngere Dämonenjäger hatte nicht gesagt, womit sie beschäftigt waren, doch er hatte versprochen, die Nachricht weiterzuleiten.

Bea, Lucien und ich hatten die halbe Nacht und den größten Teil des Morgens und frühen Nachmittags damit verbracht, Schutzzauber, Heilzauber und einen mächtigen Beschwörungszauber zu brauen.

Die Luft war feucht, und Nebel lag über unserem heiligen Kreis. Nichts regte sich in der Stille. Was ein friedlicher Abend sein sollte, wirkte bedrohlich und so unheimlich, als stünden wir in einer Stadt der Toten.

Ich verdrängte diese Gedanken und stellte Kerzen am Rand des Kreises auf. Der Rest des Zirkels stand abseits, während Lucien ihnen den Plan erklärte. Keiner von ihnen war glücklich, gerufen worden zu sein, und zwei lehnten rundheraus ab.

Ich ging zu Lucien und den anderen und sagte: „Ich weiß, dass das furchteinflößend ist. Niemand will einen Dämon beschwören … niemals. Und dieser ist besonders gefährlich, da er Menschen das Leben aussaugt und Seelen sammelt. Es scheint falsch, einen Dämon aus der Hölle zu beschwören, da wir wollen, dass sie dort bleiben, doch dieser böse Bastard verletzt Menschen, ohne überhaupt hier zu sein. Wenn wir nichts tun, werden wir noch mehr Seelen verlieren. Das haben wir vielleicht schon. Ein Engel und eine Frau sind verschwunden. Es ist mein Job, dafür zu sorgen, dass so etwas nicht wieder vorkommt."

Ich betrachtete ihre Gesichter und konzentrierte mich auf Joel, einen jungen Hexenmeister im College-Alter, der nicht immer der stabilste war. „Du musst das nicht tun. Es ist weder dein Job noch etwas, wozu du dich verpflichtet hast, als du dich entschieden hast, Teil dieses Hexenzirkels zu werden. Also, wenn du gehen willst, kannst du das tun. Niemand wird deswegen weniger von dir halten."

Joel straffte die Schultern und runzelte die Stirn. „Ich gehe nirgendwohin."

Ich lächelte ihn an. „Freut mich, das zu hören."

Die Hexen murmelten zustimmend, und am Ende beschlossen alle zu bleiben, obwohl mindestens die Hälfte von ihnen solche Angst hatte, dass mir von ihrer Energie übel wurde.

„Bea?", rief ich.

„Ja."

„Haben wir irgendwelche beruhigenden Kräuter mitgebracht?"

Sie überprüfte ihre Liste. „Ja."

„Kannst du anfangen, sie an die Zirkelmitglieder zu verteilen? Sie dürfen nicht nervös sein."

Sie nickte. „Schon dabei."

„Bist du bereit?", fragte ich Kane.

Er schüttelte den Kopf. „Nein. Du?"

„Nein." Beklommenheit stieg in meiner Brust auf und alles, was ich tun wollte, war, mein Gesicht an seiner Schulter zu vergraben. „Warum haben die Dämonenjäger nicht reagiert?"

Er zuckte mit den Schultern. „Keine Ahnung. Aber du hast das schon einmal gemacht und gewonnen. Ich weiß, dass du es wieder tun kannst. Du bist jetzt stärker."

Ich starrte ihn an, Ehrfurcht und Anerkennung überwältigten mich. „Ich hoffe, du hast recht."

Er küsste mich zärtlich, und als er sich zurückzog, sagte er: „Ich weiß, dass ich recht habe."

Mit einem Herzen voller Liebe sagte ich: „Okay, Team, lasst uns einem Dämon in den Arsch treten."

KAPITEL ZWEIUNDZWANZIG

*M*agie wogte durch die Luft wie statische Elektrizität. Ich stand in meiner samtenen Hexenrobe am nördlichsten Punkt unseres Kreises, eine weiße Stumpenkerze in meiner linken Hand. Kane stand neben mir, ein Zeremonienmesser in der Faust.

„Bereit, Jade?", rief Bea von der anderen Seite des Kreises.

Ich ließ den Blick über die nervösen Gesichter meines Zirkels schweifen. Mein Magen drehte sich vor Übelkeit. Ich hatte sie gebeten, ihr Leben in die Hand zu nehmen, um das Schlimmste der Schlimmsten zu beschwören, und sie hatten zugestimmt. Das schiere Vertrauen, das sie mir und Bea entgegenbrachten, war beeindruckend, und das Gewicht der Verantwortung, die auf mir lastete, war erdrückend. Wenn einem von ihnen etwas passierte, wusste ich, dass ich das nicht verkraften würde.

„Du schaffst das", flüsterte Kane mir zu.

Ich nickte knapp. Wir hatten keine große Wahl. Kane war unsere Verbindung zum Dämon. Nur so konnten wir ihn herbeirufen. Und den Dämon zu neutralisieren bedeutete, die

Göttin zu schwächen und die Schatten zu reinigen. Ich umklammerte den Schutztrank und betrachtete die Hexen im Kreis. „Bitte hebt eure Kerzen."

Jeder hielt eine weiße Kerze und hob sie hoch. Die kollektive Magie erwachte zum Leben. Die Verbindung erfüllte mich und stärkte meinen Willen. Sie waren alle hundertprozentig bei mir. Und ich würde alles tun, um sie zu beschützen.

„Bevor wir anfangen, habe ich einen Schutzzauber, den ich gerne anwenden möchte. Er funktioniert so, dass ich diesen Trank schlucke und dann meine Macht mit euch allen teile. Es wird uns in Verbindung halten und eine stärkere Bindung schaffen."

Bea lächelte ermutigend, und der Rest des Zirkels murmelte zustimmend.

Ich hob das Fläschchen an meine Lippen, schluckte den Trank mit Zimtgeschmack herunter und sagte: „Von eins zu drei, von drei zu eins, ich teile meine Macht, dein Wille geschehe."

Magie wallte aus den Tiefen meines Seins und baute Druck in meiner Brust auf. Dann atmete ich tief aus. Nebel kam aus meinem Mund und bahnte sich seinen Weg durch den Kreis. In dem Moment, in dem jede der acht Hexen ihn eingeatmet hatte, spürte ich sie, als ob sie ein Teil von mir wären, und unsere Magie floss gemeinsam. Und dann, gerade als ich bereit war, mit der Beschwörung zu beginnen, strömte Kanes Energie in mich hinein und band uns noch fester aneinander.

Ich sah ihn an. „Der Schutzzauber hat dich auch eingeschlossen?"

Er nickte.

„Interessant." Das hatte ich nicht erwartet, da er nicht Teil des Hexenzirkels war. „Okay, cool." Ich sah mich im Kreis um.

„Denkt daran, unsere Aufgabe hier ist es, dem Blutopfer unsere Magie zu verleihen. Sobald Kane es der Erde darbringt, werden wir alle die Kerzen als Opfergabe verwenden. Verstanden?"

Unsere Verbindung ermöglichte es mir, ihre Zustimmung zu spüren, bevor sie sie überhaupt aussprachen.

„Gut. Dann sind wir bereit", sagte ich.

Wir hatten in der Vergangenheit eine Reihe von Beschwörungen durchgeführt, und diese würde im Grunde nicht anders sein. Der einzige Unterschied war, dass wir einen speziellen Trank gebraut hatten und uns darauf verlassen würden, dass Kanes Blut einen Dämon rufen könnte. Wenn es eine genetische Verbindung gab, würde es funktionieren. Wenn unsere Vermutung falsch war, war vielleicht alles vergebens.

Ich war mir nicht sicher, worauf ich mehr hoffte.

Ich hob meine Arme gen Himmel und hielt meine Kerze mit beiden Händen hoch. „Magie des Kreises, höre meinen Ruf. Der Zirkel von New Orleans hält den Schlüssel zu der Macht, die du suchst."

Ein magischer Faden spann sich wie ein Netz von mir aus und bewegte sich um den Kreis, vermischte sich mit dem der anderen Hexen. Als sich die Fäden durch sie wanden, hoben sie ihre Kerzen zum Opfer.

„Wir sind miteinander verbunden, alle vereint in einem Ziel – denjenigen anzurufen, der existiert, um zu schaden!", rief ich.

Die Magie um uns herum verstärkte sich und brodelte vor Wut und Ekel. Der Zauber funktionierte. Ich bekam Kopfschmerzen von dem Bösen, das in unseren Kreis sickerte.

„Von den Schatten zur Hölle und überall dazwischen beschwören wir das Böse." Meine Stimme überschlug sich von der rohen, feurigen Kraft, die tief aus meinem Inneren aufwallte. Sie loderte und kochte und nagte an allem, was mir am Herzen lag. Frustrierte Wut machte sich breit, als die Macht mich verzehrte. Ich vibrierte davon, sehnte mich nach einem Ventil, um etwas, irgendetwas niederzureißen. Ich war verloren auf der Welle gerechter Empörung, die jedes letzte bisschen Macht heraufbeschwor.

Die Kerze entglitt meinen erhobenen Händen, doch sie fiel nicht. Sie schwebte vor mir, während mich der nicht entzündete Docht verspottete. Ich wirbelte in Kanes Richtung herum, sah ihn kaum und schrie: „Jetzt!"

„Nimm das Blutopfer!", rief er, als er sich in die Handfläche schnitt, das Messer fallen ließ und dann den Beschwörungstrank über die Wunde goss.

Die Erde grollte unter unseren Füßen. Ein paar erschrockene Schreie drangen an meine Ohren, doch ich ignorierte sie.

„Nähre dich vom Blut deiner Nachkommen. Nimm es auf. Werde eins damit", befahl ich.

Blitze zuckten um den Kreis. Und als Kanes Blut auf die verzauberte Erde traf, wurde mein Körper starr und füllte sich mit dem Zauber. Die Kraft war berauschend und drängte sofort die Kraft zurück, die mich fast verzehrt hatte. Ich straffte meine Haltung, ruhig und voller reiner sauberer Magie. Ich konnte alles tun. Jeden rufen. Die Welt wartete auf meinen Befehl. *„Ignite!"*, rief ich.

Die Kerze vor mir erwachte zum Leben, die Flamme scharlachrot im Mondlicht.

„Ignite!", echote der Rest des Zirkels.

Magie erfüllte den Kreis in dichtem Nebel und knisterte vor Intensität.

„Zeig' dich!" Intensive, furchteinflößende Magie strömte

aus meinen Fingern. Da war eine winzige Stimme in meinem Kopf, die flüsterte: *Zu viel. Lass es. Die Magie zerstört dich.*

Aber ich war schon zu weit gegangen. Ich konnte nicht aufhören, selbst wenn ich gewollt hätte. Mein Körper war ein Sklave der weißglühenden Magie, die mich beanspruchte.

„Biete dein Opfer an!", rief eine bedrohliche Stimme, die kaum zu mir durchdrang.

Es war der Dämon. Er hatte unseren Ruf gehört. „Du wurdest mit dem Blut deines Nachkommens gerufen. Komm zu ihm."

Ein lautes Krachen polterte durch den Kreis, gefolgt von einer weiteren Aufforderung: „Biete dein Opfer an!"

Ich sehnte mich danach, den Rest meiner Kraft in den Kreis zu werfen, doch etwas tief in mir hielt mich davon ab. Ich war eng mit dem gesamten Zirkel verbunden. Wenn ich die Kontrolle verlor, würde ich sie alle schwächen. Stattdessen wandte ich mich Kane zu. „Mehr Blut."

Er schüttelte den Kopf. „Das ist nicht, was er will."

„Was dann?"

Kane ließ das Zeremonienmesser fallen und trat mit einem letzten Blick auf mich in den Kreis.

Dunkle Wolken sammelten sich über dem Kreis, als Ströme von Magie überall um Kane zuckten. Seine Haut leuchtete von derselben purpurroten Flamme auf, die auf meiner Kerze loderte.

„Kane!" Ich machte einen Schritt nach vorn.

„Nein!" Er streckte seine Hand aus und hielt mich auf. „Bleib, wo du bist. Er kommt."

Der Rest der Zirkelmitglieder sang die Worte meines Zaubers. „Von den Schatten zur Hölle und überall dazwischen beschwören wir das Böse."

Die überwältigende Magie gab meine Sicht frei, und ich

stand da und hielt meine Kerze in der Hand, während ich zusah, wie die roten Flammen über Kanes Haut tanzten. Er schien keine Schmerzen zu haben, doch es war nicht beunruhigend. Tatsächlich sagte mir seine Energie, dass er stark und bereit für den Kampf war.

„Jade, konzentriere dich!", rief Bea quer durch den Kreis.

Ihre Stimme rüttelte mich aus meiner Kane-induzierten Trance. Ich öffnete meine Sinne und ließ den Gesang des Zirkels sich mit der Magie vermischen, die von ihnen zu mir strömte. Und dann bückte ich mich und entfesselte den Energiestrom direkt in den Boden.

Die Erde protestierte, grollte und hätte mich fast zu Boden geworfen.

„Bleib stehen!", hörte ich Lucien rufen.

Ich richtete mich auf und konzentrierte mich auf die Störung genau in der Mitte des Kreises. Magie schoss von mir, Lucien, Bea und Rosalee in einem Bogen dorthin, und dasselbe rote Feuer sprang von Kane genau dorthin, wo sich unsere Magie traf.

Das Feuer wuchs zu einem Inferno heran, das so heiß war, dass ich die Hitze am ganzen Körper spürte. „Whoa!"

Kane machte einen Schritt auf mich zu, seine Kleidung war verkohlt, aber glücklicherweise war sein Körper unverletzt. Unsere Blicke trafen sich, und in diesem Moment schoss ein Strom von Erleichterung, vermischt mit Entschlossenheit, von ihm zu mir. Ein überwältigender Drang, mich ihm im Kreis anzuschließen, packte mich. Ich wollte nicht, dass er das allein tat. Wollte ihn überhaupt nicht in diesem Kreis haben. Es war zu gefährlich.

Doch gerade als ich einen Schritt machen wollte, verschwand die Magie, die mich verzehrte, ließ mich leer und ausgeweidet zurück, und das rote Feuer erstarb zu einem langsamen Brennen, kurz bevor es erlosch. Ich sah mich um, meine Gedanken waren durcheinander. Was war passiert?

„Heilige Krähe", murmelte eine der jüngeren Hexen.

Die Luft war vollkommen still, die Nacht nun fast in Dunkelheit gehüllt.

„Hat es nicht funktioniert?", fragte eine der Hexen.

Niemand antwortete ihr. Eine sanfte Brise wehte, und ich schauderte vor Unbehagen. Wenn wir nicht gerade riesige Mengen an Magie in die Atmosphäre entfesselt hätten, hätte ich geglaubt, dass ein Tornado kommt. Die Nachtluft war feucht, als der Wind innerhalb des Kreises auffrischte, herumwirbelte und gegen uns drückte. Unsere Hexengewänder bauschten sich hinter uns allen auf.

„Er kommt", sagte ich leise.

„Nein." Kane hob seine Hand. „Er ist hier."

Ein lauter Knall zerriss die Nacht, gefolgt von einem erneuten Aufblitzen hellroter Flammen in der Mitte des Kreises.

Wir alle starrten mit offenem Mund, als die Flammen plötzlich erloschen und einen drei Meter großen Dämon mit roter Lederhaut und großen schwarzen Augen zurückließ.

„Oh mein Gott", sagte eine der jüngeren Hexen. Eine andere schnappte nach Luft.

Kane machte einen weiteren Schritt in meine Richtung, doch der Dämon drehte sich um und zeigte mit dem Finger direkt auf ihn.

„Du! Wie kannst du es wagen, mich von meinem Platz neben dem König wegzurufen?" Er trat zwei Schritte auf Kane zu.

Kane krümmte sich vor Schmerzen, und sein Körper wurde nach vorne geschleudert, als ob der Dämon ihn an einem Haken hätte.

„Nein!" Ich warf beide Hände vor mich und entfesselte das winzige bisschen Magie, das immer noch unter meinem Herzen pulsierte. Der weiße Strahl prallte von dem Dämon ab, zischte und verschwand dann in der Nachtluft. Angst durchströmte mich, als mir zum ersten Mal bewusst wurde, dass der Dämon mächtiger sein könnte, als wir erwartet hatten. Wenn wir ihn mit unserer kollektiven Magie nicht besiegen konnten, steckten wir in großen Schwierigkeiten.

Der Dämon blickte finster in meine Richtung und warf mir dann einen abschätzigen Blick zu. Er konzentrierte sich auf Kane und bewegte erneut seine Finger. Kane stolperte vorwärts, jetzt nur noch etwa einen Fuß von dem Dämon entfernt. „Wer bist du?"

„Niemand", antwortete Kane hustend.

„Du bist ein Jäger", sagte der Dämon nachdenklich. Dann verzogen sich seine aufgesprungenen Lippen zu einem furchteinflößenden Lächeln. „Aber dir wurde die Macht genommen." Gelächter grollte tief aus dem Inneren des Dämons. Zitternd vor krankem Amüsement richtete er seine bösen Augen auf mich. „Ist er eine Opfergabe?"

„Nein", sagte ich trotzig.

„Nein?" Der Dämon neigte seinen zu großen Kopf und betrachtete den Rest des Zirkels. „Soll ich stattdessen sie alle nehmen?"

Heilige Scheiße. Unsere Magie war kaum ein Ärgernis für ihn. Er war ohne Zweifel der mächtigste und älteste Dämon, mit dem wir je in Kontakt gekommen waren. Auf keinen Fall würden wir ihn eliminieren können.

„Wenn du ein Opfer brauchst, dann bin ich das", sagte Kane und straffte die Schultern. „Ich bin derjenige, der das Blutopfer dargebracht hat, um dich hierher zu rufen."

„Interessant", schnaubte der Dämon. „Wir sind aus

demselben Holz geschnitzt." Sein Blick wanderte über Kane, während er ihn einzuschätzen versuchte. „Wir könnten ein sehr starkes Team sein, du und ich."

Mein Magen drehte sich bei dem Gedanken an Kane in der Hölle, der mit so einer abscheulichen Kreatur zusammenarbeitete.

„Das könnten wir", stimmte Kane zu. Er straffte die Schultern und warf dem Dämon einen kalten, ausdruckslosen Blick zu. „Wenn ich keine Seele hätte."

„Das lässt sich arrangieren." Der Dämon kniff seine großen schwarzen Augen zusammen und betrachtete Kane.

„Aber warum sollte ich meine Seele aufgeben? Damit du Genesis mit meinem Geist füttern kannst? Wo ist deine Ergebene eigentlich?", fragte Kane und suchte eindeutig nach Informationen.

Magie prickelte auf beiden Seiten von mir und streifte kaum meine Haut. Mein Zirkel stellte die Verbindung wieder her, die wir verloren hatten, als der Dämon angekommen war. Ich begegnete Beas Blick von der anderen Seite des Kreises. Sie richtete ihre Augen auf den Dämon und dann wieder auf mich, als Energie in einem Bogen um den Kreis strömte.

Mein Körper summte wieder von der vereinbarten Magie.

„Sie kassiert meine Zahlung", sagte der Dämon im Plauderton, als würde er Kane nicht überragen, und sah aus, als könnte er nicht mit einem Schlag seiner riesigen Klaue den Kopf meines Mannes abreißen.

„Du willst mich?", fragte Kane und starrte den Dämon mit Hass in den Augen an. „Der einzige Weg, wie das passieren könnte, ist ein Handel. Ich im Austausch für die Göttin."

Ein Handel? Wovon sprach er? Das war nicht der Plan. Scheiße! Er wusste, dass wir den Dämon niemals besiegen würden, und er änderte das Spiel. Verdammt! Auf gar keinen Fall würde ich ihn mit dem Dämon irgendwohin gehen lassen.

„Genesis?" Der Dämon rieb sich das Kinn. Dann kniff er die Augen zusammen. „Warum sollte ich sie eintauschen? Sie war mir in den letzten Jahrtausenden eine gute Dienerin."

„Das sind die Bedingungen. Ich im Austausch für sie. Du übergibst die Göttin dem Hexenzirkel, und ich werde mit dir in der Hölle regieren."

Im Ernst, was um alles in der Welt tat Kane da, sich dem Dämon anzubieten? Ein Deal mit einem Dämon war für die Ewigkeit. Das musste er wissen. Er war ein Jäger.

Der Dämon benetzte sich die Lippen und zeigte geschwärzte Zähne, die zu Spitzen geschärft waren. Gute Göttin, er war abscheulich. Aus irgendeinem Grund war sein Interesse an Kane geweckt.

„Warum?", rief ich plötzlich.

Kane drehte sich um und warf mir einen Blick über die Schulter zu, wobei er kurz und heftig den Kopf schüttelte.

„Warum was?", fragte der Dämon und konzentrierte sich zum ersten Mal auf mich. „Oh, du bist köstlich, nicht wahr?" Seine Zunge schoss heraus, und er schmeckte die Luft. „Hmmm, und du vibrierst vor Incubus-Macht."

„Sie ist tabu", sagte Kane, und ein Muskel in seinem Kiefer zuckte.

„Aber sie gehört dir, nicht wahr?" Der Dämon streckte mir eine Hand entgegen. „So mächtig und frisch. Es ist ewig her, seit ich eine weiße Hexe hatte."

Die Art, wie er mich ansah, ließ mich würgen.

Kanes Fäuste ballten sich, als er den Dämon von hinten anstarrte. „Der Deal ist ich für die Göttin."

Als er sich langsam in Kanes Richtung drehte, brach Feuer

auf seiner Haut aus. „Ich habe hier das Sagen, Incubus. Vergiss das nicht."

„Hey, Dämon!", rief ich, verzweifelt bemüht, seine Aufmerksamkeit von Kane abzulenken. „Deine Göttin hatte schon ihre Seelen. Warum hat sie sie gegen Kane eingetauscht?", fragte ich und erinnerte mich an Genesis' Besessenheit von ihm.

„Ich habe viele normale Seelen. Es war Zeit für eine neue Art der Zahlung. Jemand mit Macht, jemand mit meinem Blut." Der Dämon streckte die Hand aus und packte Kane am Hals. „Unterwirf dich oder stirb durch meine Hand."

Kane öffnete seinen Mund, um zu sprechen, doch als er die Worte nicht herausbringen konnte, funkelte er ihn an und formte „nein" mit den Lippen.

Oh mein Gott. Der Dämon hatte Genesis befohlen, Kane zu ihm zu bringen. Mein Herz schlug gegen meine Rippen, als ich verzweifelt versuchte, mir etwas einfallen zu lassen, was ich für Kanes Leben eintauschen könnte. Nichts. Ich hatte nichts zu geben außer mir selbst. Ich wollte gerade den Mund aufmachen, als der Dämon laut brüllte.

„Narr! Niemand verweigert sich mir." Die Flammen schlugen von der Hand des Dämons auf die Haut meines Mannes über und breiteten sich aus, als wäre Kane mit Benzin übergossen worden.

Kane heulte und wand sich und versuchte, sich aus dem Griff des Dämons zu befreien.

Ich schoss einen mächtigen Magiestrahl direkt ins Gesicht des Dämons und traf ihn ins linke Auge. Der Dämon ließ Kane los und stolperte rückwärts, wobei er eher überrascht als verletzt wirkte.

„Wir führen hier eine Unterhaltung", spie ich den Dämon

an und wünschte mir, ich könnte ihn mit der Magie des Zirkels in Stücke sprengen.

Der Dämon schüttelte den Kopf und dann knurrte er und sprang auf mich zu. Ich zuckte nicht einmal. Er war im Kreis und konnte mich nicht erreichen, es sei denn, ich trat in die Barriere.

Er stand direkt vor mir. „Dafür wirst du bezahlen."

„Vielleicht, aber wir waren gerade dabei, einen Deal auszuhandeln, oder nicht?" Ich tat mein Bestes, keine Angst zu zeigen. Ich würde nie bekommen, was ich wollte, wenn er nicht glaubte, dass ich einen Wert hatte.

„Du wirst tun, was ich sage, oder ich töte ihn." Er zeigte auf Kane und bewegte dann seine Finger, als würde er Kane die Kehle zerquetschen. Kane keuchte, und sein Gesicht wurde rot.

„Hör' auf!", heulte ich. „Wir machen einen Deal. Alles, worum ich dich bitte, ist, dass du zuerst die Göttin in den Kreis bringst. Wir haben unerledigte Geschäfte." Ich wollte mich im Austausch für Kane anbieten, doch ich wusste, wenn ich das täte, würde der Dämon uns wahrscheinlich beide nehmen. Ich musste dafür sorgen, dass Pyper in Sicherheit war, bevor ich das tun konnte.

„Nein." Er schloss seine Finger weiter, und Kanes Augen begannen, aus seinem Kopf zu treten.

Es gab kein Diskutieren mehr mit dem Dämon. Er war zum Tier geworden. Es blieb nur noch eines zu tun. „Gib ihn frei!" Magie explodierte aus mir, als all die Kraft, die mein Zirkel in meine Richtung geschickt hatte, auf ihn zu schoss.

Bea, Lucien und Rosalee taten dasselbe, und unser Zorn ergoss sich mit erschreckender Wucht über den Dämon.

„Gib ihn frei", befahl ich erneut und konzentrierte mich auf die Hand des Dämons, die Kanes Hals umklammerte.

Langsam, einer nach dem anderen, hob er jeden seiner Finger, bis Kane auf die Knie fiel, sich den Hals hielt und nach Luft rang.

Der Dämon stand in der Mitte des Kreises und vibrierte von unserer Magie, doch dann hielt er inne und schien sich zu sammeln. Er blickte finster drein, drehte sich im Kreis, und erzeugte einen kleinen Strudel um sich herum, der ihn vor unserem rohen Machtstrom abschirmte.

„Konzentriert euch", befahl ich dem Zirkel und leitete jedes letzte bisschen Kraft in den magischen Strom, doch er prallte nur von ihm ab.

„Stopp!", rief Bea von der anderen Seite des Kreises. Dann fing sie an, etwas zu singen, das ich nicht kannte. Latein oder Griechisch vielleicht. Ich war mir nicht sicher, doch eine Nebelwolke stieg um sie herum auf, hing in der Luft und schoss dann auf den Dämon. Sein Wirbel zerbrach, und er erstarrte, atmete schwer, als er uns alle ansah.

„Ihr werdet alle in der Hölle enden", warnte er. „Ich werde für jeden einzelnen von euch zurückkommen, bevor eure Tage auf dieser Erde enden." Dann stürzte er sich auf Kane.

Kane rollte sich im Gras herum und zog etwas aus seinem Stiefel, und als der Dämon auf ihm landete, stieß Kane den kleinen Dolch in den Hals des Dämons. Der Dämon zuckte und heulte und schlug um sich, doch Kane hielt sich an ihm fest und drehte den Dolch.

Ich stand da, unsicher, was ich tun sollte. Ich wusste, dass der kleine Dolch nicht mehr tun würde, als den Dämon zu irritieren. Obwohl das das Blut des Dämons nicht davon abhielt, über sein Gesicht zu laufen und auf die Erde zu tropfen. Ich wollte helfen, mehr Magie entfesseln, doch wir hatten schon alles auf ihn geworfen, was wir hatten, und er hatte uns weggeschleudert, als ob wir Fliegen wären. Unsere

Magie war nichts für diesen Dämon. Er hatte nur mit uns gespielt, und jetzt wusste ich, dass wir von Glück sagen konnten, wenn wir hier lebend herauskamen.

Frust überkam mich und füllte meine Brust. Ich wollte schreien und brüllen, den Dämon mit bloßen Händen angreifen und vernichten. Doch das konnte ich nicht. Und wenn wir nicht bald etwas unternahmen, würden wir Kane verlieren.

Ich begegnete Beas besorgtem Blick von der anderen Seite des Kreises. Ihr Gesichtsausdruck war genauso niedergeschlagen wie meiner gewesen sein musste. Wir würden den Dämon nicht besiegen können. Das Beste, das wir tun konnten, war, ihn zurück in die Hölle zu entlassen. Unsere Beschwörung wäre vergeblich gewesen.

Wir hatten keine andere Wahl. Es war an der Zeit. Wir konnten den Dämon nicht länger hier halten.

Ich hob meine Hände noch einmal gen Himmel und rief: „Von der Erde bis zu den Schatten, der Zirkel sucht nicht länger –"

Rauch schoss aus einer Blutlache des Dämons empor, genau zur gleichen Zeit, als sich die Luft veränderte und Dämonenjäger aus den Schatten strömten. Sechs von ihnen umkreisten uns mit erhobenen Dolchen.

„Öffne den Kreis", befahl Maximus.

Ich war so erleichtert, ihn zu sehen, dass ich gehorchte, ohne Fragen zu stellen. Ich ließ meine Arme sinken, ließ die ganze Magie los und schrie: „Lasst sie herein!"

Jede meiner Hexen trat einen Schritt zurück, und die Barriere verschwand.

Die Dämonenjäger umzingelten Kane und den Dämon.

Dolche flogen, und ich schlug mir die Hand vor den Mund, voller Angst um Kane. Er war mitten unter ihnen, unbewaffnet bis auf das kleine Messer, das er noch immer in der Hand hielt.

Bea eilte an meine Seite und ergriff meine Hand. „Ihm wird nichts passieren."

Ich schüttelte den Kopf, unfähig zu sprechen. Ich konnte Kane nicht mehr spüren. In dem Moment, als der Dämon ihn angegriffen hatte, war seine Verbindung zum Schutzzauber zerbrochen.

Der Dämon brach aus der Mitte der Jäger hervor, und mit fliegenden Fäusten brüllte und stürzte er zurück zwischen sie. Seine großen Kiefer schlossen sich um die Schulter eines der Dämonenjäger. Der Jäger versteifte sich, und sein Dolch fiel zu Boden. Dann, einen Augenblick später, begann seine Haut direkt vor unseren Augen zu schmelzen.

Entsetzen packte mich, als ich einen Schritt zurückwich. Der Dämon war giftig.

Alles schien für den Bruchteil einer Sekunde stillzustehen, als die Jäger erkannten, was passierte.

Ein Keuchen ertönte hinter uns, und ich spürte, wie sich mein Zirkel um mich versammelte.

Der Dämon ließ den Jäger los und ging aufrecht auf die fünf verbleibenden Krieger zu. Seine Augen waren rot geworden und seine messerscharfen Klauen ausgefahren, bereit für mehr.

Die Jäger schienen sich zu wappnen, und dann warfen sie wie aufs Stichwort alle ihre Dolche auf den Dämon genau dorthin, wo sein Herz wäre. Jeder Dolch schlug ein, einer nach dem anderen in perfekter Folge.

Der Dämon stolperte rückwärts und fiel auf ein Knie, als der letzte Dolch seine Brust durchbohrte. Blut tropfte immer noch aus seinem Schlund, doch das rote Leuchten seiner Augen war verblasst.

Ihre magischen Dolche hatten ihn geschwächt.

Die Jäger verteilten sich und bildeten einen kleinen Kreis um ihn und Kane. Es war mein erster Blick auf Kane, seit die Jäger aufgetaucht waren, und er lag mit geschlossenen Augen am Boden.

„Oh mein Gott. Lebt er noch?", flüsterte ich Bea zu, und mein Herz hämmerte so heftig, dass ich fürchtete, es würde mir direkt aus der Brust springen.

„Natürlich tut er das, Liebes", sagte sie beruhigend und legte ihre warme Hand um meine.

Maximus ging auf den Dämon zu und starrte ihn an. „Victor, Günstling der Verdammten, hiermit verurteile ich dich zum endgültigen Tod." Maximus zog einen weiteren Dolch aus einer Scheide an seiner Seite und stieß ihn in das rechte Auge des Dämons. Er hielt ihn fest, als der Dämon sich unter seinem Angriff vor Schmerz wand. Und als der Dämon erstarrte, schoss ein magischer Strahl aus Maximus' Hand in den Griff, dann erleuchtete der Dämon mit strahlend weißem Licht.

Maximus trat zurück, und im nächsten Moment verdampfte der Dämon zu einer weißen Rauchwolke.

KAPITEL DREIUNDZWANZIG

„Kane!" Ich sprintete zu seinem leblosen Körper und ließ mich neben ihm fallen. Ich legte eine Hand auf sein Herz und die andere auf seinen Hals und fand schnell seinen Puls. Sein Herz schlug noch. Ein Seufzer der Erleichterung entkam meinen Lippen, als ich den Heiltrank, den Bea und ich hergestellt hatten, aus meiner Tasche zog.

„Hier", sagte Bea. „Lass mich das tun."

Ich blickte auf und sah, dass meine Mentorin zusammen mit den fünf verbleibenden Dämonenjägern über uns stand. Der Sechste, den der Dämon vergiftet hatte, lag da, zugedeckt mit Beas Hexenrobe. Mit zitternder Hand übergab ich Bea den Trank. Sie war viel geschickter im Heilen als ich es jemals sein würde. „Danke."

Bea ließ sich auf Kanes anderer Seite auf die Knie nieder. „Du musst mir ein bisschen Platz geben, Jade", sagte sie sanft.

Ich zog meine Hände zurück, wich jedoch nicht von seiner Seite. Stattdessen ließ ich meine Hand in seine gleiten und wartete.

Bea wischte einen Tupfer des Tranks über Kanes Stirn und

bewegte dann ihre Hände zu seinem Hals, der sich bereits lila verfärbte, wo der Dämon versucht hatte, seine Kehle zu zerquetschen.

Ich drückte meine Finger über seine und bemerkte kaum die Tränen auf meinen Wangen. Kane war verletzt. Die Implikationen dessen, wie ernst sein Zustand war, trafen mich hart. Ich fühlte mich ausgeweidet.

„Gib ihm einen Ruck deiner Magie, Jade", sagte Bea. „Du trägst ein Stück von ihm in dir. Alles, was du tun musst, ist, etwas von dir mit ihm zu teilen, und er wird aufwachen."

Natürlich. Ich trug jetzt seine Incubusmagie in mir, genau wie er meine Hexenmagie. Kraft entzündete sich direkt unter meiner Brust. Die Magie prickelte durch meine Adern und sammelte sich an meinen Fingerspitzen. „Wach auf, Kane", flüsterte ich und streichelte seine Handfläche.

Wärme breitete sich zwischen unseren Händen aus, und als die Magie in ihn eindrang, nahm sein Teint eine gesunde Farbe an.

„So ist gut. Ein bisschen mehr", sagte Bea, als sie den Trank an seine Lippen kippte.

Magie versuchte, in ihn zu strömen, doch ich hielt sie zurück und gab nur eine kleine Dosis auf einmal.

„Mehr", sagte Bea stirnrunzelnd.

Panik machte sich breit, und meine Magie wallte auf.

Kanes Körper zuckte und wurde einen halben Meter über den Boden gehoben. Als er wieder auf der harten Erde aufschlug, holte er mit weit aufgerissenen Augen tief Luft.

„Oh mein Gott. Kane. Es tut mir leid." Ich umklammerte seine Hand und hielt sie an meine Brust.

Er blinzelte und konzentrierte sich auf mich. Er benetzte sich die Lippen und runzelte die Stirn. „Was ist passiert?"

„Der Dämon hat versucht, dich zu erwürgen. Bea hat deine Wunden geheilt."

„Aber Jade hat dich zurückgebracht", sagte Bea. „Der Dämon hat dir so viel Energie geraubt, dass du ins Koma gefallen bist." Sie stand auf. „Ich werde mit dem Rest des Zirkels sprechen und euch beiden einen Moment geben."

Kane blickte zu den Dämonenjägern auf. Er räusperte sich. „Ihr habt es geschafft."

Maximus starrte auf ihn hinunter. Dann, ein paar Sekunden später, streckte er seine Hand aus.

Niemand sagte ein Wort, als Kane Maximus anstarrte. Sein Gesichtsausdruck verriet nichts, und selbst ich war mir nicht sicher, was er tun würde.

„Ich hätte dir niemals deinen Dolch nehmen sollen", sagte Maximus. „Vertrauen ist das Fundament der Bruderschaft. Das habe ich vergessen. Es ist meine Schuld, dass wir heute einen Bruder verloren haben. Ich will nicht noch einen verlieren."

Die verbliebenen Jäger tuschelten leise, als ihre Überraschung hochsprudelte und in einem Schauspiel winziger Funken um sie herum explodierte, die nur ich sehen konnte. Maximus gab scheinbar nicht oft zu, dass er sich geirrt hatte.

Kane richtete seinen Blick auf Maximus' Hand, setzte sich dann auf und umklammerte sie.

Maximus zog ihn auf die Füße. Kane stand aufrecht und stark vor dem Anführer, die Blutergüsse an seinem Hals waren bereits dank Beas Magie verblasst. Die beiden schüttelten einander die Hände, und ehe Kane loslassen konnte, zog Maximus ihn in eine Umarmung und klopfte ihm auf den Rücken, bevor er ihn losließ.

Der Anführer der Bruderschaft streckte beide Arme vor sich aus, die Hände mit den Handflächen nach oben. Er begegnete Kanes Blick und hielt ihn fest, als er sich verbeugte. „Möge deine Macht für meine Mitbrüder stark und sicher sein. Möge dein Verstand scharf und dein Herz aufrichtig sein. Und mögen deine Brüder weise genug sein, sich immer daran zu erinnern, wer loyal ist." In seiner Hand funkelte strahlend weiße Magie in Form des Dolches der Bruderschaft.

Wir standen alle staunend da und sahen zu, wie der Dolch sich materialisierte und das Symbol auf dem Griff erstrahlte.

Die von ihm ausgehende Kraft war stärker als die, die Kane beim ersten Mal gegeben worden war. Ich konnte sie tief in meinen Knochen pulsieren fühlen.

Als Kane die Waffe betrachtete, strömte eine intensive Sehnsucht von ihm zu mir. Es war, als hätte er sich danach gesehnt.

„Sie gehört dir", sagte Maximus voller Überzeugung.

Endlich griff Kane nach dem Dolch. Als sich seine Finger um den Griff schlossen, blitzte seine Macht auf und sank dann in Kanes Haut ein. Die Müdigkeit um seine Augen verschwand und Energie pulsierte um ihn herum. Es war offensichtlich, dass er zu allem bereit war. Der Hauch eines Lächelns umspielte seine Lippen, und er trat zurück und nickte Maximus zu.

Stolz schwoll in meinem Herzen an, als ich die Szene betrachtete. Kane wurde gleichwertig behandelt. Von nun an war er ganz einer von ihnen. Er hatte sich ihr Vertrauen verdient.

Die Luft zwischen den beiden flirrte und hinterließ ein Gefühl von Respekt. Maximus' Einstellung Kane gegenüber hatte sich gerade geändert, und ich hatte den Eindruck, dass sie von nun an eine ausgewogenere Arbeitsbeziehung haben würden.

Zu schade, dass jemand sterben musste, damit Maximus

dorthin gelangen konnte. Wut floss bei dem Gedanken daran durch meine Adern. Doch ich biss die Zähne zusammen und sagte nichts. Die Reue, die Maximus und den anderen Dämonenjägern anhaftete, war dick und herzzerreißend. Sie hatten einen massiven Schlag erlitten, und sie alle spürten ihn tief.

„Wir bringen ihn zurück in die Villa", sagte Maximus und starrte den gefallenen Jäger an.

„Ich komme nicht mit." Kane ließ seine Hand in meine gleiten.

Maximus nickte, seine dunklen Augen voller Bedauern. „Nimm dir die Zeit, die du brauchst."

Einer der Jäger bückte sich und wuchtete den gefallenen Jäger über seine Schulter. Eine Sekunde später machten die fünf einen Schritt nach vorn und verschwanden in den Schatten.

„Wir sollten alle nach Hause gehen", sagte ich zu meinem Zirkel.

Es gab zustimmendes Murmeln, doch alle waren immer noch zu geschockt, um mehr zu sagen. Für die meisten von ihnen war es zweifellos das erste Mal, dass sie den Tod eines Menschen miterlebt hatten.

„Danke –" Ich hielt inne und schüttelte dann den Kopf, weil ich wusste, dass es nichts mehr zu sagen gab. „Einfach danke."

Lucien winkte die Zirkelmitglieder zu sich herüber und sprach leise mit ihnen. Ich warf ihm ein dankbares Lächeln zu und blieb an Kanes Seite. „Geht's dir gut?", flüsterte ich.

Er trat näher zu mir und legte einen Arm um meine Taille, während er mich auf den Kopf küsste. „Ja. Und mir wird es sogar noch besser gehen, wenn wir die Göttin gefunden und Pyper befreit haben."

Ich schloss die Augen und kämpfte gegen die Hilflosigkeit

an, die mich zu überwältigen drohte. „Ich weiß nicht, wie ich sie finden soll."

„Ich auch nicht, aber wir werden sie finden … auf die eine oder andere Weise."

~

KANE und ich standen vor der Hintertür des *Wicked*. „Bist du sicher, dass du das tun willst?", fragte ich.

„Ja. Ich muss es wissen." Er steckte seinen Schlüssel ins Schloss, doch bevor er die Tür öffnen konnte, legte ich meine Hand auf seine und hielt ihn auf.

„Ich mache mir Sorgen, dass du nicht hundert Prozent bist." Wir kamen gerade aus dem Zirkelkreis und waren auf dem Weg nach Hause, um uns zu überlegen, was wir als Nächstes tun wollten, als er auf seinen Parkplatz hinter dem Club gefahren war.

Seine Hand glitt mein Rückgrat hinauf und blieb auf meinen Hinterkopf liegen. „Mach dir keine Sorgen um mich, Jade." Er klopfte auf den Dolch, der jetzt wieder sicher in seinem Gürtel steckte. „Ich habe, was ich brauche."

„Wenn du das sagst."

„Ja." Er wirkte so entschlossen, so selbstsicher, dass mein Unbehagen in den Hintergrund trat.

Die Tür öffnete sich quietschend, und Stille begrüßte uns. Keines der Flurlichter brannte, und der Club war dunkler, als ich ihn je gesehen hatte. Es *fühlte* sich sogar dunkel *an*. Bedrohlich. Doch diesmal war es nicht Kanes Energie. Die war weg. Alles war weg.

All die Restlust und Erregung, die normalerweise im Club hingen, waren verschwunden. Keine der Restemotionen, die mir immer wieder den Magen umdrehten, waren zu spüren. Da war einfach nichts. „Fühlt sich irgendwas anders an?"

Kane hielt inne. „Nicht für mich. Aber für dich schon. Was ist es?"

Ich schüttelte den Kopf. „Gar nichts. Ich meine, ich kann überhaupt keine Restenergie spüren."

„Das ist gut, oder?"

Ich blinzelte durch die Dunkelheit. „Das weiß ich noch nicht."

Er machte zwei Schritte und blieb dann wieder stehen. „Spürst du meine Incubus-Energie nicht?"

„Die spüre ich." In gewisser Weise. Ich war mir seiner Energie bewusst, aber sie überwältigte mich nicht wie zuvor. Zumindest nicht im Moment. „Aber die fremde Energie ist weg."

„Ganz und gar?" In seinem Ton lag eine Spur erleichterter Hoffnung.

„Ja. Jedenfalls im Club. Wenn du ihn wieder aufmachst, werden die Leute wahrscheinlich nicht mehr wie zuvor um den Block herum anstehen. Der Reiz ist nicht mehr da."

„Gut."

Ich kicherte. „Das ist das erste Mal, dass ich dich etwas Positives darüber sagen höre, dass der Club Gäste verlieren könnte."

Er lachte mit mir. „Du hast recht. Und es wird wahrscheinlich das letzte Mal sein."

Als wir auf das Büro zugingen, legte Kane den Schalter um, der die Lampen an den Wänden einschaltete. Und wie erwartet war niemand da. Doch der Club sah aus, als hätte ein Hurricane hier getobt. Stühle waren umgeworfen, leere Schnapsflaschen waren auf der Bühne verstreut, und irgendetwas hatte die blauen Samtwände zerfetzt.

„Heilige Scheiße", flüsterte ich. „Was ist hier passiert?"

Kane ging langsam durch den Raum und betrachtete die Zerstörung. Rotstichige Wut waberte um ihn herum. Sein Kiefer bewegte sich, doch er sagte nichts, als er über die Trümmer stieg.

Ich hatte keine Ahnung, wer so etwas getan haben könnte. Die Hintertür war nicht aufgebrochen gewesen. Ich war bereit zu wetten, dass der Haupteingang auch ordnungsgemäß verschlossen war. Es war einfach keine Restenergie mehr im Club. Und es war sehr seltsam. Ein Angriff wie dieser würde unweigerlich welche hinterlassen.

„Kane?"

Er hob abrupt den Kopf. „Ja?"

„Wir müssen das Gebäude durchsuchen. Ich kann überhaupt nichts fühlen. Ich weiß nicht, was los ist, ob jemand einen Zauber gewirkt hat, um Energie vor mir zu verbergen, oder ob das Haus gereinigt wurde oder was. Doch da alles daran seltsam ist, müssen wir das ganze Haus durchsuchen und uns vergewissern, dass sonst niemand hier ist."

„Ja, du hast recht." Zusammen gingen wir durch den Club und fanden nichts als Zerstörung. Dann kontrollierten wir das Büro. Interessanterweise war dort nichts fehl am Platz, außer, dass die Tür aus den Angeln gebrochen war.

„Das ist mehr als seltsam", sagte ich.

Kane nickte, und zog mich dann in den Flur und die Treppe hinauf. In keiner der Wohnungen war irgendwas fehl am Platz, außer in Zoës. An der Wand waren Spuren, wo sie gefesselt gewesen war, zusammen mit den großen Dornen. Doch sie war nirgends zu finden, und alle ihre Sachen schienen da zu sein, einschließlich ihrer Handtasche, in der ihr Geldbeutel und ihre Schlüssel waren.

„Glaubst du, Genesis hat sie noch immer?", fragte ich und hob meine Hand an meinen Hals.

„Muss wohl so sein." Wir standen beide da und starrten auf die Wand, wo wir sie zuletzt in Kanes Traum gesehen hatten.

„Wir müssen sie finden", sagte ich.

Kane nickte, und bevor ich noch etwas sagen konnte, führte er mich zur Tür.

„Wohin gehen wir?", fragte ich.

„In die Schatten."

Mein interner Alarm ging los. „Das können wir nicht. Nicht, ohne jemanden zu benachrichtigen."

„Dann ruf Lucien an. Oder Bea. Oder Lailah. Wir können hier nicht weg, ohne nach ihr zu suchen. Und da das der letzte Ort ist, an dem wir sie gesehen haben, haben wir keine Wahl."

Ich musste rennen, um ihn einzuholen, als er die Treppe hinuntereilte, und wenige Augenblicke später standen wir in seinem Büro.

„Warte." Ich zog das Handy aus meiner Tasche und verzog das Gesicht, als ich das rote Licht sah, das anzeigte, dass der Akku fast leer war. Es reichte gerade für eine Nachricht, also schrieb ich Lucien, Lailah und Bea eine Gruppennachricht.

Kane und ich suchen in den Schatten nach Zoë. Wenn ihr innerhalb einer Stunde nichts von uns hört, schickt Verstärkung. Ich nickte zufrieden als die Nachricht als „gesendet" markiert wurde. „Fertig", sagte ich.

„Bist du bereit?", fragte er mich.

„Bereit."

Unsere Finger glitten ineinander, und die Welt kippte.

Ich blinzelte durch das Grau und wusste sofort, dass die Energie in den Schatten wiederhergestellt war. „Es ist nicht mehr verseucht", sagte ich zu Kane, und Erleichterung durchströmte mich.

Doch er antwortete nicht. Er starrte nach rechts, und tief in ihm brodelte Empörung. „Lass sie los!", befahl er und trat einen Schritt von mir weg.

Ich spähte an ihm vorbei, konnte jedoch immer noch nicht sehen, was er tat. „Kane?" Doch er schien mich nicht zu hören, und je weiter er sich von mir entfernte, desto schwieriger fiel es mir, seine Gefühle zu lesen.

„Kane?", sagte ich noch einmal und versuchte, ihn einzuholen, doch als ich einen weiteren Schritt machte, wehte eine seltsame Woge durch die Schatten und verzerrte meine Sicht.

Ich rieb mir die Augen und blinzelte.

„Bleib in Bewegung, Jade!", hörte ich Kane aus der Ferne rufen. „Mach einfach noch zwei Schritte."

Ich fühlte mich, als wäre ich an Ort und Stelle eingefroren, unfähig, mich vorwärts oder rückwärts zu bewegen. Ich sah nichts als verschwommene graue Linien. Wo war ich? Was war passiert?

„Jade!" Kane packte mein Handgelenk, und das nächste, was ich wahrnahm, war, dass ich durch die verzerrte Magie gezogen wurde.

Meine nackten Arme und mein Gesicht brannten von der Berührung. Ich blinzelte schnell und rieb mir die tränenden Augen, als die kühle Luft über meine brennende, wunde Haut strich. „Was war das?", fragte ich, immer noch nicht in der Lage zu sehen.

„Eine magische Barriere, um uns auszusperren", sagte Kane in rauem und gefährlichem Ton.

„Auszusperren aus wa–" Meine Sicht wurde klarer, und was ich sah, drehte mir den Magen um.

Zoë lag in der Dunkelheit, ihre Arme und Beine gefesselt, eine Infusionsnadel in ihrem Arm. Über sie gebeugt stand eine bucklige alte Frau mit faltigem Gesicht. Die Frau starrte uns finster an und knurrte. Ihr langes weißes Haar bewegte sich, und da sah ich sie. Die Spritze.

Die alte Frau entnahm Zoë direkt über ihrem Herzen Blut.

„Lass das!" Ich sprang auf sie zu.

Doch es war zu spät. Die Frau riss Zoë die Spritze heraus und stach sie sich in ihren eigenen Hals.

Blitze dunkler Magie zuckten über der alten Frau, als sie ihren Körper erfassten. Sie erhob sich ein paar Meter in die Luft, breitete ihre Arme aus, und die schwarze Magie verzehrte sie.

Ich trat einen Schritt zurück, unfähig, die mächtige Magie zu kontrollieren, die durch mich wallte, gerufen durch die Andeutung dunkler Mächte. Ich hatte schon einmal gegen schwarze Magie gekämpft und gewonnen. Ich könnte es wieder tun. Doch was auch immer in diesem Moment mit ihr geschah, sie hatte es sich selbst angetan, und ich war mir noch nicht ganz sicher, wogegen ich kämpfen würde.

„Was zum …?", keuchte Kane, packte meinen Arm und zog mich an seine Seite.

Meine Augen weiteten sich ungläubig. Die Haut der Frau bewegte sich, als sich ihr Körper aufrichtete. Dann verschlang eine wogende schwarze Rauchwolke sie aus dem Nichts. Und als sich der Rauch verzog, starrte ich direkt in Genesis' Augen.

KAPITEL VIERUNDZWANZIG

„*G*enesis", bellte Kane. „Was hast du getan?"

Sie lachte, und ihr schrilles Kichern zerrte an meinen Nerven. „Nur das, was ich schon vor Jahren hätte tun sollen."

„Einer unschuldigen Frau die Lebenskraft stehlen?" Meine Stimme zitterte vor Wut, und Magie klebte an meinen Fingerspitzen, bereit, entfesselt zu werden.

„Unschuldig?" Genesis hob ihre Augenbrauen und warf uns einen ungläubigen Blick zu. „An diesem Mädchen ist nicht viel Unschuldiges. Nicht mehr. Nicht nach dem, was sie in den letzten Wochen für mich getan hat."

Ich warf Zoë einen Blick zu und frage mich, was das bedeutete, verwarf dann aber schnell alles, was die Göttin zu sagen hatte. Wenn Zoë zu etwas gezwungen worden war, spielte es keine Rolle, was sie getan hatte. Genesis war diejenige, die schwarze Magie benutzte, um wieder jung auszusehen, indem sie Zoës Essenz stahl. Ich hatte vorher nichts Unheimliches von Zoë gespürt. Was auch immer Genesis meinte, machte sie nicht böse.

„Du lügst", sagte Kane und ließ seinen Dolch blitzen.

Genesis zischte. „Du kannst mich mit dieser Klinge nicht verletzen, Incubus. Ich kenne die Regeln."

Sie hatte recht. Der Dolch, der Kane gegeben wurde, sollte nur im Kampf gegen Dämonen verwendet werden ... oder zur Selbstverteidigung, wenn er magisch angegriffen wurde. „Du irrst dich", log ich. „Bei schwarzer Magie ist alles erlaubt. Eine Bewegung seines Handgelenks, und du bist Geschichte."

Ich pokerte natürlich. Kane würde seinen Dolch nicht benutzen, wenn sie ihn nicht zuerst angriff. Doch als weiße Hexe gab es solche Regeln nicht für mich. Sobald sie von Zoë wegtrat, würde ich sie mir vornehmen.

Angst blitzte in Genesis' Augen auf. Doch sie blinzelte sie weg und hob ihre Arme. Die schwarzen Magieranken wuchsen aus ihren Fingern und schlangen sich um ihre Handgelenke. „Beweise es."

Die dunkle Energie schoss aus ihren Händen direkt auf Kane zu. Der Blitz war so schnell, dass ich nicht einmal Zeit hatte zu reagieren. Doch Kane reagierte. Anstatt Genesis mit seinem Dolch anzugreifen, riss er ihn hoch und reflektierte die schwarze Magie mit dem großen Stein im Griff. Wenn sie ein Dämon gewesen wäre, hätte er sie direkt zu ihr zurückgeschickt, doch stattdessen zielte er damit in die Ferne, weg von Zoë und der Göttin.

Genesis stolperte ein paar Schritte nach rechts und versuchte, Kanes Halt zu lösen. Es reichte aus, dass Zoë aus der Schusslinie war. Meine weiße Hexenmagie wallte aus meinen Tiefen auf, und anstatt gegen die Magie anzukämpfen, die sie auf Kane entfesselte, konzentrierte ich mich auf sie und flüsterte: „Binde sie."

Sechs separate Magieströme schossen aus meinen Fingern, und jeder traf auf einen anderen Teil von Genesis' Körper.

„Was zum –", begann sie, als sie versuchte, einen Schritt zurückzuweichen.

Doch ein Seil meiner Magie schlang sich um ihren Mund und knebelte sie, während vier der anderen sich um ihre Handgelenke und Knöchel wickelten.

Die schwarze Magie, die aus ihren Händen strömte, begann zu einem Flüstern zu verblassen.

„Mehr, Jade. Unterbrich ihre Verbindung", sagte Kane mit kalter Stimme.

Genesis sträubte sich gegen meine magischen Fesseln. Ihre Augen wurden pechschwarz, als sie in meine Richtung starrte. Dann glitt eine Ranke ihrer dunklen Magie unter den Knebel. Die Verbindung riss, und sie atmete schwer ein. „Du verdammtes Miststück!" Sie öffnete ihren Mund, und eine Flut des Bösen entkam den Tiefen ihrer Seele.

Schatten um Schatten gebrochener Geister strömten aus ihr heraus, jeder von ihnen schrie einen schrillen Schmerzensschrei. All die, von denen sie sich im Laufe der Jahre ernährt hatte. Ich zuckte entsetzt zurück, unfähig, mir eine so schreckliche Existenz auch nur vorzustellen.

Sie flogen in einem Wirbelwind aus Energie um Genesis herum, bis sich Genesis schließlich aus meinem Griff löste. Meine Magie schlug auf mich zurück. Ein stechender Schmerz traf mich direkt in den Bauch, und ich schrie auf, als ich mich vornüber krümmte und nach Luft schnappte.

„Hinter mich!" Kane trat vor mich, hob seinen Dolch und benutzte den Stein, um uns vor den Geistern zu schützen.

Ich fiel auf die Knie, konnte mich nicht aufrecht halten und starrte auf das Schauspiel vor uns. Zoë bewegte sich nicht hinter Genesis. Ich war mir nicht einmal sicher, ob sie noch am Leben war, nachdem die Göttin ihre Essenz gestohlen hatte. Gott, was, wenn sie tot war? Dann wären das drei Leute, die wir innerhalb weniger Tage verloren hatten.

Mein Herz pochte mir bis in den Hals. Doch dann machte sich die Wut breit. Die Welt war zu voll von selbstsüchtigen, machthungrigen Wesen. Und Unsterbliche wie Genesis waren die schlimmste Sorte. Ihr lag buchstäblich die Welt zu Füßen, und das war nicht genug. Ich konnte nicht dabeistehen und zulassen, dass sie noch eine Unschuldige opferte.

Ich sprang vor Kane auf die Füße, ignorierte den Schmerz in meinem Bauch und feuerte Blitz um Blitz auf die Geister ab, die Genesis beschützten. Nacheinander verlangsamten sie sich und verschwanden in den Schatten, sodass nichts mehr zwischen mir und der Göttin stand.

Wenn mich jemals jemand gefragt hätte, ob ich dachte, ich könnte eine Göttin besiegen, hätte ich jedes Mal nein gesagt. Doch in diesem Moment sagte die Überzeugung, die mein Herz erfüllte, etwas anderes. Ich würde ihr nicht erlauben, noch einen einzigen Menschen zu opfern. Würde ihr nicht die Chance geben, Pyper noch einmal zu holen. Ich war bereit zu sterben, ehe ich zuließ, dass sich Pypers Geist in eines der Geschöpfe verwandelte, die von der Göttin kontrolliert wurden.

Nachdem die gebrochenen Geister aus dem Weg waren, nutzte ich all die Angst und Wut und den Schrecken der letzten paar Tage und konzentrierte meine Energie darauf, die Göttin ins Visier zu nehmen. „Genesis!", rief ich.

Ihr Kopf schnellte hoch, und ihre großen schwarzen Augen starrten mich direkt an.

„Iss das." Weißglühende Magie brach aus mir heraus und schoss direkt auf ihren Kopf zu.

Die Göttin tat, was ich befahl, und öffnete ihren riesigen Mund, saugte alles auf, was ich zu geben hatte. Ich stand da und gab ihr all meine Kraft, jedes letzte bisschen Kraft, das ich hatte, bis meine Muskeln anfingen, vor Anstrengung zu zittern. Ich fiel auf ein Knie und knirschte mit den Zähnen, rief die verbleibende Kraft aus den Tiefen meiner Seele.

Eine letzte magische Blase verließ meine Fingerspitzen, und ich fiel völlig leer auf meine Hände.

„Jade!", rief Kane und hob mich an den Schultern hoch. Er hielt mich fest, und wir beide beobachteten, wie Genesis' Körper von meiner Magie hell erleuchtet wurde. Ihre Augen wechselten von Schwarz zu Weiß und dann wieder zu Schwarz, als sie vor offensichtlichem Schmerz aufschrie.

„Ich muss zu Ende bringen, was ich angefangen habe", keuchte ich.

„Nein, Jade. Du hast genug getan", sagte Kane in mein Ohr.

Ich schüttelte den Kopf. „Nein. Sie wird niemals aufhören. Bitte. Lass mich."

„Ich kann nicht. Du hast zu viel Kraft verwendet."

Ich blickte zu ihm auf und flehte ihn verzweifelt an. „Ich muss. Ich kann das. Vertrau mir."

Sein besorgter Blick wanderte von mir zu ihr und wieder zurück. „Hier", sagte er und legte meine Hand an sein Herz. „Nimm, was du brauchst."

„Bist du sicher?" Mein Atem kam in kurzen, verzweifelten Stößen.

„Ich bin sicher."

Meine Finger gruben sich in seine Haut, während ich mich auf seine Energie konzentrierte, die mich einhüllte. Ich kannte ihn so gut, war schon so lange mit ihm im Einklang, dass es mir zur zweiten Natur wurde, mit seiner emotionalen Energie zu verschmelzen.

Nur dass das nicht das war, was er gesagt hatte, was ich tun sollte. Nein, ich sollte seine Kraft nehmen.

„Du kannst das", sagte Kane.

Ich war mir nicht so sicher, doch als ich zu Genesis zurückblickte, begann meine weiße Magie gerade zu verblassen. Wenn ich jetzt nicht handelte, würde ich meine Chance verpassen, und alles, was ich getan hatte, wäre umsonst gewesen.

„Nimm sie!", verlangte Kane.

Und mit seinen Worten fühlte ich, wie der erste Stich seiner Macht mit meiner verschmolz. Es war genug. Kanes Kraft floss mühelos in mich hinein und wirbelte an dieser Stelle direkt unter meinem Herzen auf und vermischte sich mit meiner. Meine Kraft wuchs sprungartig an, und plötzlich vibrierte ich davon. Mit einer Hand an Kane und der anderen vor mir ausgestreckt, rief ich: *„Finis!"*

Einen Moment lang schien nichts zu passieren. Dann bäumte sich mein Körper auf, und alles verließ mich mit einem Zischen. Im nächsten Augenblick öffnete sich der Mund der Göttin, als sie zu würgen begann. Ihre Hand schoss an ihren Hals, die Augen traten ihr aus dem Kopf, und sie rang nach Luft.

Das ist es, stirb, Göttin, dachte ich entschlossen. *Stirb!*

Eine Störung erfüllte die Luft in Form eines unheilvollen Grollens, gefolgt von Licht, das aus ihrer Mitte, ihren Augen, ihrem Mund schoss, bis sie buchstäblich explodierte und ins Nichts verschwand.

Lichtfunken schwebten um uns herum, als ich gegen Kane sackte.

„Du hast es geschafft", sagte er leise. „Sie ist weg."

Ich nickte, so erschöpft, dass ich nicht einmal antworten konnte.

Kane strich mir mit den Fingern über die Stirn. „Das hast du gut gemacht, Liebes."

Ich seufzte an ihm, gerade als mein Blick auf Zoë landete. „Oh Gott." Ich ließ Kane los und ging auf sie zu.

„Warte", sagte Kane.

Ich hielt inne und blickte zu ihm zurück, während ich auf meinen Füßen schwankte. „Wieso?"

„Wir wissen nicht, in welchem Zustand sie ist."

„Es gibt nur einen Weg, das herauszufinden." Ich streckte ihm meine Hand entgegen, und gemeinsam machten wir uns auf den Weg zu dem Mädchen. „Ihre Fesseln sind weg", sagte ich und starrte sie an. „Wie?"

„Wahrscheinlich war es die Magie von Genesis. Du hast sie und all ihre verbliebene Magie zerstört."

„Gut." Ich kniete mich neben sie. „Zoë?"

Das Mädchen bewegte sich nicht. Sie war blass, und ihre Haut war klamm.

Ich blickte panisch zu Kane auf. „Wir müssen sie hier rausbringen."

Er bückte sich und hob sie hoch.

„Atmet sie?", fragte ich.

„Kaum. Lass uns gehen." Kane und ich verschränkten die Hände, und eine Sekunde später standen wir vor Beas Haus. Wir waren auf dem Weg vor dem Gartentor. Ihr Haus war das Kutschenhaus hinter einem größeren Einfamilienhaus im Gartenviertel. Da wir Zoë bei uns hatten, konnten wir aufgrund ihrer Schutzzauber nicht direkt vor ihrem Cottage landen. Niemand, dem noch kein Zugang gewährt worden war, konnte so nah herankommen. Deshalb war ihr Haus eines der sichersten in der Stadt.

Ich wedelte mit meiner Hand vor ihrem verschlossenen Tor, und es öffnete sich sofort. Ihre Abwehrmaßnahmen waren konfiguriert, um bestimmte Personen jederzeit hereinzulassen. Ich war einer der wenigen Glücklichen.

Als wir um die Ecke zu Beas Cottage bogen, stand sie bereits auf ihrer Veranda. Sie lief zu uns. „Was ist passiert?"

„Jade hat die Göttin zerstört", sagte Kane sachlich.

Bea hob eine Augenbraue. „Allein?"

Ich schüttelte den Kopf. „Kane hat geholfen."

„Nein, habe ich nicht." Kane ging die Stufen hinauf und wartete darauf, dass Bea die Tür öffnete. „Zoë ist in schlechter Verfassung."

Bea nickte. „Das sehe ich. Bring sie direkt ins Gästezimmer. Ich komme gleich mit den Heilkräutern nach."

Nach meiner beeindruckenden magischen Darbietung kooperierte mein Körper kaum noch. Sobald ich die Schwelle überschritten hatte, schlurfte ich zum Sonnenblumensofa und brach zusammen.

„Deine Macht wird stärker", sagte Bea, als sie einen ihrer Wohnzimmerschränke öffnete.

„Hmm?" Ich rollte mich zusammen, denn meine Augenlider waren plötzlich sehr schwer.

„Eine Göttin zu vernichten, hättest du vor ein paar Monaten noch nicht allein geschafft."

„Ich habe dir gesagt, Kane hat geholfen." Ich gähnte und schmiegte mich in das Kissen.

„Was auch immer passiert ist, ich bin stolz auf dich."

Ich begegnete ihrem gütigen Blick und spürte, wie sich Wärme in meiner Brust ausbreitete. „Pass auf sie auf", sagte ich und schloss meine Augen. „Bring Zoë zurück."

„Ich werde mein Bestes geben, Jade."

Ich nickte und nahm die Worte kaum noch wahr. Der Schlaf hatte mich bereits in seine warmen Arme geschlossen.

KAPITEL FÜNFUNDZWANZIG

*A*m nächsten Morgen wachte ich mit einem Ruck auf und blinzelte in das helle Licht.

Kane drehte sich um und legte eine Hand auf meinen Oberschenkel. „Was ist?", fragte er schläfrig.

Die bekannte rote Hibiskus-Tagesdecke rückte in den Fokus. Meine Schultern entspannten sich, als ich gegen das Kopfteil unseres Betts sank. Wir waren zu Hause in unserem eigenen Bett. Ich blickte an mir herunter, betrachtete das grüne Seidennachthemd und runzelte die Stirn. „Kane?"

„Hmm." Er zog mich wieder nach unten und legte einen Arm um mich. „Was ist?"

„Wie sind wir hierhergekommen? Und wann habe ich das angezogen?" Ich zog am Saum meiner Unterwäsche.

Er öffnete ein Auge. Er warf seinen Blick auf die Uhr und stöhnte. „Es ist noch nicht mal sieben."

„Kane." Ich drückte meine Hand auf seine Schulter. „Wach auf. Was ist mit Zoë passiert? Geht's ihr gut?"

Er presste eine Hand an seinen Kopf und richtete dann seinen Blick auf mich. „Bea kümmert sich um sie. Du bist fest eingeschlafen, also habe ich beschlossen, dich nicht aufzuwecken. Ein Taxi hat uns nach Hause gebracht, und ich habe dich ins Haus getragen. Das war –" Er hielt inne und sah wieder auf die Uhr. „Hmm, vor weniger als vier Stunden."

Du meine Güte. Ich muss wirklich k.o. gewesen sein. „Ich kann mich an nichts davon erinnern."

Seine Augen schlossen sich wieder, und er zog mich fester an sich. „Das kann ich gut nachvollziehen. Nachdem du auf Beas Couch eingeschlafen bist, hast du dich unruhig hin und her gewälzt und aufgewühlt gewirkt. Also hat Bea einen Zauber gesprochen, um dich besser schlafen zu lassen."

„Was?" Ich schoss wieder hoch. „Und du hast sie gelassen?"

Er starrte mich an. „Du vertraust Bea nicht?"

„Es ist nicht so, dass ich ihr nicht vertraue, es ist nur so … Mist." Ich sprang aus dem Bett und stand mitten im Zimmer, die Hände in die Hüften gestemmt. „Was, wenn irgendwas passiert wäre? Was dann?"

Kane richtete sich mit einem Seufzer auf. „Dann nehme ich an, dass sie einen weiteren Zauber gesprochen hätte, um dich aufzuwecken. Aber wirklich, Liebes, was denkst du, soll passieren, wenn du in ihrem Haus bist?"

„Ich weiß nicht." Ich stapfte ins Badezimmer und schloss die Tür. Er wusste, wie sehr ich es hasste, verzaubert zu werden. Verdammt, es hatte Monate gedauert, bis ich überhaupt in Erwägung gezogen hatte, Beas Heilkräuter zu nehmen. Doch nach allem, was geschehen war, verzaubert zu werden? Das konnte ich nicht akzeptieren.

Die Bodenfliesen waren kühl unter meinen Füßen, als ich in die Dusche trat und das heiße Wasser bis zum Anschlag aufdrehte. Doch anstatt meiner morgendlichen Routine nachzugehen, stand ich nur da und kochte vor Wut.

Nach ein paar Minuten öffnete sich die Duschtür, und

Kane steckte seinen Kopf hinein. „Macht es dir was aus, wenn ich reinkomme?"

Die Tatsache, dass er fragte, bedeutete, dass er wusste, wie wütend ich war. An jedem anderen Tag wäre er einfach in die Dusche gekommen und hätte seine Arme um mich geschlungen.

Der zögerliche Ausdruck auf seinem Gesicht beruhigte mich, und die Wut begann langsam zu verblassen. „Schon gut, komm rein."

Die Tür schloss sich leise, als Kane hinter mich trat. Ohne ein Wort zu sagen, nahm er das Shampoo und machte sich daran, meine Haare zu waschen. Er nahm sich Zeit, um meine Kopfhaut zu massieren, und als er fertig war, war ich Wachs in seinen Händen.

„Es tut mir leid, hübsche Hexe", sagte er sanft, als er mit seinen Lippen über meine Schulter strich. „Ich habe mir Sorgen um dich gemacht und wollte, dass du dich ausruhst. Es waren ein paar harte Tage."

Ich drehte mich in seinen Armen um und sah ihn an. Diese weisen schokoladenbraunen Augen waren voller Liebe, und mein Herz schmolz wieder. „Ich weiß, dass du dich nur um mich kümmern wolltest."

Er nickte und strich eine Strähne meiner nassen Haare über meine Schulter. „Ja, das wollte ich."

„Ich habe vielleicht ein kleines Problem mit Kontrolle, wenn es um Zauber und Magie geht." Ich schenkte ihm den Anflug eines Lächelns.

„Ein kleines?" Er grinste.

„Oh, halt die Klappe", sagte ich. Ich war wahrscheinlich irrational, wenn es um meine Haltung zum Zaubern ging. Es war nicht so, dass ich jemals gezögert hätte, jemanden zu verzaubern, wenn ich dachte, der- oder diejenige könnte mir helfen. Ich war mir ziemlich sicher, dass mein Widerstand ein Überbleibsel des Traumas war, weil meine Mutter während eines Routinezaubers verschwunden war, als ich gerade fünfzehn war. Natürlich hatte sich herausgestellt, dass sie von einem Dämon entführt worden und der Zauber überhaupt nicht das Problem gewesen war. Doch ich war immer noch gezeichnet. „Mir ist bewusst, dass ich Probleme habe."

Kane schüttelte den Kopf. „Keine, die wir nicht überwinden können." Dann senkte er seinen Kopf und beanspruchte meine Lippen mit seinen. Der Kuss begann langsam und süß, eskalierte aber schnell zu heiß und gierig. Ehe ich mich versah, drückte er mich gegen die Duschwand und seine harte Länge rieb an mir. „Ich will dich, Jade."

„Ich bin schon dein." Ich hakte ein Bein um seine Hüfte und führte ihn zu meiner Mitte. Ein leises Stöhnen hallte aus seiner Kehle wider, als er langsam in mich eindrang.

Unsere Blicke trafen sich, und dann hob er mich mit einer schnellen Bewegung hoch. Meine Beine schlossen sich automatisch um seine Taille, als er mir sehr deutlich zeigte, wie sehr er mich liebte.

ICH LEHNTE an der Theke in der Küche und nippte an einem Chai Latte, als Kane hereinkam und sein Handy in der Hand hielt. „Alles bereit. Lailah trifft uns in zehn Minuten im Reich der Engel."

Nachdem ich einen letzten Schluck von meinem Tee getrunken hatte, stellte ich die Tasse auf den Tresen und nahm seine Hand. „Chessandra weiß, dass wir kommen?"

„Ja. Die Einladung sollte jeden Moment hier sein." Wir waren auf dem Weg ins Reich der Engel, um Bericht über den

Dämon, die Göttin und den Zustand der Schatten zu erstatten. Und wenn wir schonmal dort waren, würden wir Pyper mit zurückbringen. Mit der Vernichtung der Göttin war die Bedrohung für ihr Leben verschwunden.

Kane und ich gingen ins Wohnzimmer und warteten. Das Ticken der Uhr an der Wand erfüllte die Stille und schien nur lauter zu werden, je länger wir warteten. Mein Knie zappelte unwillkürlich, als meine Nervosität wuchs.

„Entspann dich, Jade. Alles wird gut", sagte Kane ruhig, als er die Facebook-Seite des Clubs aktualisierte. Charlie war heute Morgen in ihre Wohnung zurückgekehrt, aber bevor sie gegangen war, hatten die beiden beschlossen, den Club so schnell wie möglich wieder zu eröffnen. Heute Abend würde es so weit sein. Kane postete ein Zwei-für-Eins-Getränke-Special. Ein Trupp von Handwerkern war bereits angefordert worden, um die Schäden zu beseitigen.

„Das weißt du nicht", sagte ich. „Die Engel tun, was auch immer am besten für sie ist und für sonst niemanden."

„Aber was würden sie von Pyper wollen? Sie ist nur ein normaler Mensch."

Ich zuckte mit den Schultern. „Ich versuche nur, vorbereitet zu sein, das ist alles."

„Du machst dir zu viele Sorgen." Er legte sein Handy auf den Beistelltisch und drehte sich zu mir um. „Die Engel –"

Das helle Licht des Rufs der Engel erfüllte die Mitte des Raumes.

„Zeit zu gehen", sagte ich und gemeinsam traten wir ins Licht.

Die Welt verschwamm, und einen Augenblick später standen wir in einem völlig weißen Raum, der mit sattem Gold und tiefen Pflaumenakzenten dekoriert war. Der Teppich hatte ein Karomuster aus Gold und Pflaume, während pflaumenfarbene Kissen das weiße Sofa zierten. An der Wand über dem Sofa hing ein goldener Wandteppich.

„Guten Morgen." Chessandras Stimme erklang hinter uns.

Als wir uns umdrehten, sahen wir sie in einem eleganten weißen Anzug an einem antiken goldenen Schreibtisch sitzen. Ihr Haar war aus dem Gesicht gekämmt und ihr Make-up perfekt. Sie hätte der Inbegriff der Kultiviertheit sein sollen, außer dass kein Make-up die dunklen Ringe unter ihren Augen und die Müdigkeit in ihrem Gesicht verbergen konnte. Auch ihr schien es in den letzten Tagen nicht gut gegangen zu sein.

„Setz dich", sagte sie.

Kane und ich sahen uns an und nahmen dann in zwei weißen Ohrensesseln Platz.

„Guten Morgen", sagte ich und fragte mich, wo wir waren. Normalerweise trafen wir uns mit ihr in Anwesenheit des Rats oder in dem Raum direkt neben der Ratskammer. „Neues Büro?"

Sie trank einen Schluck von etwas, das wie Tee aussah. Nachdem sie die Tasse wieder auf ihren Schreibtisch gestellt hatte, lehnte sie sich zurück und verschränkte ihre Arme vor ihrer Brust. „Das sind meine Privaträume."

Kane und ich tauschten einen verwirrten Blick aus.

„Ich möchte hören, was ihr zu sagen habt, bevor ich es an den Rat weitergebe." Sie schlug ein Notizbuch auf und griff nach einem Bleistift. „Ich nehme an, ihr seid mit guten Nachrichten hier?"

Kane beugte sich vor. „Die Schatten sind wiederhergestellt, und der Dämon, der sie verseucht hat, ist zerstört. Wir haben einen vollständigen Bericht erstellt. Lailah wird ihn einreichen, sobald sie ankommt."

Der Hohe Engel hob eine Augenbraue. „Was ist mit der Göttin, die Geister gestohlen hat?"

„Auch vernichtet", sagte Kane.

Ich beobachtete ihn interessiert. Mir war nicht bewusst gewesen, dass er bereits mit Lailah über einen Bericht gesprochen hatte. Zweifellos hatten sie die Details auf ein Minimum reduziert. Kane wollte nicht, dass Chessandra von seiner Verbindung zu dem Dämon erfuhr. Verdammt, ich wollte es auch nicht. Je weniger sie über unser Leben wusste, desto besser. Vertrauen war schwer zu bekommen, wenn es um die Engel ging.

„Und unser verschwundener Engel? Habt ihr sie gefunden?"

Kane schüttelte den Kopf.

„Wir haben sie nicht gesehen", fügte ich hinzu.

Chessandra runzelte die Stirn. „Die Mission ist nicht abgeschlossen, bis unser Engel nach Hause kommt."

Ich neigte den Kopf und studierte sie wirklich. Ich hatte sie noch nie so erschüttert gesehen … nicht einmal, als ihre eigene Schwester in der Welt der Leere gefangen gewesen war. „Entschuldige, Chessandra", sagte ich und bemühte mich um meinen respektvollsten Ton. „So traurig wir auch sind, dass ein Engel verschwunden ist, muss ich dich respektvoll daran erinnern, dass Engeln zu beschützen oder zu suchen nicht in unserem Vertrag steht. Natürlich werden wir tun, was wir können, um zu helfen, aber du musst verstehen, dass wir hier völlig im Dunkeln tappen. Wir kennen nicht einmal ihren Namen."

Chessandra stand auf und sah mich mit zusammengekniffenen Augen an. „Ihr Name ist Avery, und ihr werdet sie finden, oder ich werde euer Medium auf unbestimmte Zeit hier behalten."

Medium? Was meinte sie … oh. Die Erinnerung an Pyper, die in unserem Gästezimmer mit ihrer Mutter kommuniziert hatte, kehrte zurück. Sie wollte Pyper hier behalten? Das konnte nicht ihr Ernst sein. „Du hast kein Recht, Pyper hierzubehalten", sagte ich kalt.

„Ich kann tun, was ich will, Hexe. Ihr habt sie mir anvertraut, nicht wahr?"

Ich öffnete den Mund, um weiter zu argumentieren, doch Kane schüttelte den Kopf und bedeutete mir, das Thema für den Moment fallen zu lassen. Er runzelte die Stirn. „Du hast gesagt, Pyper ist ein Medium?"

Sie ließ das Notizbuch auf ihren Schreibtisch fallen und ging durch den Raum. Sie blieb vor einem großen goldgerahmten Spiegel stehen und deutete darauf. „Ihre kleine Freundin war von unschätzbarem Wert, weil sie uns geholfen hat, einige offene Rätsel zu lösen."

Chessandra legte einen Schalter um, und der Spiegel wurde glasklar.

Dahinter war ein identischer Raum wie der, in dem wir saßen, nur dass zwei große Schränke an der Wand standen und ein Stapel Akten auf dem Schreibtisch lag.

Und dann war da noch Pyper. Sie saß auf einem Drehstuhl und schien Selbstgespräche zu führen.

KAPITEL SECHSUNDZWANZIG

Kane ging zum Glas hinüber und sah Pyper an. Sie schien vollkommen entspannt zu sein, als würde sie mit einer guten Freundin sprechen.

Ich richtete meine Aufmerksamkeit auf Chessandra. „Ihre Mutter ist neulich aufgetaucht. Ich dachte, es wäre eine einmalige Sache. Kann sie wirklich auch andere Geister sehen?"

„Ihre Führer sind ungefähr eine Stunde nach ihrer Ankunft hier erschienen."

„Was sind Führer?", fragte Kane.

Ich wusste es bereits, ließ aber Chessandra antworten, falls es etwas gab, dessen ich mir nicht bewusst war.

„Die Geister, die mit ihr über andere Geister sprechen. Sie beschützen sie und rufen die, von denen wir Antworten suchen. Es ist alles ziemlich standardmäßig." Dann sah sie uns stirnrunzelnd an. „Ihr seid noch nie einem Medium begegnet?"

„Ich schon", sagte ich. „Eine von Tante Gwens Freundinnen ist eins. Aber sie ist nicht besonders genau."

Chessandra nickte. „Das passiert. Es hängt alles von den Führern ab. Einige von ihnen sind unzuverlässig."

Ich stellte mich neben Kane und legte meine Hand auf das Glas. Ein Medium zu sein war nicht unbedingt eine schlechte Sache, doch es bedeutete, dass sie viel mehr in die übernatürliche Welt eingebunden war. Und in Anbetracht der Menge an Bösem, das uns auch so schon zu finden schien, war ich nicht davon überzeugt, dass das eine gute Entwicklung war.

„Wie zuverlässig sind Pypers Führer?", fragte Kane.

„Bis jetzt sehr." Chessandra zog sich zu ihrem Schreibtisch zurück und setzte sich wieder hin, während sie eine Akte auf ihrem Schreibtisch durchblätterte.

Ich musterte sie. „Wie ist das passiert?"

Sie blickte zu mir auf und hob fragend eine Augenbraue.

„Ich meine –", ich ging zurück zu ihr, „– warum ist sie ein Medium? Du hast gesagt, ihre Führer sind etwa eine Stunde nach ihrer Ankunft hier aufgetaucht. Wieso?"

Chessandra warf mir einen Blick zu, der Stahl hätte schmelzen können. Ich spürte tatsächlich, wie ich vor ihr zurückschrumpfte.

„Jade, wenn du andeuten willst, dass wir dieser Menschenfrau irgendetwas angetan haben, um ihren geistigen Zustand zu verändern, bin ich sehr beleidigt. Aber um deine Frage zu beantworten, die andere Seele, die sie trägt, scheint ein Medium gewesen zu sein. Die Gabe wurde an deine Freundin übertragen."

Oh, woah. Das war überhaupt nicht das, was ich erwartet hatte.

„Ich möchte mit ihr sprechen", sagte Kane, als er neben mich trat.

Chessandra zog ein Stück Papier aus der Akte. „Akzeptabel.

Sobald du das unterschrieben hast." Sie reichte es Kane und wartete dann mit in die Hüften gestemmten Händen.

Kane warf einen Blick auf das Dokument und runzelte die Stirn. „Keiner von uns unterschreibt das."

„Das werdet ihr, wenn ihr eure Freundin wiedersehen wollt. Andernfalls werde ich sie einfach auf unbestimmte Zeit hier behalten. Sie ist sicherlich nützlich."

Kane gab mir den Vertrag. Ich las und stellte fest, dass es sich um eine Austauschvereinbarung handelte. Pyper gegen den vermissten Engel Avery.

„Das kannst du nicht tun!", keuchte ich und zerknüllte das Papier in meiner Faust.

„Wer sagt das?" Chessandras Verhalten war eiskalt. „Ich bin der Hohe Engel. Ich kann tun, was ich will."

„Nicht ganz", sagte Lailah hinter uns. „Sogar im Reich der Engel gibt es Kontrollinstanzen."

Ich wirbelte herum und sah Lailah, und zu meiner Überraschung stand Drake, mein Vater, hinter ihr. Was zum Teufel tat er hier? Ich war zu wütend, um mich mit jemandem auseinanderzusetzen, besonders nicht mit dem Vater, den ich nie gekannt hatte. Ich verdrängte ihn aus meinen Gedanken und konzentrierte mich auf Lailah. Gott sei Dank war sie hier. Da sie ein Engel niederer Stufe war, kannte Lailah ihre Gesetze viel besser als ich. Wir brauchten jemanden an unserer Seite.

„Lailah", sagte Chessandra kühl, dann nickte sie Drake zu, der an die Seite seiner Gefährtin trat. „Chessandra." Lailah nickte dem Engel zu. „Wie ich höre, versuchst du, mit den Rouquettes einen Deal in Bezug auf meinen Schützling zu machen."

„Wenn du den Menschen meinst, dann hast du richtig gehört." Chessandra starrte Lailah in die Augen, ihr Blick hart und bar jeder Entschuldigung. „Doch da die Seele der

Menschenfrau nicht mehr in Gefahr ist, geht sie dich nichts mehr an."

„An dieser Stelle muss ich leider eingreifen. Siehst du, da sie noch eine zweite Seele beherbergt, eine magische obendrein, ist sie in Gefahr. Wenn du dich erinnerst, ist der Körper wirklich nur für eine Seele ausgelegt, und schließlich wird sie den Eindringling entweder absorbieren oder ihn ausstoßen. Wenn sie ihn absorbiert, können die Auswirkungen bestenfalls unangenehm sein. Wenn sie ihn vertreibt, geht die Seele für unsere Sache verloren." Lailah zog eine Akte aus ihrer Tasche und wedelte damit Chessandra zu. „Ich habe einen Vorschlag, von dem ich denke, dass er unseren Bedürfnissen entsprechen könnte."

Chessandra funkelte Lailah an. „Dein Vorschlag interessiert mich nicht. Die Menschenfrau bleibt hier, während meine Schattenwandler nach meinem Engel suchen."

Ich klammerte mich fester an den Vertrag und warf ihn dann auf Chessandras Schreibtisch. „Ich habe deine Erpressungen satt", sagte ich leise und kontrolliert. „Warum musst du jeden manipulieren, um zu bekommen, was du willst? Hast du jemals daran gedacht, einfach zu fragen, ob wir dir helfen würden?"

Kane versteifte sich neben mir. Wir waren schon einmal in der Hölle gewesen, und es war der letzte Ort, an den ich je wieder hinwollte. Doch wir würden in Betracht ziehen müssen, zu gehen, wenn wir den Engel suchen sollten. Und ich würde tun, was ich tun musste, um dafür zu sorgen, dass Chessandra Pyper nicht als Druckmittel benutzte.

„Chessa?", fragte Drake zögernd. „Was ist denn hier los?"

Sie warf ihm einen *Halt-die-Klappe*-Blick zu, doch er ließ nicht locker.

„Was verlangst du von ihnen?"

Ihre Fäuste ballten sich, dann beugte sie sich vor und senkte die Stimme. „Ich versuche, einen Vertrag für einen Austausch abzuschließen – der verlorene Engel für das Medium, über das wir gewacht haben."

Drake drehte sich zu mir um. Er hielt meinen Blick einen Moment länger fest, als es angenehm war, doch ich weigerte mich wegzusehen. War er wirklich bereit, seine Tochter in die Hölle zu schicken? Wenn ja, wusste ich wohl, wo wir standen.

Drake wandte sich von uns ab und legte Chessandra eine Hand an den Rücken, und als er diesmal flüsterte, konnte ich nichts hören.

Doch als Chessandra sich von ihm löste, sah sie ihn finster an. „Du spielst die Vaterkarte? Im Ernst? Du kennst sie kaum!"

Wut breitete sich im Gesicht meines Vaters aus. „Sie ist mein Fleisch und Blut, Chessa. Und ich werde nicht dabeistehen und zulassen, dass du sie in die Hölle schickst. Es ist mir egal, ob du der Hohe Engel bist. Das wird nicht passieren."

Wow. Der Schock traf mich hart und machte mich für einen Moment bewegungsunfähig. Das war das erste Mal, dass ich sah, dass er irgendetwas tat, um sich für mich gegen sie einzusetzen. Ein kleines bisschen Dankbarkeit keimte in mir auf. Chessandra hatte recht, wir kannten uns kaum, doch die Tatsache, dass er sich für mich einsetzte, um mich zu beschützen, war mehr, als ich je für möglich gehalten hätte.

Chessandra kochte neben ihm, antwortete aber nicht auf seinen Ausbruch. Sie nahm einfach den Hörer ab und blaffte: „Bring die Menschenfrau zu mir."

Lailah kam näher an mich heran und flüsterte: „Was auch immer ich sage, spiel mit. Verstanden?"

Ich blickte von Kane zu Chessandra und Drake und dann zurück zu Lailah. Sie sah mich eindringlich an.

Ich war mir nicht sicher, ob ich das versprechen konnte, doch ich würde es versuchen. „Okay."

Die Tür schwang auf, und Pyper kam herein. Chessandras Assistentin war gerade lang genug zu sehen, um ihr zuzunicken, dann schloss sie die Tür wieder.

Pypers Augen leuchteten bei unserem Anblick auf. „Ihr seid schon zurück."

Kane zog sie in eine Umarmung. „Wie geht's dir?"

Sie lächelte zu ihm auf. „Gut. Ich bin ein bisschen mit Papierkram beschäftigt." Ein irritierter Ausdruck breitete sich auf ihrem Gesicht aus, als sie zu Chessandra und Drake blickte. „Aber ansonsten geht es mir gut."

Ich drückte ihre Hand. „Wir haben gehört, dass du eine ziemliche Gabe bekommen hast."

Ein kleines Lächeln umspielte ihre Lippen, und ihre Augen wurden weicher. „Ja. Sie ist … interessant."

„Du kannst uns später davon erzählen." Ich wollte sie so schnell wie möglich von diesem Ort wegbringen. Hatte ich Kane nicht gesagt, dass bei den Engeln nichts umsonst war? Es war unmöglich, darauf zu vertrauen, dass sie ihr Wort hielten.

„Miss Rayne", sagte Chessandra zu Pyper. „Wir haben eine kleine Meinungsverschiedenheit darüber, was mit Ihnen passieren soll, nachdem die Göttin eliminiert wurde."

„Meinungsverschiedenheit", murmelte ich leise. „So kann man es auch ausdrücken."

Drake schüttelte warnend den Kopf. Sein Blick war dem von Lailah vor ein paar Sekunden sehr ähnlich. Ich biss mir auf die Zunge, um nicht wieder zuzuschlagen.

Pyper warf mir einen Blick zu und dann Kane. „Ihr habt es geschafft! Ich bin sicher?"

Ich nickte, hielt aber meinen Blick auf Chessandra gerichtet. Ich schätzte Drakes Beharren darauf, uns nicht zu einem Deal mit dem Hohen Engel zu zwingen, doch alles, was mich in diesem Moment wirklich interessierte, war, Pyper sicher nach Hause zu bringen. Chessandra war verrückt, wenn sie dachte, wir würden Pyper hier lassen, während die Engel sie als ihr persönliches Medium benutzten.

„Nein", sagte Lailah mitfühlend. „Nicht ganz. Du bist vor unmittelbarer Gefahr sicher, aber wie du sicher weißt, hast du immer noch diese zweite Seele. Solange sie in dir ist, besteht die Gefahr, dass deine Seele hinausgedrängt wird, oder wenn sie mit deiner verschmilzt, besteht die Gefahr, dass du dem Wahnsinn verfällst."

Pyper und ich schnappten beide nach Luft. Ich unterdrückte meine Reaktion, während Kane seinen Arm um Pypers Schultern legte und sie zu sich zog. „Das werden wir nicht zulassen."

Wahnsinn? Ich hatte keinen Zweifel, dass das eine reale Möglichkeit war. Mein Herz schmerzte, und ich sehnte mich danach, wieder im *The Grind* zu sein, wo Pyper Milchkaffee zubereitete und sich nur Sorgen darüber machte, wie groß der nächste Kundenansturm sein würde.

„Oh hört auf, so melodramatisch zu sein", befahl Chessandra, während sie uns alle anstarrte. „Ihre Seele ist nicht in Gefahr, solange sie im Engelsreich ist. Wir sind die Hüter der Seelen, erinnerst du dich?"

„Aber sie kann ihr Leben hier nicht leben", sagte ich. Sie wäre nicht viel mehr als eine Sklavin.

„Sie kann und sie wird." Chessandra hob den zerknitterten Vertrag auf und hielt ihn mir entgegen. „Das heißt, es sei denn, ihr stimmt meinen Bedingungen zu."

Mein Innerstes erhitzte sich, als Wut in mir aufstieg. Dieses verdammte egoistische Stück–

„Nein", sagte Drake und nahm Chessandra das Papier aus

der Hand. „Ich verbiete es, Chessa. Wenn du versuchst, sie dazu zu zwingen, ist es das. Ich sehe mir das nicht länger an."

Heilige Scheiße. Er hatte ihr gerade das ultimative Ultimatum gestellt. Und sie waren Gefährten. Magisch aneinander gebunden.

Chessandra sah aus, als hätte er ihr in die Magengrube geschlagen. Dann atmete sie tief durch und straffte die Schultern. „Wie kannst du es wagen, mich vor anderen in Frage zu stellen."

Drakes Nasenflügel bebten. „Und wie kannst du es wagen, alles zu missachten, was ich in Bezug auf die Sicherheit meiner Tochter zu sagen habe?"

Die rohe Wut, die zwischen beiden zu lodern begann, war fast zu viel für mich. Hätte ich mich nicht an Kane festgehalten, wäre ich wahrscheinlich auf den Allerwertesten geworfen worden.

Drake holte tief Luft und trat zurück, wodurch die Pattsituation beendet wurde. „Was ist nötig, damit du Jade in diesem Fall vom Haken lässt?", fragte er, sein Ton war viel ruhiger.

„Du kennst die Antwort darauf bereits", fauchte sie. „Ich brauche jemanden, der bereit ist, nach Avery zu suchen … egal wo."

„Ich werde es tun", sagte Lailah. „Ich übernehme die Verantwortung, den verlorenen Engel zu finden."

„Was?" Ich starrte sie entsetzt an. „Das kannst du nicht. Du weißt, dass sie in der Hölle sein könnte, oder?"

„Das ist mir bewusst." Lailah warf mir einen scharfen Blick zu. „Und ich bin viel qualifizierter, den Engel zu finden, als du. Aber –" Sie trat einen Schritt vor und sah Chessandra an. „Du musst Pyper freilassen. Sie gehört nicht hierher. Und da sie mein Schützling ist, werde ich mich um sie kümmern."

Chessandra betrachtete sie misstrauisch. „Wieso würdest du das tun? Du kennst die Gefahren der Hölle so gut wie jeder andere. Ich verstehe deine Motivation nicht."

Lailah trat zurück und legte eine Hand in Pypers freie. „Ihre Seele wurde mir zugeteilt. Es ist meine Aufgabe, mich um sie zu kümmern. Ich habe auch Erfahrung mit der Beschwörung von Engeln aus der Hölle. Wenn ich jemals von der niedrigen Stufe aufsteigen will, brauche ich ein paar beeindruckende Punkte in meinem Lebenslauf. Ich weiß, dass ich das kann. Und ich bin bereit. Ich werde den Vertrag unterschreiben, der besagt, dass ich für Avery verantwortlich und bereit bin, sanktioniert zu werden, falls festgestellt wird, dass ich bei der Suche nach ihr nicht mit der gebotenen Sorgfalt vorgegangen bin."

Alle schwiegen, als sie sich der Implikationen dessen, was sie gerade gesagt hatte, bewusst wurden. Lailah setzte ihre Karriere für einen Engel aufs Spiel, dem sie nie begegnet war. Oder tat sie es, um uns zu beschützen? Sie *hatte* gesagt, dass ich mitmachen sollte bei allem, was sie sagte. Ich betete nur, dass sie einen Plan hatte.

Chessandra sah zu Drake hinüber. Zwischen ihnen fand eine unausgesprochene Kommunikation statt. Schließlich nickte sie Lailah kurz zu. „Ich lasse meine Assistentin den Vertrag aufsetzen."

„Das ist nicht nötig. Ich habe einen hier." Lailah schlug die Akte in ihrer Hand auf und reichte sie ihr. Sie hatte das die ganze Zeit geplant. Ich starrte sie an.

Chessandra nahm ihn ihr ab, offensichtlich unzufrieden damit, diesen Deal vor uns allen zu schließen. Trotzdem schien sie Lailahs Erklärung zu glauben, und sie bekam, was sie wollte: jemanden, der ihren verlorenen Engel finden würde.

Chessandra nahm einen Stift, während sie den Vertrag las. Als sie fertig war, nickte sie. „Sieht akzeptabel aus."

„Nur noch eine Sache", sagte Lailah, bevor Chessandra unterschreiben konnte.

„Du strapazierst meine Geduld, Engel", sagte Chessandra durch zusammengebissene Zähne.

„Es geht um Pypers zusätzliche Seele."

Der Hohe Engel hob ihren Blick zu Lailah. „Was ist damit?"

„Jade und Kane haben eine gewisse Zoë gerettet, eine junge Frau, der die Seele entrissen und dem Dämon geopfert wurde. Im Moment ist sie nur eine leere Hülle. Ich möchte darum bitten, dass wir Pypers zusätzliche Seele auf Zoë übertragen."

Ich schlug mir die Hand vor den Mund, um nichts zu sagen, was ruinieren könnte, was Lailah vorhatte. Doch ich hatte gesehen, wie Genesis der Frau den Geist genommen hatte. Ich hatte nicht gewusst, ob ihre Seele da war oder nicht, doch ohne ihren Geist wäre sie kein ganzer Mensch.

Lailah warf mir einen warnenden Blick zu.

Ich ließ meine Hand sinken und bemühte mich um einen neutralen Gesichtsausdruck.

Chessandra und Lailah hielten sich fest, bis Chessandra ihre Augen zusammenkniff und dann kurz nickte. „Ich werde sehen, was unsere *Praktizierenden* tun können."

Lailahs Schultern entspannten sich zum ersten Mal, seit sie den Raum betreten hatte, als Chessandra den Vertrag unterschrieb.

Der Hohe Engel winkte mit der Hand, und das helle Licht schien erneut. „Das Medium wird hier bleiben, bis wir den Seelentransfer abschließen können. Lailah, nachdem du deinen seelenlosen Menschen geholt haben, werden wir mit den Praktizierenden sprechen." Sie würdigte mich und Kane kaum eines Blickes. „Ihr zwei könnt gehen. Ihr werdet über euren nächsten Einsatz informiert."

Kane und ich umarmten Pyper schnell. „Wir sehen uns ganz bald", sagte ich und setzte ein tapferes Gesicht auf. Seelentransfers waren scheiße. Ich hatte meine eine Zeit mal mit einem anderen Engel geteilt, und als der Rat der Engel beschloss, ihr meine Seele zu geben, war der Schmerz während des gescheiterten Transfers die Hölle auf Erden gewesen. Da Pypers Seele intakt war, hoffte ich nur, dass die Übertragung für sie nicht so schrecklich sein würde wie für mich.

Doch Pyper durchschaute mich. Sie umarmte mich fest. „Mir wird schon nichts passieren. Mach dir keine Sorgen um mich."

Ich stieß ein trauriges Schnauben aus. „Das kannst du vergessen. Komm nur schnell nach Hause."

„Ich werd' mich bemühen."

Als sie mich losließ, zog sie Kane an sich, und die beiden klammerten sich lange aneinander.

Drake trat hinter dem Schreibtisch hervor und blieb vor mir stehen. Mein Mund wurde trocken, als ich in seine leuchtend grünen Augen sah. Ich war mir nicht sicher, was ich sagen sollte. Er hatte sich gerade unter großem persönlichen Risiko für mich eingesetzt. Doch ich musste überhaupt nichts sagen, denn er zog mich in eine Umarmung und flüsterte: „Pass auf dich auf."

Dann ließ er mich ebenso schnell los, und ich stand da und sah ihm hinterher, als er den Raum verließ.

„Jade?", sagte Kane neben mir.

Ich ließ meine Hand in seine gleiten. „Ja?"

„Lass uns nach Hause gehen."

Ich nickte und ohne zurückzublicken, zog er mich ins Licht.

KAPITEL SIEBENUNDZWANZIG

*K*ane und ich saßen zusammen auf dem Sofa in unserem Wohnzimmer, während Duke, der Geisterhund, einen der großen Sessel für sich beansprucht hatte. Kane lag ausgestreckt auf den Kissen, und ich lag halb auf ihm. Doch es war nichts sexy daran. Wir waren beide zu erschöpft, um uns zu bewegen. Und zu erleichtert, um uns um irgendetwas zu scheren.

Lailah kümmerte sich um Pyper, die Schatten waren wiederhergestellt, und Kane hatte seine Dämonenjägerkraft zurück. Solange die Bruderschaft nicht rief oder Chessandra keinen weiteren Befehl erteilte, konnten wir uns auf absehbare Zeit dem süßen Nichtstun hingeben.

„Ich werde nie wieder von dieser Stelle aufstehen", sagte ich an Kanes Brust.

„Nie wieder?", fragte Kane.

„Nie wieder."

„Das ist okay für mich." Er fuhr mit seinen Fingern durch mein Haar und zog mich fester an sich.

Ich seufzte und schmiegte mich an ihn. Meine Augen fielen

DEANNA CHASE

zu, und mein Körper entspannte sich zum ersten Mal seit Tagen wirklich. Ich spürte, wie mein Körper und mein Geist in das süße Nichts des Schlafs schwebten …

Und dann klingelte es an der Haustür.

„Ugh." Ich blieb einen Moment lang regungslos und wünschte mir, dass, wer auch immer das war, wieder ging. Doch dann tauchten die Gesichter von Lailah und Pyper in meinem Kopf auf. Was, wenn sie schon zurück waren? Ich stemmte mich hoch, doch Kanes Arme schlossen sich fester um mich.

„Nein. Du hast gesagt, du würdest nie wieder aufstehen."

Ich lachte und gab ihm einen zärtlichen Kuss.

„Hmmm."

Dann kitzelte ich ihn.

„Hey!" Er riss seine Augen auf und funkelte mich an, als ich zur Tür ging. „Nicht nett."

Ich lächelte ihn an. Es klingelte erneut, als ich die Tür öffnete.

„Oh, tut mir leid!", sagte Mati mit einem angedeuteten Winken. Vaughn stand direkt hinter ihr und hielt ein kleines Notizbuch in der Hand. „Ich war mir nicht sicher, ob ihr zu Hause seid."

„Wir sind gerade reingekommen." Ich hielt ihnen die Tür auf. „Kommt rein."

Kane schwang seine Füße auf den Boden und stand auf, um sie zu begrüßen. „Hey Mann." Er streckte Vaughn die Hand entgegen. „Schön, dich zu sehen."

„Dich auch." Vaughn sah sich um. „Gibt es einen Ort, an dem wir uns unterhalten können? Ich habe was, wovon ich glaube, dass du es sehen willst."

„Sicher." Kane führte uns alle in die Küche.

„Setz dich", sagte ich. „Ich hole was zu trinken."

„Danke, Jade." Mati berührte sanft meinen Arm, und ein kleines Prickeln ihrer Sex-Hexen-Energie traf mich. „Oh, oops."

Ich lachte. „Mach dir keine Sorgen." Ihr kleiner Zap hatte mich nach meinem trägen Nachmittag auf dem Sofa tatsächlich ein wenig aufgemuntert.

Die drei saßen am Tisch, während ich mich mit dem süßen Tee beschäftigte.

„Ich habe das im Archiv gefunden, als ich für dich recherchiert habe." Vaughn reichte Kane das kleine Notizbuch. „Ich denke, du wirst das interessant finden."

Kane hob die Augenbrauen, schlug dann aber das Buch auf.

Ich stellte zwei Eisteegläser vor Mati und Vaughn ab, bevor ich mich über Kanes Schulter lehnte. „Was hast du da?"

Er blickte zu mir auf, sein Gesicht war konzentriert. „Das ist ein Stammbaum. Sieh dir das an." Er zeigte auf einen Namen ganz unten.

„Kennst du ihn?" Ich setzte mich neben Kane und zog das Buch ein Stückchen zur Seite, um es besser sehen zu können.

„Ja." Kane blickte zu Vaughn auf. „Wo hast du das nochmal gefunden?"

„Im Archiv ... äh, in Maximus' Büro. Ich glaube nicht, dass es Informationen sind, über die viel gesprochen wird."

„Wieso? Es ist nur ein –" Ich konzentrierte mich auf den Namen ganz unten auf dem Diagramm: Malafent, der Dämon. Sein Name war mit einer namenlosen Hexe verbunden. Ich verfolgte die Linie bis zu der Stelle, auf die Kane fixiert war: Winters Rouquette, sein Ururgroßvater. Ich blickte auf und starrte Kane an. „Du bist ein direkter Nachkomme dieses Dämons."

Kane warf Vaughn einen Blick zu und nickte dann. „Scheint so."

„Dayla sagt, dass der Dämon deshalb in der Lage war, die Schatten zu verseuchen", sagte Mati. „Sie sagt, da du dauernd in den Schatten bist, konnte er deine Energie spüren und sich daran festhalten."

Ich schauderte. „Aber warum jetzt? Wir wandeln seit Monaten in den Schatten."

Mati zuckte mit den Schultern. „Wahrscheinlich, weil er jetzt ein Incubus ist, während er es vorher nicht war. Er hatte vorher nichts zu nehmen."

„Oh Gott", sagte ich leise.

„Nicht wahr?" Mati schnappte nach Luft. „Diese Welt ist verrückt."

Vaughn legte seine Hand auf ihre und lächelte sie an. Dann wurde er ernst und richtete seine Aufmerksamkeit wieder auf Kane. „Ich dachte, du würdest verstehen wollen, warum das passiert ist. Deshalb habe ich das Buch mitgebracht. Du solltest auch wissen, dass das bedeutet, dass du wahrscheinlich viel mächtiger bist, als du überhaupt weißt. Als direkter Nachkomme hast du wahrscheinlich ungenutzte Ressourcen."

„Das sind nicht unbedingt gute Nachrichten." Kane gab Vaughn das Buch zurück.

„Nein", stimmten wir alle gleichzeitig zu. Kurz darauf brachten wir Mati und Vaughn zur Tür.

„Danke, dass du mich darauf aufmerksam gemacht hast." Kane streckte Vaughn noch einmal die Hand entgegen.

Der andere Incubus blickte nach unten, zog Kane dann aber schnell in eine brüderliche Umarmung. „Kein Problem, Mann. Pass auf dich auf."

Mati und ich lächelten uns an.

„Wir sehen uns beim nächsten Mädelsabend?", fragte Mati.

„Ernsthaft?" Der Gedanke, mich wieder vor den Hexen von Coven Pointe in Verlegenheit zu bringen, war etwas furchteinflößend, doch ich würde gerne eine solidere Beziehung zu ihnen aufbauen.

„Natürlich. Dayla mag dich, auch wenn sie es nicht zeigt."

Ich zuckte mit den Schultern und lächelte schief. „Alles klar."

„Ich melde mich." Mati zwinkerte, und dann verschwand das Paar aus der Tür.

„GUMBO ODER ITALIENISCH?", fragte ich Kane und hielt zwei Speisekarten von verschiedenen Restaurants hoch.

„Gumbo." Er lag auf dem Bett, die Hände hinter dem Kopf verschränkt, und starrte mit besorgter Miene an die Decke.

Die Begeisterung für das Essen verschwand, als ich ihn beobachtete. Wir wussten bereits, dass er einer Verbindung einer Sexhexe und eines Incubus entstammen musste, doch die direkte Verbindung zu einem Dämon zu sehen, hatte ihn völlig aus der Fassung gebracht. Ich konnte es ihm nicht verdenken. Und davon zu wissen und es schwarz auf weiß zu sehen, waren zwei völlig unterschiedliche Dinge.

Ich ließ die Speisekarten auf die Kommode fallen, kletterte auf das Bett und legte meinen Kopf auf seine Schulter. Doch ich sagte nichts. Es gab nichts zu sagen.

„Ich fühle mich, als hätte ich gerade herausgefunden, dass ich etwas Böses oder sowas in mir trage", sagte er.

„Tust du nicht." Ich streichelte seine Brust mit meinen Fingerspitzen. „Das würde ich spüren."

Ich spürte, wie er sich unter mir entspannte, als ihm das bewusst wurde. „Ich schätze, da hast du recht."

„Du musst nicht schätzen. Es ist so." Ich richtete mich auf, um ihn anzusehen. „Ich weiß, dass du das bereits tief in deinem

Bauch weißt, aber woher du kommst, ist niemandem wichtig. Das Einzige, was zählt, ist, wer du jetzt bist."

Er sagte nichts darauf, doch seine Hand schloss sich fester um meinen Arm.

„Und ich denke, dass du einer der Guten bist ... das ist doch sicher was."

Kane kicherte über meine kindische Bemerkung, hakte seinen Fuß um mein Bein und drehte mich dann auf den Rücken, sodass er über mir war. „Und ich liebe, wer du bist, hübsche Hexe."

„Das solltest du besser auch."

Seine Augen glitzerten, als er seine Lippen senkte und nur wenige Millimeter von meinen entfernt innehielt. „Ich werde ein paar Stunden brauchen, um dir das zu zeigen."

Mein Atem stockte, und ich starrte in das Verlangen, das in seinen schönen Augen loderte. Mein Körper reagierte wie immer, wenn er mich so ansah. „Küss mich", hauchte ich.

„Gerne."

Er bedeckte meinen Mund mit seinem und gerade, als sich unsere Zungen trafen, klingelte es erneut an der verdammten Tür.

„Verdammt nochmal! Shit." Ich schnaubte frustriert.

„Wir könnten einfach hier drin bleiben", sagte er und rollte sich von mir herunter.

„Nein, können wir nicht. Und du weißt das." Wir warteten immer noch auf Pyper und Lailah.

„Ja, ok." Er stieß sich vom Bett ab und verschwand.

Ich brauchte einen Moment, um meine Kleidung zu richten, dann folgte ich ihm. Doch als ich ins Wohnzimmer kam, blieb ich wie angewurzelt stehen. „Mom? Gwen?"

„Jade!", rief Mom und rannte zu mir, ihr dunkles Haar flog hinter ihr her.

Gwen lächelte mich von der Tür aus an. Duke saß vor ihr, seine Zunge hing vor Aufregung fast bis zum Boden. Er drehte den Kopf zur Seite, als Gwen sich bewegte und den Blick auf meinen Ex-Stiefvater Marc freigab. Er hatte mich aufgezogen, bis ich sieben Jahre alt gewesen war und meine Mutter ihn gezwungen hatte zu gehen, weil es Meinungsverschiedenheiten darüber gegeben hatte, wie viel er mir über meine magischen Fähigkeiten erzählen sollte. Marc war vom ersten Tag an bereit gewesen, mich auszubilden. Mom wollte mir nichts sagen, bis ich neunzig war. Das Letzte, was ich gehört hatte, war, dass die beiden nicht einmal miteinander sprachen.

Mom zog mich in eine Umarmung. „Wir haben uns solche Sorgen gemacht."

„Mir geht's gut", sagte ich verblüfft. „Was macht ihr hier?"

„Wir haben dich vermisst." Mom ließ mich los und winkte Marc zu. Er nahm ihre Hand und verflocht seine Finger mit ihren.

Ich hob eine Augenbraue. „Willst du mir was sagen?"

„Na ja –" Mom lächelte dieses Mal fast schüchtern. „Ja schon … und wir wollten es persönlich machen." Sie warf Kane einen Blick zu. „Ich hoffe, es macht dir nichts aus, dass wir unangemeldet gekommen sind. Wir haben ein Hotelzimmer gebucht, also werden wir euch nicht im Weg sein."

„Das haben sie", stellte Gwen klar und nickte meinen Eltern zu. „Ich nicht."

„Gut", sagte ich und ging an allen vorbei, um sie in eine Umarmung zu ziehen. „Weil dein Name auf meinem Gästezimmer steht."

Gwen zwinkerte. „Das dachte ich mir. Ich dachte, wenn es in Gebrauch wäre, würde ich einfach in deine Wohnung gehen."

Ich lachte. Gwen kannte mich zu gut.

Marc legte einen Arm um meine Schultern und drückte mich. „Schön, dich zu sehen, Kleine."

„Dich auch, Dad." Ich lächelte ihn an und liebte es, dass ich ihn so nennen konnte. „Okay, Leute. So sehr ich mich auch freue, euch alle zu sehen, vielleicht möchte mich jemand darüber informieren, was los ist?"

Marc ließ mich los und trat an Moms Seite. Sie strahlte zu ihm hoch, ihre Augen funkelten vor Glück, mehr, als ich es je gesehen hatte. Sie strahlte förmlich.

Liebe ging in Wellen von ihnen aus. Und ich wusste, was kommen würde, noch bevor Mom ihren nächsten Atemzug tat.

Sie streckte ihre linke Hand aus und zeigte den großen Diamantring im Prinzessschliff. „Marc und ich sind verlobt. Und wir wollen in eurem Haus in Cypress Settlement heiraten."

Meine Lippen zuckten, dann breitete sich das Lächeln über mein ganzes Gesicht aus. „Ich kann mir keinen besseren Ort vorstellen."

KAPITEL ACHTUNDZWANZIG

*M*it Duke zu meinen Füßen dröhnte Musik aus dem iPod-Dock, als Kane, Gwen und ich zusahen, wie Mom und Marc in unserem kleinen Garten zu einem kitschigen Liebeslied tanzten. „Wie lange sind sie schon zusammen?", fragte ich Gwen.

„Nur ein paar Monate." Sie legte eine Serviette über den Latz ihres Overalls und biss dann in einen meiner Schokoladen-Frischkäse-Cupcakes. Ihr lockiges graues Haar wippte, als sie zufrieden mit dem Kopf nickte. „Himmel, Jade. Ich habe vergessen, wie gut die sind."

„Ja, nicht wahr?" Ich brach ein Stück Cupcake ab und steckte es in meinen Mund. „Zwei Monate? Ist das nicht ein bisschen schnell, um sich zu verloben?"

Sie zuckte mit den Schultern. „Sie waren fast sieben Jahre verheiratet. Es ist nicht so, als würden sie sich nicht kennen."

„Stimmt. Aber seitdem ist viel passiert." Wie die Tatsache, dass sie mich von ihm ferngehalten, mich angelogen hatte, wer mein richtiger Vater war, und dann fünfzehn Jahre im

Fegefeuer verbracht hatte. Sie hatten vielleicht ein paar Probleme zu lösen.

„Versuch' dich für sie zu freuen, Jade", sagte sie sanft. „Sie haben beide viele Jahre verloren. Manchmal ist es besser, einfach zu leben, als vorsichtig zu sein."

Ihre Worte ließen mich über ihren Kopf hinweg zu Kane blicken. Er starrte mich mit einem seltsamen Ausdruck an, und dann nickte er. „Sie ist eine kluge Frau, deine Tante."

Ich drehte mich um, um meine Eltern anzusehen, spürte die Liebe, die durch sie schimmerte, und sagte: „Ja, das ist sie."

ES GIBT NICHTS SCHLIMMERES, als auf etwas zu warten, wenn man keine Ahnung hat, wie lange die Wartezeit ist. Es war fünfundzwanzig Stunden her, seit wir Lailah und Pyper im Reich der Engel zurückgelassen hatten. Und ich hatte angefangen, auf und ab zu gehen.

„Jade, das hilft nichts", schimpfte Gwen sanft.

„Ich kann nicht anders."

„Willst du hier raus? Vielleicht Mittagessen gehen?"

Ich schüttelte den Kopf. „Nein. Ich muss hier sein, wenn sie zurückkommen. Aber du solltest gehen. Nimm Mom und Marc mit. Holt euch Gumbo und Hurricanes. Viel Spaß!"

„Gumbo?", hörte ich Marc aus dem anderen Zimmer sagen.

„Ja!", rief ich. „Geht was Essen. Es müssen nicht alle hier warten."

„Was denkst du?", hörte ich ihn meine Mutter fragen. Dann folgte ein Kichern.

Oh je. *Bitte geht*, flehte ich im Stillen.

Gwen lachte und berührte meinen Arm. „Keine Sorge, wir gönnen dir ein bisschen Ruhe."

„Danke."

Zehn Minuten später machten sich die drei auf den Weg zu einem Tag im French Quarter, während Kane und ich uns auf die Wartezeit einrichteten. Doch gerade als wir anfingen, uns einen Film anzusehen, flog die Haustür auf.

„Habt ihr was vergessen?", fragte ich abwesend und spielte mit der Lautstärke.

„Nur meine Manieren", sagte Pyper, als sie durch den Raum rannte und sich auf dem Zweiersofa zwischen uns fallen ließ.

„Pyper!" Ich stieß einen glücklichen Schrei aus und schlang meine Arme um sie, genau wie Kane. Wir drei saßen einen langen Moment in einer Umarmung da, lachten und weinten. Na ja, Pyper und ich weinten. Kane nicht.

Als ich endlich losließ, richtete ich meinen Blick auf Lailah, die in der Mitte des Raumes stand und uns kopfschüttelnd zusah.

„Ich habe dir gesagt, dass ich mich um sie kümmern würde", sagte Lailah lächelnd.

„Und das hast du getan." Pyper strahlte sie an. „Und danke dir."

„Beste Seelenhüterin aller Zeiten." Ich stand auf und umarmte Lailah.

Sie versteifte sich, doch als ich nicht nachgab, erwiderte sie die Umarmung schließlich.

„Das war nicht so schwer", neckte ich, „oder?"

Sie verdrehte die Augen. „Nein. Aber gewöhn' dich nicht daran."

„Das würde ich mir nicht träumen lassen." Ich zog sie zu den beiden Sesseln, die dem Zweiersofa gegenüberstanden. Sie setzte sich auf einen, und ich ließ mich auf dem anderen nieder. Kane und Pyper saßen uns gegenüber. „Okay, jetzt erzähl mir alles."

Pypers Lächeln verschwand, und sie wandte den Blick ab. „Können wir vielleicht später darüber reden?"

Jeder Instinkt in meinem Körper schrie zu verlangen, dass sie alles bis ins kleinste Detail berichtete, doch ich hielt mich zurück. Sie würde es uns sagen, wenn sie bereit war.

Kane blickte stirnrunzelnd in ihre Richtung, drängte sie aber auch nicht.

„Natürlich", sagte ich, „aber zuerst, geht's dir gut?"

„Ja, mir geht es rundum gut. Ich möchte die Erfahrung in diesem Moment einfach nicht noch einmal durchleben, wenn du verstehst, was ich meine." Sie schlang ihre Arme um sich und schauderte.

„Ich verstehe. Keine Erklärung nötig." Zweifellos war die Seelenextraktion schmerzhaft gewesen. Das Letzte, was ich wollte, war, sie dazu zu zwingen, darüber zu reden. Also richtete ich meine Aufmerksamkeit auf Lailah. „Und du? Willst du uns erzählen, was es damit auf sich hatte, als du die Verantwortung für diesen Engel übernommen hast?"

Lailah zuckte mit den Schultern. „Ich bin Pypers Seelenhüterin. Ich konnte nicht zulassen, dass Chessa sie im Reich festhält."

„Und?" Ich hob erwartungsvoll meine Augenbrauen.

„Wie kommst du darauf, dass –"

„Lailah. Niemand setzt sein Leben aufs Spiel und geht freiwillig in die Hölle, es sei denn, er hat einen verdammt guten Grund. Jetzt raus damit."

Sie verzog das Gesicht und seufzte dann. „Ich habe einen Grund gebraucht, um Zugang zu Chessandra und allem, was sie vorhat, zu haben. Sie tut seit einiger Zeit seltsame Dinge. Zuerst hat sie versucht, das Dämonenportal zu schließen, was schließlich dazu geführt hat, dass ihre Schwester in der leeren Welt gefangen war. Dann hat sie einen Haufen Engel auf einmal in die Schatten geschickt, was normalerweise einfach nicht üblich ist. Und schlimmer noch, ich glaube, sie hat Avery befohlen, nach den Schatten zu sehen, obwohl sie wusste, dass es gefährlich war. All das ist passiert, ohne dass sie den Rat informiert hat. Sie handelt auf eigene Faust, und ich will wissen, warum."

„Glaubst du, sie ist in schmutzige Geschäfte involviert?", fragte ich überrascht.

„Vielleicht. Ich weiß nicht. Was ich weiß, ist, dass sie viel für sich behält. Ganz zu schweigen davon, dass es in den letzten Monaten einige wirklich seltsame Dämonenangriffe auf Engel gegeben hat. Welche, die völlig wahllos erscheinen. Mein Bauchgefühl sagt, dass etwas nicht stimmt. Und ich werde der Sache nachgehen, bevor Schlimmeres passiert."

Wir starrten sie alle an, nicht sicher, was wir sagen sollten. Es war kein Geheimnis, dass ich nicht Chessandras größter Fan war. Sie war ein Bully und kaltherzig, doch ich hatte immer angenommen, dass sie alles zum Wohle der Allgemeinheit tat. Doch was, wenn sie ein Engel wäre, der sich selbst am nächsten stand und bereit war, sich im Schlamm zu wälzen, um zu bekommen, was sie will?

„Das ist natürlich ganz und gar Fight Club", fügte sie hinzu.

„Verstanden", sagte ich. Pyper und Kane nickten zustimmend. Die Informationen würden diesen Raum niemals verlassen.

Sie stand abrupt auf. „Ich muss nach Hause und dann zur Arbeit. Pyper, lass mich wissen, wenn du was brauchst oder dir irgendwas seltsam vorkommt. Ich werde da sein."

„Natürlich." Pyper brachte Lailah zur Tür. „Danke für alles."

Lailah lächelte. „Gern geschehen."

„Das war … interessant", sagte ich, nachdem sie gegangen war.

„Und beängstigend", fügte Pyper hinzu, als sie ihren Platz neben Kane wieder einnahm. „Ich habe das Gefühl, Lailah denkt, dass Chessandra sich mit Dämonen eingelassen hat."

Kane beugte sich vor. „Nun, wenn sie das getan hat, kannst du verdammt sicher sein, dass wir sie erwischen werden."

Ich konnte mir nicht vorstellen, auf was für einen epischen Kampf wir uns einlassen müssten, wenn sich Chessandra als eine der Bösen herausstellen sollte. Doch Kane hatte recht – wenn sie mit dem Bösem zu tun hatte, würden wir sie auf die eine oder andere Weise zu Fall bringen.

„Jade?", rief Pyper.

„Ja?"

„Kannst du dich kurz hier rüber setzen?" Sie lächelte, als hätte sie ein Geheimnis.

„Sicher."

Kane tätschelte seinen Schoß und streckte mir seine Arme entgegen.

Ich setzte mich auf seinen Schoß und legte meinen Arm um seine Schultern. „Okay. Was gibt's?"

Pyper starrte auf den Sessel, auf dem Lailah gesessen hatte, und einen Moment später nickte sie. Als sie sich wieder uns zuwandte, sagte sie: „Also, was diese Medium-Sache angeht –"

„Ist es wahr?", fragte ich neugierig. „Kannst du immer noch Geister sehen, nachdem du wieder nur deine Seele hast?"

„Es ist wahr. Und ja, meine Führer sind immer noch bei mir. Mir wurde gesagt, dass sie, da ich sie in mein Leben eingeladen habe, so lange da sein werden, wie ich es will."

Ich begegnete Kanes Augen und sah dasselbe Staunen, das ich empfand. „Das ist cool."

Sie nickte. „Aber ich habe gerade etwas viel Cooleres für euch beide."

Kane warf ihr einen neugierigen Blick zu. „Und was ist das, Pyps?"

„Mamaw ist hier", sagte sie. „Da drüben."

Kane und ich starrten beide auf den Sessel uns gegenüber. Der Ausdruck auf seinem Gesicht wechselte von interessiert zu glücklich und tief betroffen. „Mamaw?", fragte er.

„Ja." Pyper strahlte förmlich vor Glück. „Sie möchte, dass du weißt, dass du dir eine gute Frau ausgesucht hast, und dass sie es kaum erwarten kann, Enkelkinder zu haben, auf die sie nachts aufpassen kann."

„Enkelkinder?", platzte ich heraus.

Kane grinste mich an. „Ich bin auf jeden Fall bereit zu üben."

Pyper richtete ihren Blick auf Kane. „Mamaw sagt, wenn du respektlos bist, bekommst du einen Klaps auf den Hinterkopf."

Ich lachte, und Kane wurde ernst.

„Sie ist wirklich hier", sagte er.

„Natürlich ist sie das. Das habe ich doch gesagt, oder?" Pyper tätschelte seinen Arm. „Keine Sorge, du wirst dich daran gewöhnen."

Er schüttelte den Kopf. „Nein, das glaube ich nicht." Dann blickte er auf den Sessel, von dem sie gesagt hatte, dass dort seine Großmutter saß. „Verdammt, Mamaw, ich vermisse dich wahnsinnig." Die Worte kamen heiser und voller Emotionen heraus.

Tränen füllten Pypers Augen, doch sie lachte. „Sie flucht gerade, weil du sie zum Weinen gebracht hast. Und sie sagt, dass sie deine Umarmungen am meisten vermisst."

Das machte Kane sprachlos.

Ich beugte mich vor und flüsterte ihm ins Ohr: „Du gibst die besten Umarmungen."

„Und Jade?", fügte Pyper hinzu.

„Ja?"

„Mamaw sagt, sie weiß, dass du dich um ihren Jungen kümmern wirst und dass sie eure Hochzeit geliebt hat. Vor allem den Pastor."

Lachend nickte ich in Richtung des Sessels. „Ich bin sehr froh, dass du da bist. Kane hat dich vermisst."

„Ich bin immer da, wenn ihr mich braucht", sagte eine ältere, wackelige Stimme aus der Richtung des Sessels.

Ich keuchte, während Kanes Kopf nach oben schoss. „Mamaw?", fragte er.

Pyper schüttelte den Kopf. „Sie ist gegangen."

„Aber ich habe sie gerade gehört. Du auch, oder?", fragte er mich.

„Ja, habe ich."

Pyper stand auf und lächelte uns an. „Es war ihr Geschenk an euch beide." Sie beugte sich vor und gab Kane einen Kuss auf die Wange und tat dasselbe mit mir. „Ich gehe jetzt nach Hause."

Ich nahm ihre Hand. „Das kannst du nicht. Du bist gerade zurückgekommen."

Sie ging zur Haustür. „Und ob ich das kann. Und ich muss. Alles, was ich will, ist ein heißes Bad und mein eigenes Bett."

„Pass auf dich auf, Pyper", sagte Kane.

„Ihr auch." Pyper warf uns einen Kuss zu und verschwand zur Tür hinaus.

Ich starrte in das Gesicht meines überwältigten Mannes. „Sieht so aus, als wären wir für den Moment allein."

Seine Arme schlossen sich fester um mich, als er seinen Kopf an meinem Hals vergrub. „Ich kann nicht glauben, dass ich sie gehört habe."

Ich strich mit meiner Hand durch sein Haar. „Sie liebt dich."

Er erschauerte ein bisschen bei meinen Worten. Dann fing er an zu lachen.

„Was ist so lustig?"

Er sah zu mir auf. „Ich habe mich nur gefragt, wie oft sie uns hier beobachtet."

„Oh nein. Sag sowas nicht."

Sein Grinsen wurde breiter. „Sie ist gegangen. Das hat Pyper gesagt."

„Hör' auf. Das ist nicht richtig."

„Sie wünscht sich Enkelkinder." Er wackelte mit den Augenbrauen.

Ich schüttelte den Kopf. „Wenn du denkst –"

Seine Lippen berührten meine, und im nächsten Moment küsste er mich leidenschaftlich. Ich dachte an nichts mehr außer ihn und die unglaubliche Verbindung zwischen uns. Kraft floss von ihm zu mir und erfüllte mich, ließ mein Herz vor Freude fast platzen. Und als er sich zurückzog, flüsterte ich: „Ich liebe dich, Kane Rouquette."

„Ich liebe dich auch, Mrs. Rouquette." Dann hob er mich hoch und brachte mich ohne weitere Worte in unser Schlafzimmer und legte mich auf unser Bett. „Du bist das Unglaublichste, was ich je gesehen habe", sagte er und knöpfte vorsichtig meine Baumwollbluse auf.

Ich sagte nichts, als ich ihn dabei beobachtete, wie er mich auszog.

Als er fertig war, trat er zurück und betrachtete meinen nackten Körper. „Wunderschön."

Ich lächelte ihn an. „Du bist dran."

Seine Augen glitzerten, als er sein Hemd auszog und dann seine Jeans über seine Hüften schob.

„Perfekt", sagte ich, als er endlich fertig war. Groß und schlank und überall Muskeln.

„Du hast noch nichts gesehen", murmelte er und ließ sich auf mich sinken. Als seine Lippen mein Schlüsselbein fanden, drehte ich meinen Kopf zur Seite, um ihm Zugang zu meinem Hals zu erlauben, und bemerkte die kleine Zaubertrankflasche, die einsam auf meinem Nachttisch stand.

Es war die, die ich in Beas Laden gesehen hatte. Der Fruchtbarkeitstrank. Aus irgendeinem Grund kam es mir überhaupt nicht seltsam vor, sie zu sehen, obwohl ich wusste, dass weder Kane noch ich sie dort hingestellt hatten.

Und als Kanes Lippen sanft über meine Haut strichen, begann ich mich zum ersten Mal in meinem Leben zu fragen, wie es wäre, ein Kind zu haben. Zu meiner Überraschung legte sich ein Frieden über mich, und eine Sehnsucht, die ich noch nie zuvor gespürt hatte, setzte sich in meiner Brust fest.

Es war nicht zu leugnen. Ich wollte Kanes Kind.

ÜBER DIE AUTORIN

Die New York Times und USA Today Bestsellerautorin Deanna Chase ist gebürtige Kalifornierin, die in den langsameren Lebensstil des südöstlichen Louisiana gezogen ist. Wenn sie nicht gerade schreibt, hat sie mit ihrem Mann in New Orleans Spaß oder spielt mit ihren zwei Shih-Tzus. Weitere Informationen und Updates zu Neuerscheinungen finden Sie auf ihrer Website unter deannachase.com.

www.ingramcontent.com/pod-product-compliance
Lightning Source LLC
Chambersburg PA
CBHW052018240626
47153CB00006B/1864